KB062867

젊은 날의 우화羽化

젊은 날의 우화羽化

이호상 소설집

차 례

작가의 말

복순 씨의 개종改宗

1.

복순 씨가 마을로 들어가는 입구에 주점을 차렸을 때 그곳은 버스가 다니는 큰길에서도 멀리 떨어져 있었을뿐더러 본격적인 마을이 시작되는 곳과도 가깝지 않았기 때문에 손님이 많을 것으로 생각한 사람은 별로 없었다. 신작로를 가기 위해서는 반드시 지나야 하는 길이었지만, 주변에 가구라곤 달랑 그 집 하나만 있어서 누가 보아도 뜨내기장사를 하는 고만고만한 주점으로 보일 뿐이었다. 길을 사이에 두고 주점 건너편 논길을 조금 지나면 교회가 하나 있었는데 반듯한 모양새와 비교되어 주점을 더욱 을씨년스럽게 보이게 했다. 버스에서 내려 마을로 들어가는 길은 오직 그 길 하나였기 때문에 주위에 논밖에 없는 들판 위에 마주 보고 자리한 교회와 주점은 여러모로 상징적인 의미를 주었다. 예컨대 비가 내려 안개라도 끼거나 눈발이 퍼붓는 날에 이 둘을 볼라치면, 마을 길과 열십자로 교차한 논길을 외나무다리처럼 딛고 서서, 피할 수 없는 숙명적인 결투를 앞두고 서로를 응시하고 있는 것 같았다.

외길로 이루어진 마을의 특성 때문에 결과적으로 누구든 교회에 가려면 복순 씨네 가게 앞을 지나쳐야만 했고 마찬가지로 주점을 찾는 발길은 교회로 들어가는 입구를 공유해야만 했다. 마을 사람들이 보기에도 이 둘은 서로 어울리지 않았다. 겉모습만 해도 교회는 나름대로 시멘트벽에 하얀 페인트를 칠한 것이 반듯해서, 흙벽에 어울리지 않게 낡은 격자 유리창으로 만들어진 그녀의 가게와 지나칠 정도로 대비가 되었다.

"마을 입구에 이정표는 고사하고 술집하고 교회가 마주 보고 있는 건 무슨 조화냔 말이여? 그래도 천만다행이긴 해. 같이 붙어 있었으면 어쩔 뻔했냐 말이지."

마을 사람들은 교회가 생긴 후 얼마 지나지 않아 주점이 생겼기 때문에 이 기이한 조화를 일찍부터 목격해왔다. 양립할 수 없는 두 개의 개념은 길 하나를 사이에 두고 서로의 목적한 바를 위해 일정한 간격을 유지하였지만, 확실히 이 둘은 대립하는 것처럼 보였다. 십자가와 술병이 그랬고 목사인 남자와 주모인 여자가 그랬다. 목사—교회에 나가는 사람들이 전하는 바로는 그는 아내와 자식들을 이북에 두고 온 실향민이라 했다—가 홀아비였다면 복순 씨는 장성하여 타지에 사는 외아들을 둔 과부였다. 교회는 주말을 쉬는 것이라 설교했지만 복순 씨는 주말이 더 바빴다. 어떤 사람에게는 선과 악의 대립이었고 어떤 사람에게는 전통과 신문명의 갈등이었다. 그러나 이런 갈등이 있을 때마다 마을 이장은 항상 진부한 농담으로 응수했다.

"술집이건 교회건 둘 다 필요한 건 사실 아녀? 그럼 된 거지 뭐. 다르긴 해도 둘 다 주님을 모시는 건 같다 이 말이네."

마을 사람들은 이 두 존재가 서로 어울리지 않는다는 것을 알고 있었지만, 어느 쪽도 선택의 측면에서 보면 딱히 어울리지 않는 것도 아니었다. 즉, 마을 사람들에게 이 둘은 필요하다고 하면 필요한 것이고 동시에 필요하지 않다고 하면 전혀 필요하지 않은 것이기도 했다. 필요하지 않은 것으로 보자면 낯설기는 주점보다는 교회가 오히려 컸다. 가구 수가 얼마 되지도 않는 시골 마을에, 더군다나 유교와 부계 중심의 농사밖에 모르는 사람들에게 교회는 그다지 반가운 대상이 아니었다. 그럼에도 불구하고 교회가 들어서고 몇 년이 흐르는 사이 마을에서도 여인네들을 중심으로 서너 명이 알뜰한 신도가 되었고 인근 마을에서 오는 사람을 합하면 그럭저럭 예배를 볼만큼의 사람들이 모여 나름대로 격식을 갖춘 예배를 보곤 했다. 특히 아이 중에는 부모님의 반대를 무릅쓰고 주일예배를 나오는 경우도 많아 종교 때문에 세대 간의 갈등도 왕왕 생겨났다.

복순 씨의 주점이 있는 자리와 교회를 둘러싼 일대의 논과 밭은 원래 한 사람이 소유했던 것인데 수년 전에 집안이 모두 도시로 이사 가면서 본래 살던 집은 교회로, 소작인을 위해 지어놓은 곳은 복순 씨에게 팔렸다. 교회는 기와집을 허물고 네모난 시멘트 건물이 되었지만, 복순 씨는 안채는 그대로 두고 앞마당을 개조해서 열댓 평 남짓한 가게의 주인이 되었다.

　마을 사람들은 그곳에 오랫동안 살았던 부농의 기억보다는 부자가 되어 떠난 그네들의 삶을 부러워했다. 예나 지금이나 버스가 다니는 큰길 근처에 있던 땅은 매매가격이 높았기 때문에 주인이 자주 바뀌었고 그럴 때마다 새로운 부자가 만들어져 도시로 빠져나갔다. 대부분의 마을 사람들이 꿈을 이루기에 땅으로는 아예 불가능한 것이었으므로 자식들의 교육에 공을 들이는 것이 최선이었다. 한 집에 네댓 명씩 있는 아이 중 한 명만이라도 성공하면 된다는 일념으로 고달픈 농사를 마다하지 않았다. 바로 그런 이유로 마을 입구의 교회는 무시할 수 없는 존재가 되었다. 교회의 목사가 아이들에게 공부할 공간을 제공했을 뿐만 아니라 야학을 열어 무료로 가르치기도 했기 때문이었다. 자식들이 공부를 목적으로 교회에 간다고 말하는 이상 반대하기보다는 모르는 척함으로써 서로에게 이득이 되는 쪽을 택했다.
　그런가 하면 복순 씨네 주점은 교회와는 반대로 나이 든 사람들과, 당연한 일이지만 남자들이 많이 드나들었다. 그녀의 주점이 인기가 있었던 비결은 무엇보다도 그 맛에 있었는데 소주보다는 양조장에서 말술을 받아 파는 막걸리 맛이 여느 술집에서나 볼 수 있는 맛이 아니었기 때문이었다. 그녀는 양조장에서 배달해 온 막걸리를 그대로 파는 것이 아니라 거기에 뭔가를 첨가해서 맛에 변화를 주어 팔았다. 나라에서는 쌀로 빚은 술의 유통을 법으로 금지하던 때였으므로 차마 입 밖으로 표현하지는 못했지만, 그 맛이 어딘가 예전에 먹어보던 찹쌀동동주나 쌀막걸리와 비슷하다고 느끼는 사람이 많았다. 사내들 간의 술맛에 대한, 이 은밀하고도 과도한 칭찬은 점차 소문이 났고 문전성시를 이루는 성공은 아니었지만, 단골이 많은 주점이 되어갔다. 그녀의 술맛을 본 사람들의 대체적인 반응은 이러했다.

"아니, 막걸리에다 뭔 짓을 한겨? 이건 분명히 밀가루로 만든 술맛이 아니라니까!"

단골이 많은 이유는 술맛도 술맛이지만, 그녀가 지닌 인성 덕분이라고 생각하는 사람들이 많았다. 그녀는 무엇에 몰두하거나 특정한 것에 애정을 쏟는 사람이 아니었다. 단골이라고 특별히 대하지도 않았고 처음 왔다고 무뚝뚝하게 대하지도 않았다. 이러한 평등원칙은 전쟁 직후에 시집와서 이십 년이 넘도록 시댁 식구는 물론이고 지아비와 자식을 봉양하면서 하등의 갈등이나 다툼이 없었던 것으로 미루어 볼 때도 그러하지만, 확실히 학습되었다기보다는 타고난 점이 있었다. 그래서 누구든 주점을 지나치며 그녀에게 인사했을 때, 나이가 많건 적건 혹은 남자건 여자건 웃지 않고 인사를 받은 사람은 거의 없었다. 처음 본 사람에 대해서도 인사를 거르는 법이 없었다. 그래서 한두 번만 들러도 이내 오랜 단골처럼 대접을 받는 느낌을 받았다.

복순 씨의 남편은 강하고 부지런한 사람이었다. 남편이 그녀를 처음 본 날은 모내기가 한창인 봄날이었는데 새참을 주러 온 그녀에게 첫눈에 반해버렸다. 딸부잣집 막내였던 복순 씨에 반해 남편의 집안은 식구가 많지 않았다. 그녀의 어머니는 자식이 귀한 가문에 시집을 보내면 호강할 것이라는 막연한 기대를 걸고 일부러 남편 근처로 보내 자주 눈에 띄게 했었다. 그러나 희망과는 달리 그녀의 시집 생활은 고달팠다. 시어머니는 진즉에 외동아들 하나를 낳았지만 본디 건강하지 못했던 탓에 둘째 아들을 낳고는 시름 앓다가 남편이 열 살이 채 되기도 전에 세상을 떠나고 말았다. 복순 씨가 시집을 와보니 시아버지와 남편, 그리고 장성한 시동생까지 남정네 세 명이 그야말로 여물 구덩이에 살고 있는 꼴이었다. 부모로부터 부지런하라는 가르침 외에는 배운 것이 없었던 복순 씨는 어질러진 집을 두고 보는 것이 죽기만큼 싫었으므로 매번 집안을 들어 엎기 일쑤였다.

그녀가 결혼하여 살아가는 동안 특별히 고통을 받았던 일은 없었다. 집안 남자들도 유순하였고 시아버지는 물론 남편 역시도 흔한 술주정조차 하지 않았다. 그녀는 열병으로 첫째 아이를 잃고 어렵사리 낳은 둘째 아들만이 살아남아 결국 외동아들로 성장했는데 녀석이 엄마의 말을 알아듣고 부모의 일을 거들 수 있을 때까지도 소소한 농사일과 집안일을 해내는 것이 힘들다고 느낀 적은 없었다. 하지만 오직 하나, 그녀에게 경제적으로나 그 일을 해내는 데 들어가는 정성으로 보거나 무엇보다 괴로운 일은 농사꾼 집안의 빠듯한 살림에 하루가 멀다고 찾아오는 제사였다. 그나마 증조부까지만 지낼 것을 당부하는 나라의 명이 없었다면 한 달에 한 번꼴로 제사를 지냈을 판이었다. 그녀가 제사를 어려워한 것은 집안에 음식을 할 줄 아는 사람이라고는 유일한 여자인 본인밖에 없는 데다 시아버지가 요구하는 제사음식이 여간 까다로운 것이 아니기 때문이기도 했다. 그랬던 시아버지가 어느 해 늦가을 감나무에서 떨어져 허리를 심하게 다친 후 드러눕게 되었다. 시아버지는 죽기 몇 달 전에 병시중하러 들어온 며느리에게 이런 말을 했다.

"이것은 우리 집안 대대로 내려오는 술 빚는 비법이 적힌 것이다. 이제 네가 물려받아야겠다. 네 생각엔 밥해 먹을 양식도 없는데 무슨 뚱딴지같은 술타령이냐고 생각하겠지. 하지만 내가 어렸을 때까지만 해도 우리 집안이 그래도 보통은 아니었다. 조상을 모실 때는 햅쌀로 술을 빚어 제사를 모시는 것이라고 배웠는데 내가 살아생전에는 조상님들께 봉양하기는 어려울 것 같구나. 그래도 네가 잘 보관하고 있다가 때가 되거든 여기에 적힌 대로 술을 빚어서 조상께 차례를 지내다오. 나도 귀신이 되어 그 맛을 꼭 보고 싶구나."

그녀는 예의로 고개를 끄덕였으나 여러모로 실현 불가능한 소망일 뿐이었다. 시아버지에게 건네받은 문서는 펼쳐본 일조차 없었고 그저 서랍장 깊은 곳 어딘가에 쑤셔 넣은 이후로는 아예 잊어버리고 살았다. 좀 더 현실적인 이유를 들자면 복순 씨는 글자를 전혀 몰랐다. 시아버지가 물려준 유품은 작은 텃밭 몇 개와 낡은 초가집이 전부였는데 대대로 내려오던 것이라는 점에서 고려해준다면 기억에서 사라진 그 비밀문서도 유산이라면 유산인 셈이었다.

시아버지가 돌아가신 후에는 남편이 제사를 지냈다. 원래 있던 제사에 시아버지가 추가된 것은 물론이었다. 그녀는 장남 며느리가 된 것을 후회한 적이 결코 없었지만 제사에 관한 한 여전히 너그러울 수가 없었다. 남편이 좋은 사람이란 사실은 변함이 없었다. 하지만 제사를 덜어주거나 줄이거나 간소화하거나 현대화하거나, 심지어 음식의 양을 줄이는 데는 고집불통 그 자체였다.

"임자, 우리가 이 만큼 사는 것도 조상님 덕이요. 우리가 제사를 지내니까 굽어 살펴주신다는 말이오."

남편에게 제사는 단순히 하나의 의식이 아니었다. 제사를 모시는 남편은 평소의 남편과는 사뭇 달랐다. 그는 아침부터 일찌감치 칼을 갈고, 볏짚을 꼬아 퇴주를 붓는 삼각대를 만들면서 혼령이 찾아올 것이라는 마음의 준비를 했다. 아내가 곱게 손질해 놓은 예복을 입고 절을 하면서 혼잣말을 중얼거릴 때는 마치 그의 조상들과 짧은 대화라도 나누는 듯했다. 아들이 조금이라도 잔을 태만하게 내리거나 올리면 어디에 숨어 있었는지 고리타분한 잔소리가 아들의 고개가 땅에 떨어질 때까지 그칠 줄 모르고 새어 나왔다. 더욱 심사가 뒤틀리는 일은 그토록 점잖은 사람이 아내가 준비한 제사상 음식에 대해서는 이런저런 훈수를 늘어놓을 때가 많았다는 점이었다. 복순 씨는 그것이 가장 이해하기 힘들었다. 똑같은 방법으로 매번 만들고 올리는데도 다르다고 우기는 것이야말로 노동을 담보로 부엌을 지키고 있는 여인의 자존심에 상처를 내기에 충분했다.

그렇게 언제나처럼 제사를 모시기 위해 의복을 준비할 것만 같았던 남편은 아들이 스무 살이 되던 해에 세상을 떠나고 말았다. 그녀 나이 오십을 갓 넘긴 그 해, 홍수가 나고 흉년이 들어 세상이 혼란스러운 와중에 남편마저 속절없이 지병이 도져 드러눕고 말았던 것이다. 그는 세상에 남겨질 부인과 아들에 대한 걱정을 담아 다음과 같이 유언했다.

"내가 죽으면 당연히 네가 제사를 물려받을 것 아니냐. 그러니 제사는 너를 기준으로 증조할아버지까지만 지내라. 그리고 하루빨리 장가를 가서….”

남편은 아들에게 제사에 대한 확실한 지시를 내림으로써 조상으로부터 물려받은 의무를 다하고자 했다. 아내의 안위에 대해서는 아무 말도 남기지 않았지만, 아들에게 남긴 말 속에는 남편이 복순 씨를 자신만의 방법으로 끔찍이 사랑하고 있는 것처럼 보였다. 아들이 일찍 결혼하면 자식이 귀한 집안에 대가 끊기지 않을 확률이 높을 것이고, 아내도 일손을 덜지 않겠는가 말이었다.

그러나 아들은 남편의 유언과는 거리가 멀었다. 결혼은 안중에도 없었고 오로지 시골을 떠나는 일만이 필생의 목표였다. 결국, 남편이 죽고 수년 후에 아들은 무작정 도시로 떠나버렸다. 시골집에 홀로 남겨진 여인의 삶은 고달팠다. 품팔이를 나서야 하는 것은 물론이거니와 먹고살기 위해서는 허드렛일을 마다할 수가 없었다. 제사는 고스란히 복순 씨의 몫이었다.

그러기를 여러 해 그녀의 주변에는 몇 가지 변화가 찾아왔다. 오십 대 중반의 홀로 사는 여인에게, 빼어난 미인도 아니고 엄청난 매력이 있는 용모를 갖춘 것은 아니었지만 그녀의 천성적인 친화력과 부지런함 때문에 그녀를 마음에 들어 하는 사람들로부터 재혼을 권하는 일이 잦았다. 그 가운데는 홀아비도 있었고 노인이 된 총각도 적지 않았다. 하지만 그녀에게 재혼이란 불가능한 것처럼 여겨졌다. 결혼도 하지 않은 아들은 어떻게 될 것이며 또 제사는 그럼 어떻게 해야 한단 말인가. 복잡해지는 것이 두려운 나머지 그녀는 재혼이란 말 자체를 용납하지 않았다. 그럼에도 불구하고 그녀에 대한 구애가 여러 군데서 쉬지 않고 고개를 내밀고 찾아오는 통에 나날이 견디기가 불편했다. 그러던 어느 날 읍내 술도가 주인의 동생이면서 배달 일을 하는 유 씨 성을 가진 사내가 있었는데 그녀에게 유독 관심이 많았다. 그녀에게 재 너머 용하마을 입구에 소작하던 사람이 살던 집이 하나 있는데 거기에서 막걸리 장사를 해보지 않겠느냐는 구체적인 제안을 했다. 주점만 차리면 나머지는 자기가 알아서 할 터이니 돈을 모아 그 집을 사기만 하라는 것이었다.

그런 와중에도 복순 씨의 아들은 엄마의 괴로움을 아는지 모르는지 여전히 연락이 뜸했다. 그저 일 년에 한두 번 찾아올 때마다 직장이 어렵다, 돈 벌기가 쉽지 않다는 말로 도리어 걱정만 내려놓고 돌아갈 뿐이었다. 의지할 데 없는 그녀의 삶은 점점 고립되어갔다. 아무도 없는 텅 빈 집에서 매일 똑같은 일상이 계속되었지만, 가난은 날이 갈수록 심해졌다. 콩이 건 고구마 건 돈이 되는 것은 무엇이건 장에 내다 팔았다. 그러나 그녀의 살림살이는 한겨울을 무사히 넘길 만큼의 여유도 없게 되었고 마침내 조금씩 빚도 생겨났다. 그녀의 인생은 후반부로 접어들면서 급격하게 내리막길을 걷기 시작하고 있었다. 그녀는 남은 선택지가 단 두 개밖에 없다는 것을 깨달았다. 살 방법은 둘 중의 하나, 남자가 아니면 돈이었다.

그리하여 그녀는 돈을 택했다. 집과 텃밭을 팔아 마련한 돈으로 용하마을 입구의 빈집을 사서 주점을 시작했던 것이다. 집을 고치고 술집을 운영하는 방법을 가르쳐 준 이는 물론 유 씨였다. 복순 씨는 술이라고는 입에도 대지 못할 정도로 술과는 거리가 먼 사람이었지만 장사를 하는 데는 아무런 장애가 되지 않았다. 오히려 손님들이 늘어갔다. 손님이 늘어나도록 뒤에서 도운 이 중에는 단연 유 씨의 영향이 컸다. 보이지 않는 영업이사의 활약이 사람들 사이에 소문이 났을 때 그가 복순 씨의 기둥서방이 아닌가를 의심하는 것은 실로 자연스러울 정도였다. 실제로 유 씨는 큰 키에 체격이 건장한 사람이어서 어떤 식으로든 두 사람을 연관시키려는 사람들의 눈에는 보호자와 피보호자 간의 개연성이 있어 보였다. 복순 씨는 그러나 경계를 분명히 했다. 어디까지나 술도가로부터 술을 받아오는 거래처 이상으로 여기지 않았다. 결정적으로 유 씨는 유부남인 데다 부인이 드센 사람이어서 이전에도 그의 바람기 때문에 낭패를 당한 여자가 한둘이 아니었다는 소문을 익히 들을 터였다. 다만 그녀는 자신의 장점인 친화력을 장사에 십분 활용했다. 그녀가 돈을 버는 목적은 오직 하나였다. 가난을 이기고 아들놈을 고향으로 되돌아오게 하는 것, 그것만이 단 하나의 경영철학이자 장사밑천이었다.

시간이 지남에 따라 그런 그녀에 대해 유 씨는 기분이 썩 좋지 않았다. 교묘하게 그와의 관계에 선을 긋는 그녀의 냉정함 때문에 점차 관계 자체가 소원해지는 것도 느꼈다. 그렇다고 이제는 매출이 많이 늘어나 중요한 고객이 되어버린 복순 씨를 소홀히 해서도 안 되는 처지였기 때문에 유 씨는 복순 씨에게 부로 퉁명스럽게 대하거나 막걸릿값을 빌미로 이런저런 시비를 걸었다. 그와 복순 씨 사이가 눈에 띄게 벌어지면서 기둥서방이라고 생각했던 인물이 사실이 아니라고 판명되자 그녀를 흠모하던 단골들의 마음은 한결 느긋해졌다. 그리하여 복순 씨는 누구에게도 속하지 않고 오직 주점에만 존재하는 마스코트 같은 역할을 충실히 수행할 수가 있었다. 하지만 더 큰 문제가 기다리고 있었다. 장사가 잘될수록 마을 여자들의 인심이 그에 비례하여 나빠졌던 것이다.

"안주는 개뿔, 그래봤자 파전이고 어전이지 뭐 다를 게 있는 겨. 나물 해내는 것이 종갓집 제사상 올리던 솜씨라고 자랑이라던데 그런 정도 솜씨 없는 여자도 있나? 그리고 술맛이 남다르네, 어떠네, 왜 똑같은 양조장 술이 그 집에만 가면 맛이 있느냐 말이여? 그 여편네가 술을 따로 만드는 겨?"

남자들이 한 번 발을 디디면 헤어 나올 줄 모르는 이유가 그놈의 술 때문인지, 아니면 그녀들이 저주하는 주모 때문인지는 분명하지 않았다. 복순 씨에게 관심이 없던 사람들도 그녀가 떼돈을 벌고 있다는 소문이 돌자 비난의 대열에 합류했다. 돈을 갈비로 그러모은다는 괴소문에는 다분히 복순 씨에 대한 질투가 깔려 있었다. 질투가 이끌고 다니는 소문은 잔인했다. 거기에는 항상 요사스러운 행실, 밀주, 돈 따위의 주제가 근거도 없이 뒤섞였다. 그러다가 불똥이 엉뚱한 데로 튀는 일도 있었다.

"교회라는 게, 코앞에 술집이 있어도 그걸 만류할 생각도 안 한다니 이게 말이 되나? 교회가 뭐여, 나쁜 거 고치고 천당 가자는 거 아녀? 이럴 때 목사가 나서서 마을 사람들하고 의논하고 합심해서 어떻게 해야 되는 거 아닌가?"

2.

교회와 주점 간의 보이지 않는 대립이 마을을 장악하고 있었어도 정작 당사자들의 귀에는 소식이 늦게 전해졌다. 복순 씨는 마을 아낙들의 불평을 대수롭지 않게 생각했고 목사로서는 마을 사람들이 불평한다고 해서 함부로 남의 가게를 이래라저래라할 수 없는 노릇이었다.

"목사님이 그 여자를 전도할 수 있다면 만사가 형통이겠죠?"
답답한 마음에 내뱉은 어느 신도의 농담을 처음에는 웃어넘겼지만, 목사는 되짚어보니 그것만큼 축복받은 해법이 있을까 하는 생각도 들었다.
"자매님들께서 먼저 전도 활동 한 번 해보시지요."

"우리가 가서 될 거면 그런 말씀 드리겠어요? 골백번도 권유해봤어요. 그 사람 남편 잃고 아들 도시로 가버린 후에 혼자 오래 살았잖아요. 하다 하다 안되어서 예배는 안보더라도 교회에 나오면 사람들도 사귀고 좋다 얘기했지만, 소귀에 경 읽기예요. 제사 때문에 교회는 절대 안 된다네요. 어찌 쌀쌀맞게 구는지 교회에서 왔다고 하면 제대로 얼굴도 안 보여줍니다. 아예 작심하고 교회 앞에다 술집을 차린 것 같아요. 누가 이기나 해보자고요."

"목사님 웃으실 일이 아니에요, 저 여자 하나 때문에 마을 인심 다 잃고 있어요. 문제가 많은 사람입니다. 교회는커녕 마을 일에도 전혀 참여를 안 합니다. 술장사 외에는 관심도 없는 여편네에요."

"남자들만 관심 있지! 남자를 홀리는 뭐가 있어!"

신도들의 주점에 대한 감정의 골은 생각보다 깊어져 있었다. 주점의 존재를 비난하는 말을 들으면 목사는 공연히 책임감이 느껴져 마음이 무거웠다. 어쩌면 애초에 술집이 들어서지 못하도록 할 수도 있었을 것이었는데 그 책임을 다하지 못한 것이 자신의 우유부단함 때문은 아니었는지 자책감이 들기도 했다. 그 역시 교회 앞에 술집이 있는 것이 늘 불편했다. 늦은 밤 주점 앞에서 주정꾼들이 떠드는 소리를 들을 때는 당장 달려가 훈계를 늘어놓고 싶은 마음이 굴뚝같았다. 그러나 알고 보면 그 사람들 역시 이웃이고 주민이며 심지어 일부의 경우에는 신도들이기도 했다.

목사는 신도들의 요구 때문에라도 그들의 불만을 해소하기 위한 최소한의 도리는 해야겠다고 생각했지만 그렇다고 딱히 명분이 없었기 때문에 원성을 달래는 것 외에는 도리가 없었다. 교인들의 불만은 어느 곳에서 출발하건 결국은 여주인을 욕하는 것으로 끝났다. 대상이 주점이라면 그 주점을 이용하는 사람들도 비난의 대상이 되겠지만 주제를 여주인으로 바꾸면 결국 그곳에 주점이 있다는 문제보다는 하필이면 왜 주점의 여주인이 바로 그 여자냐는 비난으로 왜곡되고 있었다. 술을 마시러 가는 사람에게 죄가 있는 것이 아니라 술을 마시도록 마련한 사람에게 죄가 있다는 것, 이것이 골자였다. 목사는 신도들의 이러한 이기적인 해석이 마음에 걸렸다. 그러나 개의치 않기로 했다. 주점의 여주인이 정말로 남자들을 홀리게 해서 술을 마시게 했다 해도 그것은 교회와는 아무런 관련이 없는 것이다.

그러던 어느 날 마을 주민 한 명이 몹시 취하여 귀가하던 중 하필이면 마을 앞 석조다리에서 떨어져 크게 다치는 일이 일어났다. 다행히 골절만 입고 생명에는 지장은 없었는데 남자의 부인이 주점을 찾아가 자기 남편이 다리에서 떨어진 것이 모두 그 술집에서 술을 팔았기 때문이라고 화풀이를 했다. 주모는 그 남자가 처음부터 읍내에서 잔뜩 취하여 온 것을 어찌하느냐 항변하였지만, 여자는 분이 안 풀렸는지 이장을 찾아가 이참에 우리 마을에서 술집을 아예 없애버려야 하지 않느냐며 불평을 해댔다. 이 일이 발단되어서 술집에 남편을 빼앗긴 여자들을 중심으로 하루빨리 마을에서 주점을 쫓아내야 한다는 공감대가 퍼져나갔다. 비난과 소문이 꼬리를 물고 돌아다니다가 더러는 목사의 귀에 들리기도 하고 주모에게 전해지기도 했다. 신도들의 말처럼 이유야 어찌 됐건 주점 때문에 인심이 흉해진 것은 분명했다. 누군가는 술에 약을 탄 것이 분명하다고 했고 누군가는 밀주를 팔고 있다고 말했다. 고발해야 한다는 적극적인 의지를 말하는 사람들도 있었다. 그런 와중에도 주점은 소문과 무관하게 언제나 비슷하게 손님이 들락거렸다. 무더위와 상관없이 늦은 밤까지 불빛이 충만한 그곳은 세상과는 동떨어져 보였다. 기쁨도 슬픔도 들어갈 땐 달라도 나올 때는 그 둘이 서로 엉겨 붙어 어깨동무하거나 유행가를 불렀다.

목사는 마을 전체의 비난과 원망을 받으면서도 한 치의 물러섬도 없이 버텨내는 주점의 여자가 새삼 궁금해졌다. 그는 사실 여주인과 정식으로 인사를 한 적도 없었다. 돌아가는 모양새로 보자면 그녀는 당장에라도 마을 주민들로부터 꼬투리를 잡혀 문을 닫을 수도 있는 처지였다. 그런데도 주점은 어제도 오늘도 변함이 없었다. 목사는 여주인이 안하무인 고집불통이거나 반대로 돌아가는 상황을 제대로 인지하지 못하는 무지한 사람일 것으로 생각했다. 들어본 바로는 안면을 몰수하고 대드는 고집불통은 아닌 것 같았다. 그렇다면 그녀가 돌아가는 상황을 정확하게 인지하기만 한다면 자연스럽게 주민들의 요구에 응답할 수도 있다고 생각했다. 가령 영업시간을 줄이거나 특정한 날은 쉰다거나 함으로써 유화적인 모습을 보인다면 극심한 비난은 피할 수 있어 보였다. 그녀로서도 쉬는 시간이 많을 것이므로 마을 사람들과 어울리는 기회를 얻고, 그러다 보면 어느 시점에 가서는 교회에 나오도록 전도하는 일도 가능하지 않을까?

그해 농부들은 만약 큰 태풍과 같은 천재지변이 없기만 하다면 올해 농사도 풍년일 것이라는 것을 경험으로 알고 있었다. 때때로 비가 적당히 내려 물이 부족하지 않았고 일조량 또한 벼농사와 밭농사 모두에게 적당하기 그지없었다. 농부들은 풍성한 가을에 대한 기대감 때문에 씀씀이도 좋아졌다. 농사가 잘되는 해가 거듭되면 수익에 대한 확신이 높아지게 되고 이것이 예측된 거래를 가능하게 하였기 때문이다. 즉, 외상거래가 가능해지는 것이다. 외상거래로 보자면 주점이야말로 가장 빈번한 거래가 일어나는 곳이었다. 교회 앞 복순 씨 주점도 예외가 될 수 없었다. 손님도 많아지고 거래도 많아져 복순 씨는 초저녁부터 밤늦게까지 눈코 뜰 새 없이 바빴다. 그러나 그녀의 장사가 풍년을 향해 다가가면 갈수록 마을 여인들의 원성과 질투도 그에 비례하여 커지고 있었다. 술에 취한 사람들은 당연히 그에 합당한 말썽을 부렸다. 남에게 괴로움을 주거나 그 자신에게 상처를 입혀 쾌락의 대가를 지불했다. 부인들의 입장에서는 술에 관한 한 남편들은 죄가 없었다. 그들은 다만 술에 홀려 영문도 모른 채 실수를 저지르고 식구들을 괴롭혔던 것이다. 땀 흘려 농사지은 수익을 술집에 퍼 나르고 있는 남편들의 죄 역시 그들의 어리석음이 아니라 그들을 시험에 들게 한 주점의 계략 때문일 뿐이었다. 풍년을 목전에 둔 용하마을은 술만 없으면 세상에서 가장 평화롭고 부유한 마을일 것이 분명했다.

주일예배를 마친 어느 날 신도들을 배웅한 후 목사는 오늘이야말로 주점에 한 번 가봐야겠다는 생각이 들었다. 신도들이 전해준 말을 상기해보면 가을이 되어 외상값을 정산하면 말 그대로 농사지은 이익은 없고 술집만 살찌는 경우가 올 수도 있었다. 물론 지나친 과장이란 것을 목사는 알고 있었다. 다만 그가 걱정한 것은 주점에 대한 마을 주민들의 악감정 때문에 교회에 대한 비난도 덩달아 커지는 것을 두고 볼 수만은 없었다. 풍년이 계속되면서 교회의 신도 역시 많이 늘어났다. 경제적인 여유와 심적인 여유 간의 상관관계가 있다면 교회 역시 그런 혜택을 보고 있었다. 자연스럽게 신도들의 입김도 세지고 요구도 많아졌다. 교회가 해야 할 늘어난 역할 중 하나는, 비록 드러내놓고 문제를 제기하거나 성토하지는 않았지만, 바로 그 문제의 주점을 어떻게든 교화하거나 순화하거나 혹은 사라지게 하거나에 대한 것이었다.

목사는 문을 두드렸다. 복순 씨는 저녁 장사를 위해 안주 장만으로 바빴지만, 예의 그 상냥한 말투로 행주치마에 손을 닦으며 부엌에서 나왔다.

"아직 장사하려면 멀었는데요. 너무 일찍 오셨네요."

"아니요, 아주머니. 교회에서 왔습니다."

목사가 문을 열었다. 복순 씨는 커튼을 뒤집어쓴 것처럼 펑퍼짐한 옷을 입은 사람이 문 앞에 서 있는 것을 보았다. 그 차림새는 교회에서 왔다고 하지 않았으면 상이용사인 줄 착각할 만큼 낯설었다. 얼굴을 자세히 볼 수 있는 거리만큼 가까이 다가가자 그가 지금 뒤편으로 보이는 교회의 목사라는 것을 단번에 알 수 있었다. 몇 번 지나는 길에 마주치기만 했을 뿐 직접 말을 해본 일은 없었지만 다소 하얗고, 웃지 않아도 항상 입꼬리가 들려 있어 미소를 짓는 듯한, 고생이라고는 모르고 자란 샌님 같은 얼굴로 보아 틀림이 없었다. 그녀는 그 복장에서 풍기는 거부감으로 인해 본능적으로 자세를 고치고 눈을 치켜뜨며 그를 바라보았다. 동시에 그녀는 그가 특별한 목적, 그러니까 예수를 믿으라는 목적을 가지고 왔다는 것도 손에 들려 있는 성경책과 종이뭉치를 보고 알 수 있었다. 그녀는 그냥 무시하고 돌아서 버릴까 생각하다가 목사가 고개를 깊게 숙여 절을 하듯 인사를 하는 바람에 동작을 멈추고 말았다.

"목사님이시죠? 무슨 일로⋯."

예상은 했지만, 막상 복순 씨의 굳은 표정과 냉담한 목소리를 듣게 되자 목사도 긴장하지 않을 수 없었다. 신도들과 적어도 표면적으로는 대립하고 있는 관계였기 때문에 교회를 책임지고 있는 그 역시 복순 씨에게는 적대적인 상대가 분명했다. 두 사람이 정식으로 인사를 나눈 적이 없었다는 것도 장애 요인이었다. 복순 씨가 단호한 얼굴로 미동도 없이 꼿꼿하게 서서 정면을 응시하였으므로 목사는 약간 놀라고 있었다. 대부분 사람은 목사를 그런 식으로 빤히 바라보지 않았다. 권위에 대한 예의로써 대부분은 고개를 한 번쯤 숙이거나 조금은 친절하게 말투를 바꾸기 마련인데 그녀는 전혀 그렇지 않았다. 그것이 그를 당황하게 만들었다. 불과 몇 초 간격이었지만 그녀는 순식간에 목사의 머리부터 발끝까지를 훑어본 다음 출발지였던 그의 눈으로 되돌아왔다.

"저는 교회 안 다닙니다."

그녀는 딱 잘라 말했다. 목사는 교회의 이야기를 처음부터 하지 말아야 한다는 것을, 그랬다가는 대화의 주도권을 잃고 쫓겨날 것을 알고 있었다. '교회에 나오는 마을 아주머니들이 술집에 대해 불평을 하고 있다. 나도 당신이 여기에서 주점을 열어 마을 남자들이 술에 취해 비틀거리며 밤늦게 집으로 돌아가는 것에 대해 반대하기는 마찬가지다. 사람들이 당신의 가게가 술에다 약을 타거나 밀주를 만들어 판다고 소문을 내고 있다. 그러니 큰일을 당하기 전에 장사를 좀 자중해야 할 것이다'라고 준비되었던 말들은 일단 목구멍 뒤로 넘겨 놓았다. 복순 씨가 고개를 돌리고 그를 외면하며 문을 닫으려 했다.

"오늘 일요일인데 너무 쉬지 않고 일만 하시는 거 아닌지요?"

복순 씨는 목사를 돌아보았다. 아무래도 쉽게 돌아가지 않으려는 듯, 한 손으로 닫으려던 문을 막고 있는 것이 보였다.

"농사짓는 마을에 쉬는 날이 따로 있나요."

"이웃에 살면서 지금껏 인사도 나누지 못했네요. 그래도 제가 목사인 걸 알아봐 주셔서 감사합니다. 안으로 들어가서 말씀해도 될까요?"

목사는 복순 씨의 대답을 듣기 전에 문을 열고 안으로 들어갔다. 그는 자신이 전혀 해로운 목적을 지니고 있지 않다는 표시로 양팔을 펼쳐 보였다. 목사는 문전박대까지도 걱정했던 상황에서 벗어난 것을 직감하고 원래의 정중함으로 되돌아가 있었다. 복순 씨는 목사와 같은 사람들이 자신을 찾아오는 일은 오직 한 가지 이유 때문이라고 생각했다. 이유를 불문하고 술장사를 그만두라는 것 말이다. 따라서 그녀에게 있어 목사는 경찰이나 크게 다를 바가 없었다. 복순 씨도 목사의 출현을, 반드시 목사일 것이라는 생각을 한 것은 아니지만 적어도 교회를 대표하는 사람들이 찾아와 교회의 불만을 이야기하며 자신을 옥죌 것이라는 예상을 하지 못한 것은 아니었다. 복순 씨는 마치 술손님처럼 들어와 테이블에 걸터앉는 목사를 바라볼 수밖에 없었다. 그리고 그녀는 자신의 귀를 의심케 하는 말을 들었다.

"마을 사람들이 아주머니네 가게 술맛이 일품이라 일대에서는 유명하다고 하더군요. 그래서 한 잔 마셔보려고 왔습니다."

그녀는 목사를 의심에 찬 눈초리로 쏘아보았다. 목사의 태도는 그녀로서는 도저히 이해가 가지 않았다. 목사가 대낮에 술을 주문하고 있다니! 그녀가 생각하기에 목사는, 잘못을 꾸지람하는 선생님과 크게 다르지 않으리라 생각해왔는데 뜻밖에도 자기가 이웃이며 인사를 나누기 위해 왔고 게다가 술을 마시겠다니, 그 저의가 의심스러웠다. 그녀가 목사라는 대상에 대해 갖고 있었던 선입견은 그녀가 가지지 못한 어떤 지식에 대한—머리가 비상하고 배운 것이 많은 사람에게서 풍기는 까닭 모를 두려움과 경외심 때문에, 마주 서게 되면 그의 기에 눌려 없는 잘못도 만들어 무릎을 꿇고 빌 것 같은 존재였다. 그녀는 불안한 생각을 내색하지 않으려 애썼다.

"별말씀을요. 하지만 목사님께 술을 팔지는 않습니다. 목이 마르신 거라면 물은 한 잔 드릴게요."

"목사는 손님 아닌가요? 그게 아니라면 우리가 이웃이라는 뜻에서 한 잔 주시면 어떨까요?"

목사는 가운을 벗어 옆자리에 가지런히 개 놓으며 말했다. 보조개 주름이 미소를 들어 올렸다.

"복순 씨도 교회가 이웃인 것은 맞지요?"

그녀는 목사가 친절하게 자기의 이름을 불러주는 것 때문에 경계심이 약간 흔들렸다. 목사 역시도 그녀의 말투와 몸가짐에서 마을 사람들이 말하던 것과는 달리 적어도 막무가내로 고집을 부리는 사람은 아니겠다는 확신이 들었다. 하지만 두 사람이 가진 입장 때문에 대화는 언제든지 중단될 것이었다. 그는 최대한 교회로부터 무관하게 함으로써 그녀에게 거부감을 주지 않아야 한다고 생각했다. 복순 씨는 냉수 한 그릇을 떠다 주었다.

"정말로 술을 한 잔 주셔도 됩니다."

목사는 유쾌하게 물그릇을 받아 테이블의 가장자리로 밀쳤다. 벽시계가 오후 두 시를 알렸다.

"목사님. 제가 아무리 술 파는 여자기로서니…. 저도 그 정도는 압니다. 저를 너무 무시하시는군요. 왜 찾아오셨는지 대강 알겠습니다만 저도 살기 위해서 장사하는 겁니다. 그러니 술집을 그만두라는 말씀 마시고 돌아가 주세요."

"무시라니요. 전혀 아닙니다. 저는 사실을 말씀드리는 것입니다. 성경에도 술이 나오지요. 포도주. 술이 인간의 영혼을 타락하게 만든다고 하셨지만, 그것을 먹지 말라고 하신 적은 없습니다."

목사는 손가락으로 테이블 위에 놓인 성경책을 손으로 가리키며 말했다. 복순 씨는 피식 콧방귀가 났다. 목사가 술을 마셔도 된다니. 무슨 뚱딴지같은 말인가. 복순 씨네 가게에도 신도이면서 술을 마시는 사람은 많았다. 그렇지만 어디까지나 그것은 평범한 인간들 이야기일 뿐이다. 교리문답처럼 살지는 않더라도 교회에 다닐 수 있고, 죄를 지으면 다만 용서를 구하면 되는, 그녀가 사이비라고 생각하는 사람들에 국한된 이야기였다. 그녀는 당당히 술을 주문하는 목사가 의심스럽기도 하고 그 의도를 분명히 드러내지 않고 자신을 떠보는 듯한 태도에 약간의 화가 나기도 하여 정말로 막걸리 한 사발을 가져오기 위해 부엌으로 걸어 들어갔다.

목사는 그녀가 술을 뜨기 위해 부엌으로 들어간 사이 내부를 둘러보았다. 홀에는 사람들이 북적거린 흔적이 도처에 있었다. 땅바닥은 수많은 사람의 발길에 의해 단단해져 윤기가 났고 지붕을 받치기 위해 설치한 나무 기둥들 역시 손때가 묻어 반들거렸다. 부엌은 홀에서 볼 때 구분 없이 뚫려있어서 그녀가 움직이는 모든 것을 볼 수 있었다. 그녀가 허리를 숙였을 때 뒤쪽 선반 위에 수북이 쌓여 있는 양은그릇들이 검은 뒷벽에 대비되어 눈에 뜨였는데 얼마나 많은 사람이 찾아오는지를 대변해주고 있었다. 가마솥이 걸린 부뚜막 옆에 방문처럼 보이는 문 하나만이 필시 그녀가 기거하는 방으로 들어가는 다른 공간이라 짐작되었을 뿐 가게로 보자면 홀 전체가 막힘없는 하나의 공간으로 이루어져 있었다. 목사는 순간 손님이 꽉 들어찬 홀을 생각해보았다. 술에 취한 사람들이 내뱉는 거친 말소리와 웃음소리, 넋두리와 한숨, 건배를 외치는, 혀가 꼬부라진 사람들과 대화상대가 누구인지도 모른 채 자기 말만 하고 있는 사람들, 그리고 그러한 혼란과 혼돈 사이를 술과 안주를 들고 분주히 돌아다니고 있을 저 자그마하고 야윈 여자가 눈에 들어왔다. 주점의 규모와 그간 들었던 소문을 조합해 보건대 저 작은 여자 한 명이 이런 정도의 주점을 운영하고 있다는 것이 한편으로는 놀랍고 믿기지 않았다. 목사는 마치 그녀가 채찍만으로 덩치 큰 맹수를 다루는 서커스단의 조련사 같다는 생각이 들었다. 그녀는 단지 채찍으로 땅바닥을 내리칠 뿐인데 맹수들은 보이지 않는 명령에 이끌려 둥근 테이블 위로 올라가 재롱을 부리고 그 보상으로 막걸리를 맛보고 있었다. 출입구와 가까운 오른쪽에 만들어진 계산대 뒤에는 날짜가 큼지막하게 적힌 습자지 달력이 걸려 있었는데 주모의 키로 짐작건대 그 앞에 선다면 달력과 그녀의 머리가 일직선을 이룰 것 같았다. 그리고 그 자리는 구조적으로 사각지대가 없이 홀 전체가 한눈에 들어오는 위치에 있어서 구태여 채찍을 휘두르지 않아도 맹수들의 모든 것을 보고 모든 것을 들을 수 있을 것 같았다.

"여기 있습니다. 그럼 마음에 드시는 것으로 잡수세요. 목사님께 술을 파는 게 아니라 이웃 손님에게 드리는 겁니다."

잔을 내려놓자마자 목사는 즉시 한 모금을 마셨다. 상대에게 지지 않으려고 술을 가져오긴 했지만, 막상 목사가 정말로 술에 입을 대는 것을 본 복순 씨는 당혹감을 넘어 약간의 죄책감마저 들었다.

"목사님, 저는 농담으로 드린 거였는데요."

목사는 어색해하는 복순 씨를 바라보며 태연히 말했다.

"어떡하죠. 저는 진짜로 마셨는데. 허허."

목사의 너털웃음 때문에 복순 씨도 덩달아 웃음이 났다. 목사의 지극히 평범하고 인간적인 말투 때문에 그녀의 경계심이 조금 느슨해졌다. 목사는 그녀의 입가에 미소가 왔다가 지나간 것을 보았다. 몇 모금 더 마신 뒤 그는 고개를 끄덕이며 말했다.

"듣던 대로 막걸리 맛이 일품입니다. 저도 막걸리를 얻어 마셨으니 언제 교회에 들르시면 맛있는 차(茶)라도 한 잔 대접하겠습니다."

"말씀은 고맙습니다만, 기대하지는 마세요. 제가 교회에 가기는 힘드니까요. 아니요, 미리 말씀드립니다만, 못 갈 것 같습니다."

"복순 씨가 교회에 오지 못할 이유가 있나요? 제 말씀은 교회에 오기 위해 오시라는 게 아니라 이웃이니까 일간 방문하는 게 어떠냐는 말씀입니다."

"그 말이 그 말이지요."

실상 그것은 맞는 말이었다. 목사도 그런 일상적인 방문을 시작으로 교류하고 소통하고…. 궁극적으로 그녀가 교회에 오는 것을 가정했었다. 목사는 급히 화제를 바꿨다.

"교회에는 교인만 오는 게 아닙니다. 공부하는 학생들도 믿음과 상관없이 오고요, 글을 모르는 어른들에게는 한글을 가르치는 야학도 열고 있습니다. 교회는 예수 믿는 사람만 오는 데가 아닙니다. 누구든지 올 수 있습니다. 이장님 사모님도 예배는 안 나오셔도 한글 배우는 데는 나오십니다. 이웃이라고 생각하니까요."

목사는 테이블에 앉는 순간부터 그녀가 글을 모를 확률이 높다고 생각했다. 왜냐하면, 계산대 옆 벽면에 누가 보아도 외상장부로 보이는 공책 하나가 매달려 있었는데 주인이 적어서 보관하기 위해 걸어 놓았다기보다는 걸려 있는 위치로 보거나 손때가 묻어 가장자리가 부풀어 있는 모양으로 볼 때 그것은 손님들이 스스로 적어서 기록하는 것이 틀림없었다. 그는 이전에도 이와 유사한 작은 가게들을 많이 보았었다. 목사는 첫 출발이 이 정도면 충분하다고 생각하며 자리에서 일어섰다. 그리고 자신의 추리가 맞는지를 확인하기 위해 성경책 사이에서 주보 한 장을 꺼내 테이블 위에 놓았다.

"이번 달에는 수요일 저녁에 야학이 있군요. 장사 일찍 마치시면 한 번 오시지요…."

복순 씨가 눈을 동그랗게 뜨며 한 발 뒤로 물러섰다. 순간 목사는 자신의 말에 담긴 의도가 들킨 게 아닐까 놀라 즉시 부연했다.

"글 배우러 오시라는 말이 아니고요. 그날 사람들이 많이 모이니까 오시면 좋겠다는 말입니다. 이웃들과 사귀는 것은 좋은 일이니까요."

목사의 뜬금없이 제안에 복순 씨는 기분이 언짢아졌다. 대놓고 야학에 나오라는 말도 귀에 거슬렸다. 그녀는 즉시 거절할 구실을 찾았다. 테이블을 정리하는 척 냉수 사발 귀퉁이를 만지며 말했다.

"그냥 가건 예배를 하러 가건 교회에 가는 건 같은 거지 뭐가 다를 게 있습니까. 제사 안 지내려고 교회 가는 사람도 많다면서요? 저는 죽어도 그렇게는 못 합니다. 제사를 안 지내다니요. 조상님이 뭐라 하시겠어요. 이나마 사는 게 누구 덕인데요."

목사는 대화가 이어진 것이 다행이라고 판단하면서도 호의적으로 마무리되지 못할 것 같은 불안감이 들었다. 그는 최대한 가볍고 부드러운 대화가 이어지려면 설교할 때 사용하는 톤이 나오지 않도록 해야 한다고 생각했다.

"제사가 걱정이시군요. 제사를 지내면서 교회에 나오는 분들도 많습니다. 그런 사람들을 보신 적이 없나 보군요?"

"아니요, 제 말씀은 그게, 어쨌든 저는 교회에 가기에 부족하다, 그런 말씀입니다."

그녀는 자신을 시기 질투하는 교인들을 떠올리며 반대를 위한 반대말을 했다.

"교회에 나오기에 부족한 사람은 없습니다. 우리 신도 중에도 집에서 제사 지내는 분들 많습니다. 다만 예식을 갖는 형식이 다를 뿐이죠."

복순 씨는 간단한 인사를 나누려고 시작한 말이 점점 이상한 방향으로 이끌리는 것에 불편함을 느끼면서도 계속 말을 하게 만드는 목사의 목소리에 이끌렸다. 낮으면서도 명료한 그 목소리 때문인지 복순 씨의 말투는 평소의 카랑카랑하던 높이보다 낮아져 있었다. 그녀는 항상 말주변이 변변치 못하다고 느꼈다.

사람들 사이에서 대화를 주도할 일도, 주도한 적도 없었다. 그런데 목사와 대화를 시작하면서 알 수 없는 자신감이 샘솟는 것 같았다. 그녀는 교회를 거절할 이유를 찾으면서도 그와 말을 주고받는 것이 왠지 나쁘지 않았다.

"결국, 교회에 나오라 그 말씀이시군요. 그래도 저는 교회는 가기 힘들겠습니다. 저는 사실…, 네 맞습니다. 글도 모릅니다. 교회 가면 성경책도 보고 글도 쓰고 해야 하는데 저는 배운 적이 없어요."

"글을 모르는 것과 교회는 아무 상관도 없습니다. 교회는 말씀을 전하지 글을 전하는 곳이 아닙니다. 말씀을 듣는 것에 비하면 읽고 쓰는 것은 아무것도 아닙니다."

목사는 자기 생각이 맞았다는 것이 확인되자 자신감이 샘솟았다. 복순 씨는 당황했다. 수만 가지 이유를 대지 않더라도 이 정도면 거절 사유가 충분하다고 생각한 터였는데 목사는 도리어 그것을 역이용하고 있었다. 그녀는 함정에 빠진 사람처럼 숨겨두었던 말들을 엮어 사다리를 만들고 그것을 도구로 함정을 빠져나가려고 애썼다.

"목사님 말씀은 고맙습니다만 아무튼 교회에 나가는 일은 거절하겠습니다. 아무리 듣기만 하면 된다고 해도 글도 모르는 할머니가 무슨…. 창피하고 어려운 일이네요. 그리고 설령 제가 교회에 마실 삼아 간다고 해도 동네 사람들이 흉볼 거예요. 무식쟁이 술장사가 교회 나온다고."

"전혀 그렇지 않습니다. 교회에 나오는 형제자매님들은 오히려 복순 씨가 교회에 나오기를 바라고 있습니다. 믿음과 복음을 구하러 교회에 오는 사람을 신자가 거부하다니요. 그런 일은 결코 없습니다."

"그 사람들이 저를 교회에 와도 된다고 했다고요? 목사님께 그렇게 말하던가요? 그랬다면 이유는 뻔하죠. 그렇게 해서 술장사를 못 하게 만들려는 겁니다. 그런데 그 사람들 틀렸어요. 제가 술장사를 그만두면, 술집이 없어지나요? 제가 그만두면 아마 저를 비난하던 바로 그 사람 중 한 명이 똑같은 술집을 차릴 거예요. 그런데 유독 제가 장사하는 것만 문제가 된다는 심보예요, 정말 화가 납니다."

목사는 이로써 대화가 끝났음을 알았다. 대꾸 없이 그녀의 흥분이 가라앉기를 기다렸다가 가운을 챙겨 들고 나갈 준비를 했다.

"복순 씨를 싫어하는 사람이 없다고 말씀드리지는 않겠지만 복순 씨가 생각하는 것만큼 미워하고 싫어하는 사람은 적어도 교회에는 없습니다. 그리고 그중에는 저도 있고요."

그는 잔에 남아있는 술을 단숨에 들이켠 다음 처음 마셔보았을 때처럼 고개를 끄덕였다. 그것은 술에 대해서가 아니라 스스로에게 하는 대답 같았다. 목사는 테이블 위에 올려놓았던 주보를 두고 가겠다는 제스처를 한 뒤 다시없는 공손한 태도로 작별 인사를 했다. 복순 씨는 엉거주춤 인사를 받고 큰 걸음걸이로 되돌아가는 목사의 뒷모습을 잠시 바라보았다. 흰 머리카락이 여름 햇살에 반짝였다. 그녀는 왠지 답답한 무엇인가가 가슴에 내려앉는 것을 느꼈다. 그것은 교회에 나오라는 권유를 거부하기 위해 글을 모른다는 말까지 고백해버린 자신에 대한 후회와 원망이었다. 그 고백은 벌거벗은 모습을 보인 것 같이 뒤늦게 얼굴이 빨개지고 심장이 쿵쿵거리는 부끄러움을 몰고 왔다.

'내가 뭔 소리를 한 거야. 그냥 교회 안 간다고만 말하면 그만인 것을!'

3.

더위 때문에 막걸리 손님이 다소 뜸해진 팔월의 어느 날 복순 씨는 잠시 짬을 내어 그동안 모아놓은 돈을 아들에게 부쳐주어야겠다고 생각했다. 그동안 모은 돈을 어림잡아 계산해보니 장사밑천을 제외하고도 남음이 컸던 것이다. 어미가 되어 물려받은 집과 밭을 팔아 마련한 돈을 장사해야 한답시고 아들에게는 한 푼도 주지 못한 것이 늘 마음에 걸렸다. 물론 그녀가 장사하는 것도 결국은 아들과 그 아들의 아들들을 위한 것이라는 점에서는 부끄러울 것이 없었지만 돈이라는 것이 필요할 때 있어야 하는 법이라는 것을 누구보다 잘 알고 있는 터였다. 그런데 문제는 그녀가 아들에게 돈을 전달할 방법을 확실하게 몰랐다는 것이었다. 복순 씨는 은행을 거래한 적이 없었다. 모든 금전거래는 직접 주고받았을 뿐 그 이외의 방법으로는 경험이 없었다.

아들에게 돈을 부칠 일을 생각하니 절로 기분이 좋아져서 하루빨리 전해주어야겠다는 생각만 가득했다. 얼마 후면 명절도 다가올 것이기 때문에 타지에서 고생하는 아들놈에게 도움이 되려면 이왕이면 명절 전에 전해주는 것이 낫겠다는 생각에 아들에게 일간 다녀가라고 연락을 취해보기로 했다. 아들이 다닌다는 공장을 수소문해서 전화할 수도 있지만, 그 과정에서 행여나 누가 엿들을까 겁이 났고, 누구에게 전해주라고 맡길 만큼 믿을 만한 사람을 알고 있지도 않았다. 그렇다고 전보를 칠 만큼 긴급한 일도 아니었으므로 결국 조금 늦더라도 아들에게 편지를 써서 부치는 게 낫겠다고 결론을 내렸다. 편지에는 어미가 줄 것이 있으니 일간 다녀가라는 식으로 에둘러 표현을 하면 아무도 모를 것이기 때문에 안심이 되었다. 하지만 거기에서부터 복순 씨의 고민이 시작되었다. 글을 모르는 그녀로서는 편지를 대신 써줄 사람을 찾아야 했는데 그게 여간 어려운 일이 아니었던 것이다. 어떻게든 편지를 받아 적는 사람은 복순 씨 수중에 큰돈이 있다는 것을 알게 될 수도 있었기 때문이었다.

복순 씨는 믿을 만한 사람을 손으로 꼽아보았다. 하지만 누구도 만족할 만한 인물은 없었다. 마을 학생에게 부탁해볼까? 그랬다가 그 애가 제 부모에게 그런 사실을 말하면? 이장님께 부탁해볼까? 아니야, 이장님도 나를 탐탁지 않게 생각하기는 마찬가지야. 아무도 없나? 그런 생각이 꼬리를 물다 결국 목사에게 부탁하는 것이 어떨까 하는 생각에 이르렀다. 목사라면 절대로 비밀을 지켜줄 것이다. 설마 목사가 돈을 탐하랴. 그리고 전에 말하지 않았는가. 이웃이라고.

이렇게 결론을 내렸지만, 이번에는 막상 이런 일로 목사를 찾아가는 일이 괜찮은지가 마음에 걸렸다. 장사준비를 끝내고 잔돈 따위를 정리하던 그녀는 언젠가 목사가 주고 간 난생처음 받아본 교회의 주보週報가 아직도 선반 위에 놓여 있는 것을 보았다. 시간이 지나면서 등사잉크 속에 같이 있던 기름이 분리되어 군락을 이룬 것이 글씨가 그림처럼 종이 위를 둥둥 떠다니고 있었다. 오후의 짧은 한가로움 때문인지 그녀의 손동작에도 여유가 느껴졌다. 가게 안에는 드럼통으로 만든 둥근 테이블을 중심으로 등받이가 없는 동그란 의자들이 일정한 간격을 두고 둥글게 모여 앉아 있었다. 수많은 손님에 의해 밟아 다져진 가게 안의 흙바닥은 창을 통해 들어온 햇빛을 만나 대리석처럼 검은빛으로 반들거렸다. 그녀는 문득 자신이 이런 고요함에 익숙하지 않다는 것을 깨달았다. 그녀에게 있어 한가롭다는 것은 교회의 주보와 마찬가지로 난생처음 받아보는 혜택이었다. 그녀는 이내 이런 고요가 불편해졌다. 딱히 읽는 것도 아니면서, 단지 갑자기 찾아온 적막감을 이겨내려고 앞에 놓인 주보를 넘겨보았다. 그러나 잉크와 기름이 퍼져있는 글씨 때문에라도 실로 검은 것은 글씨요, 흰 것은 종이일 뿐이었다.

'교회를 다니면 눈도 좋아지나?' 그녀는 교회에서 나오는 사람 중에는 나이 많은 노인들도 있었던 것을 상기하며 스스로에게 질문했다. 그런 생각을 하며 책 읽는 시늉을 하는 자신을 상상해 보았다. 그리고 현실의 그녀가 상상의 그녀를 부러워하는 것을 알고 웃음이 났다. '글 가르쳐준다는 데를 진짜 한 번 가볼까? 사실대로 말하자면 글 모르는 사람이 어디 한 둘인가. 아는 척하지만 내가 딱 보면 알지. 이 마을에도 글 제대로 아는 사람이 몇이나 되려고.'

제사가 있는 날이어서 일찍 장사를 마친 복순 씨는 초저녁부터 서둘러 제사음식을 마치고 너무 늦지 않게 목사를 찾아가 편지쓰기를 부탁해보기로 했다. '글 모르는 게 부끄러운 게 아니라잖아. 지금쯤이면 예배가 끝나고 사람들이 없을 게 분명해. 학생들이 몇 명 있으려나?' 근처에 살면서 교회가 운영되는 주기를 어느 정도 알고 있었던 복순 씨는 문을 닫고 교회로 향했다.

교회로 가는 길은 말하자면 그녀에게는 처음으로 다른 길을 가보는 셈이었다. 양쪽이 논으로 둘러싸인 길을 천천히 걸어가면서 뾰족한 지붕 아래 나 있는 조그만 창을 보았다. 창은 생각보다 높이 있고 크기도 작았다. '11시가 되면 불이 켜지겠지.' 그녀는 그 불빛이 밤을 지키다가 새벽녘에 꺼지는 것을 알고 있었다. 그 불빛의 주인이 목사인지, 아니면 그저 이정표로서 켜 놓는 불빛인지는 알 수 없었지만, 지붕 위에 양팔을 벌리고 아래를 내려 보는 십자가의 발밑을 비추는 등대처럼 보였다. 어둠에 익숙해져 교회의 하얀 벽이 뚜렷해졌고 멀리 보이는 검은 숲과 대비되는 경계면은 한층 더 바르고 곧게 보였다. 개구리 소리와 풀벌레 소리가 나는 것을 들으며 농사를 지을 때의 여름밤, 모깃불을 피우던 때가 생각이 났다. 몇 년밖에 지나지 않은 일들이 까마득한 옛날의 일처럼 느껴졌다. 농약을 친 논에서 까무잡잡한 맛이 확 올라왔다.

복순 씨는 불이 켜진 예배당 뒷문으로 살며시 다가갔다. 귀를 가까이 대 보니 목사의 목소리가 들렸는데 아마도 성경을 읽는 것이리라 생각되어 조심스럽게 문고리를 잡았다. 입구에 신발이 없었기 때문에 목사만 있을 것으로 확신한 복순 씨는 과감하게 문을 열고 고개를 내밀었다. 그런데 그 순간 그녀가 마주친 것은 갑자기 문을 열고 들어온 복순 씨를 일제히 되돌아보는 대여섯 명의 마을 사람들이었다. 목사도 고개를 들어 그녀를 보았다. 복순 씨는 당황하여 얼른 문을 닫고 돌아 나왔다. 부끄러움과 수치심이 뒷덜미를 잡고 걸음을 방해하는 것 같았다. 야학하던 동네 주민들에게 앉아 있으라는 손짓을 하고 앞문으로 나온 목사는 그녀의 이름을 부르며 따라 나왔다.

"괜찮아요. 들어오세요!"

그녀는 걸음을 재촉하며 왔던 길을 되돌아갔다. 교회 마당 끝까지 따라 나온 목사가 멀어지는 그녀를 불렀다.

"복순 씨!"

목사의 말은 사방으로 퍼져 어둠 속으로 사라졌다. 그녀에게는 자신의 걸음이 만들어 내는 땅의 울림만 들렸다. 심장을 들고 뛰는 것 같은 충격을 고무신이 온몸으로 견디면서 함께 뛰었고 하얀 치마저고리가 바람을 일으키며 더위를 반으로 갈랐다.

교회에서 돌아온 그녀는 부끄러움과 실망감으로 풀이 죽어버렸다. 교회에 나타난 것을 마을 사람들에게 들킨 것 때문에 부끄러웠고 그렇게 여러 가지 경우 중에 하필이면 마을 사람들이 모이는 날에 골라 간 어리석음에 실망하고 있었다. 그녀는 제사상을 차리는 내내 마을 사람들이 목사에게 자신을 흉보았을 것을 상상하며 몸서리를 쳤다. 그리고는 다시는 교회 근처에 얼씬도 하지 않으리라 다짐했다. '제사를 이만큼이나 정성을 다해 오랫동안 지냈는데, 이럴 때 도와줘야지. 이게 뭐야, 복도 지지리도 없구나.' 애꿎은 조상 탓이 신음처럼 새 나왔다.

홀로 지내는 제사이기 때문에 단출해진, 무엇보다 절을 해줄 자식이 없는 제사상을 물리며 슬픔과 적막감을 이기려 냉큼 숭늉을 들이켰다. 아이러니하게도 그녀는 술을 마실 줄 몰랐다. 사람들 사이에서는 엉뚱하게도 그녀가 말술을 마시는 사람이라고 헛소문이 돌기도 했지만, 그녀를 아는 사람들은 그녀가 단 한 잔의 술로도 기절할 수 있다는 사실을 알고 있었다. 그리고 그녀의 술의 비법이라는 것도 실은 술을 마신 경험에서 나온 것이 아니라 제사를 지내다가 술이 모자라서 보충을 하려고 우연히 만들어 본 것에 불과했다. 말술을 받아다가 그녀가 따로 만든 첨가

물을 타서 잘 저은 다음 반나절을 응달에서 재운 후 부엌 바닥에 묻어놓은 항아리로 옮겨 담으면 되는 것이었다. 이때 바닥에 가라앉아 끈적해진 침전물은 제외하고 담는 것이 중요했다. 그리하여 사람들은 보통의 막걸리와는 조금 다른, 탁주 본래의 걸쭉한 색보다는 엷고 청주보다는 탁한 오묘한 색의 막걸리를 맛볼 수 있었던 것이다.

제사를 물리고 고수레까지 문 앞에 내놓은 다음 복순 씨는 불 꺼진 홀에 앉아 오늘 하루 있었던 일들을 곱씹어보았다. 공연히 슬픔이 밀려왔다. 돈을 벌면 뭐 하는가, 글을 몰라 아들에게 소식도 전하지 못하는 무식쟁이일 뿐인데—어쩔 수 없이 지나온 세월에 대한 원망과 후회가 가슴을 짓눌렀다. 그리고 그녀는 그 눈물의 기원이 외로움 때문인 것도 알고 있었다. 그녀는 정말이지 눈물이 날 정도로 외로웠다. 많은 사람이 드나드는 가게의 여주인이었지만 진정으로 그녀를 알고 있는 사람은 거의 없었고 말벗 정도의 가까운 친구도 없었다. 아들은 어쩌면 자신이 여기에서 여생을 보내기를, 아들과 살기보다는 그저 고향에서 가까운 여기에서 남은 생을 꾸려가기를 바라고 있는지도 몰랐다. 그녀는 아들의 처지와 경제적인 상태를 생각할 때 충분히 이해하고도 남음이 있었다. 그러나 이해하는 것과 외로움을 갖는 것은 다른 문제였다. 벼가 익어가는 풍경이 풍요로울수록, 지나가는 사람들의 발길이 많아질수록 오히려 그녀는 논으로부터, 사람들에게서 멀어지는 것 같았다. 그런 가운데 자신과는 아무 상관도 없다고 생각했던 길 건너편의 교회는 오히려 그녀의 일상이 지속되고 있음을 알려주는 상징물이었다. 규칙적으로 울리는 종소리는 그녀가 어떤 시간인지를 알게 했고, 거기를 오가는 사람들의 차림새와 걸음걸이, 그리고 자전거를 타고 드나드는 학생들의 모습이 판박이 같은 고정된 삶 속에 그나마 살아있는 활력을 주었던 것이다.

조금 전 교회 벽 높은 곳에 있던 창의 불빛이 늦은 밤 그녀의 공허한 마음을 말없이 바라봐주는 친구였다. 아들 생각에 주책없이 우울해지지 않으려 마음을 다잡았다. 아들은 반드시 성공해서 돌아올 것이다. 돈을 보낼 방법이 없으면 올 때까지 잘 놔두면 되지! 그런 생각을 하며 밖을 바라보고 있을 때 누군가가 교회의 불빛을 가리고 서서 가게 문 안을 엿보는 것이 보였다.

목사가 예배를 준비하는 방은 교회의 남쪽 끝에 자리 잡고 있었다. 그는 낮에는 햇빛을, 밤에는 달빛을 받는 그 방이 무척 마음에 들었다. 그래서 일부러 밖이 잘 보이도록 책상을 창가에 두었는데 창문의 위치 때문에 복순 씨의 가게가 한눈에 들어왔다. 목사가 보기에 복순 씨의 가게는 손님이 많았다. 여느 때건 밤이 늦어도 한두 명의 손님은 꼭 있었고 매우 늦게까지 불이 켜져 있을 때가 많았다. 예배가 없는 날 새벽까지 책을 읽을 때 목격한 바로는 그녀는 새벽까지 가게 입구의 등을 끄지 않는다는 것이었다. 그녀가 가게 한쪽의 불을 끄지 않은 덕분에 그 불빛은 밤

늦게 길을 지나는 사람들을 위한 가로등 구실을 했다.

목사는 문을 열고 들어온 복순 씨를 생각하며 그녀가 분명 야학에 참석하려고 왔을 것이라고 확신했다. 그래서인지 왜 더 쫓아가서 붙잡지 못했을까 자책감이 들었다. 나이든 어른들에게 글을 가르치는 일은 여간 힘든 것이 아니었다. 오만가지 핑계를 대며 꾸준히 오지 않을뿐더러 많은 경우 실력이 늘지 않으면 배우는 열정을 쉽게 포기하고 말았다. 어떤 경우든 집단 중에 잘하는 사람이 한두 명씩은 있게 마련인데 그런 경우 다른 사람이 상대적인 박탈감이 들지 않게 조절하는 것도 가르치는 사람이 안게 되는 큰 부담이었다. 그나마 이장 부인이 어렵사리 합류한 덕분에 한글 교실은 명맥을 유지하고 있었다. 그녀가 복순 씨를 알아보고 말했었다.

"저 여편네가 여기는 어찌 알고 왔대? 목사님, 갈키는 것도 중하지만 저런 사람이 글 배우겠다고 할 때도 정말로 갈쳐주실 참이유? 교회라고는 담쌓고 콧방귀만 뀌던 년이 글은 배우고 싶다? 이거는 저 좋은 것만 하겠다는 심보 아녀요?"

"우선 이런 일을 통해서 교회와 가까워지면⋯."

목사는 말을 줄였다. 그렇지 않아도 나오지 않을 핑계를 찾고 있는 사람들이 그녀의 말에 동의하고 있었기 때문이었다. 실상 그들 대부분도 교회를 나오는 신자는 아니었고 이장 부인이 영향을 발휘한 것이었지만 그것을 비유로 택했다가는 야학 자체가 위태로울 수도 있겠다는 생각이 들었다.

불빛을 향해 달려온 벌레들이 방충망에 달라붙어 천적을 만난 듯 무기력하게 날개를 파닥였다. 예배 준비를 위해 성경을 읽고 있던 목사는 침침해진 눈을 비비며 잠시 창밖을 내다보았다. 언제나처럼 복순 씨네 가게 앞에 간판처럼 켜 놓은 작은 불빛이 보였고 그 외의 모든 것들은 어둠에 싸여 다만 하늘과의 경계를 이루는 곳의 물체만이 큰 그림을 그리며 정지해 있었다. 시계가 세 시를 가리키고 있었는데 복순 씨네 가게를 지나가는 사람이 보였다. '그렇다. 늦은 밤 술집의 불빛은 비록 그 목적이 손님을 끄는 것이라 할지라도 그곳을 지나는 사람에게는 하나의 길잡이가 되어주고 있다. 빛이 가진 본래의 목적은 그러므로 선한 것이 아닌가! 그것을 사용하는 인간의 죄이지 비록 술집이 밝히는 불일지언정 어찌 저 불빛에 죄가 있다고 말할 것인가.' 그는 설교에 쓰기 위해 메모를 남겼다. 그리고 힘든 일상 속에서도 영감을 갖게 해준 준 절대자의 은혜에 감사하며 하루를 마감하는 기도를 드렸다. 그런데 기도가 시작되려는 찰나에 복순 씨네 주점 쪽에서 여자의 비명과 가재도구가 깨지는 소리가 났다. 목사는 심상찮은 기운을 느끼고 소리가 나는 쪽을 바라보았다. 소리는 잠시 멈췄다. 짧은 바람이 더위를 비집고 얼굴 한가득 밀려왔다. 소리가 멈추기는 하였지만, 불현듯 조금 전 그곳을 지나던 행인과 그녀가 혼자 사는 과부라는 사실이 머릿속에서 충돌을 일으켰다. 그는 신속히 방을 나와 교회 마당에 놓인 나무막대기를 움켜쥐고 본능적으로 걸어 나갔다. 때를 같이 하여 또다시 여자의 비명이 들렸다. 목사는 뛰었다. 이 근처에서 지금의 비명소리를 들을 만큼 가까이에 살고 있는 사람은 오직 자신뿐이라는 사실을 누구보다 잘 알고 있었다. 이번에는 복순 씨의 가게 오른쪽 어두운 곳에서 둔탁한 소리가 났고 그와 동시에 그 목소리의 주인공이 교회를 향해, 정확히 말하자면 교회가 있는 쪽의 불빛을 향해 뛰어오는 것을 보았다. 목사는 검은 형상이 자기 쪽으로 달려오고 있었기 때문에 달리던 걸음을 멈출 수밖에 없었다. 그와 때를 같이하여 이번에는 검고 큰 남자의 그림자가 가게의 문을 박차고 역시 교회를 향해 달려오는 것이 보였다. 목사는 비명을 지르며 앞서서 달려오는 사람이 날리는 하얀 치마저고리로 보건대 복순 씨가 틀림없음을 알았다. 그는 마중 가듯 그녀에게 다가가며 소리쳤다.

"복순 씨 무슨 일이예요. 접니다. 목삽니다."

갑자기 나타난 구원자가 목사임을 알아본 그녀는 그를 향해 달려갔다. 그녀를 안듯이 부축한 목사는 그녀를 등 뒤로 돌려세우고 따라오는 검은 그림자와 마주했다.

"누구야! 그만 서!"

달려오던 검은 그림자는 갑작스러운 방해꾼을 만나 제자리에 우뚝 섰다. 그러더니 모습을 확인할 찰나의 시간도 없이 논으로 뛰어들어 가슴까지 자란 벼 사이로 모습을 감추었다. 목사는 무기를 들었다고는 하지만 조야한 막대기 하나가 전부인 데다 상대가 몸을 숨기고 매복을 한 상태가 되어버렸고 복순 씨는 뒤에서 몸을 벌벌 떨며 그의 허리춤을 잡아당기고 있었기 때문에 신속히 교회 안으로 들어가야만 했다. 그녀를 예배당 안으로 들여보낸 다음 목사는 따라오던 자의 행방을 알기 위해 교회 밖으로 나갔다. 하지만 그의 발걸음은 거기에서 멈췄다. 논을 가로지르는 소리가 천천히 그러나 매우 정확하게 교회를 향하고 있었기 때문이었다.

목사는 복순 씨를 위협하는 범인을 쫓거나 잡는다는 생각을 떠나 위험에 처한 현실을 인지하기 시작했다. 여자를 쫓아온 범인은 교회의 사정 또한 잘 아는 듯했다. 목사 한 명만이 거주하는 데다 외부로 연락할 방법이나 도구가 없다는 것을 알지 못한다면 이런 상황에서 달아나지 않고 감히 교회를 노릴 수는 없을 터였다. 목사는 범인을 쫓는 것을 포기하고 뒷걸음질로 물러섰다. 그리고 여전히 벼가 흔들리고 있는 논을 향해 소리쳤다.

"누군지 모르지만, 큰일 나기 전에 돌아가시오. 여기는 교회입니다. 신성한 곳이요. 그만 돌아가시오!"

논의 흔들림이 멈췄다. 목사는 재빨리 예배당으로 들어가 방문을 닫았다. 그러나 그곳은 잠금장치가 없었다. 목사는 최대한의 안전을 위해 그녀를 부축한 다음 목사관으로 쓰이고 있는 바로 그 작은 방으로 자리를 옮겼다. 겁에 질려 몸을 떨던 복순 씨는 목사의 책상 아래로 기어들어 가 웅크렸다. 목사는 문갑 위에서 이불을 꺼내 그녀에게 덮은 뒤 범인이 사라졌는지의 여부를 확인하기 위해 다시 예배당으로 나갔다. 긴장과 더위로 온몸에 땀이 흘렀다. 호흡을 가다듬고 막대기를 다시 집어 든 다음 그 끝에 정신을 집중했다. 온몸의 땀이 막대기 끝으로 나가기 위해 손바닥으로 몰려들었다. 그는 문고리를 잡고 밖으로 나가려다가 인기척을 느끼고는 한발 물러섰다. 예배당 안에 들어차 있던 더운 공기가 긴장과 공포에 떠밀려 사방으로 흩어졌다. 목사는 나무막대기를 두 손으로 움켜쥐었다. 그는 제단 쪽으로 나 있는 또 하나의 문을 바라보았다. 그러한 잠시 제단 위의 십자가가 어렴풋이 드러났다. 그는 결심하고 문을 열어젖혔다. 그때 목사관 창문이 깨지는 소리가 났다. 그와 동시에 복순 씨의 외마디 비명도 날아왔다. 황급히 방문을 열었을 때 좁은 방안은 유리 파편과 날아든 돌에 맞은 물건들이 나뒹굴고 있었고 창을 뚫고 들어와 벽에 맞은 어른 주먹보다 큰 돌덩어리가 저 자신도 부스러기를 남기고 방바닥에 떨어져 있었다. 목사는 복순 씨가 행여 돌에 맞았는지를 확인해보았다. 다행히 책상 아래 있던 그녀는 피해가 없었다. 목사는 들고 있던 나무막대기를 깨진 창 너머로 집어 던지며 말했다.

"돌아가시오, 그만! 이만하면 충분하지 않소! 자꾸 이러면 돌이킬 수 없는 죄를 짓는 겁니다. 그만하시오!"

목사는 밖을 보았다. 그러나 창 너머는 어두워 분간할 수 있는 것이 하나도 없었다. 잠시 후 또 다른 돌덩어리가 날아와 외벽에 부딪히는 소리가 났다. 목사는 몸을 낮췄다. 책상 밑의 복순 씨를 보았을 때 그녀는 공포를 넘어 가사상태로 떨어지고 있는 것 같았다. 그러나 이번에 날아온 돌은 소리로 가늠해볼 때 창문과는 아예 동떨어진 벽의 하단부가 분명했다. 목사는 몸을 굽히고 걸어가 불을 껐다. 방이 순식간에 창밖의 어둠을 잡아당겨 가득 채웠다. 목사는 일어나 걸쇠로 문을 잠그고 다시 밖을 바라보았다. 이제는 어둠이 안과 밖을 내통하였으므로 바깥이 어두운 그 자체로 분명해졌다. 소리는 들리지 않았다. 상대는 벽 아래 있을 수도 있고 예배당 안으로 들어와 있을 수도 있었다. 복순 씨 가게의 작은 불빛이 선명하게 보였다. 그는 교회 옆으로 올라가는 야산으로 달아나면 된다고 말하고 싶었다. 창은 사람이 오를 수 있는 위치보다 훨씬 위쪽에 있었으므로 그리로 올라올 수는 없었다. 목사는 문에 귀를 대고 낯선 소리가 들리는지 알아보려고 눈을 감았다. 소리는 들리지 않았다. 그러다가 그는 책상 아래 공포와 두려움으로 신음하고 있는 복순 씨를 생각해냈다. 그녀는 땀과 눈물이 범벅이 되어 오들오들 떨고 있었다. 목사 역시 공포로 인해 심장이 쿵쿵거리고 땀이 비 오듯 떨어지는 것을 견디고 있었다. 그는 한편으로는 방문과 창문 쪽을 번갈아 보며 경계를 하면서 한편으로는 그녀를 안심시키기 위해 속삭였다.

"괜찮아요. 이제 괜찮아요. 이제….”

바깥으로부터의 위협은 더는 징조를 보이지 않았다. 목사는 그녀를 위로하는 동안 자신도 그 위로 때문에 차분해져 갔다. 그리고 아직도 돌아가지 않고 서성거리고 있는지도 모를 벽 너머 누군가를 생각하며 혼잣말로 타일렀다. '돌아가게 하소서. 돌아가게 하소서. 저들과 싸우지 않게 하소서. 다만 돌아가게 하소서.' 그러는 동안 그의 팔목을 빨래 짜듯 붙잡고 있던 복순 씨의 손아귀도 점차 느슨해져 갔다. 긴장이 풀리고 지친 그녀는 실신 상태가 되어 숨도 거의 쉬지 않았다. 그는 그녀의 단단해진 어깨를 조그맣게 토닥였다.

그러기를 한참 후 마침내 그녀는 눈을 감고 잠이 들었다. 목사도 담벼락의 사나이가 사라진 확신이 들지는 않았지만, 더 이상의 인기척이 없게 되자 절로 눈이 감겼다. 꿈이었는지 분명하지 않은 어둠 속에서 그의 입에서 방언이 터지듯 기도가 새어 나왔다. 그리고 놀랍게도 그 기도는 자신의 안녕이 아니라 지금 밖에서 달아났는지 아직도 무엇인가 더 할 것이 있어 기회를 노리고 있는지 모를 그 범인을 향한 것이었다. 기도는 그칠 줄 모르고 계속되다가 저희의 죄를 용서해달라는 말로 끝났다.

4.

목사는 뜬눈으로 밤을 지새우고 아침결에야 몸을 추슬렀다. 복순 씨는 여전히 의식을 잃은 듯 누워 있다가 인기척을 느끼고는 깜짝 놀라 일어서려 했다. 목사는 그녀를 진정시키기 위해 나가지 말라고 말했다. 지금 집으로 돌아가는 것은 범죄현장을 훼손하는 일이 되니 사건 신고부터 먼저 하고 경찰이 도착하고 난 뒤에 집으로 가라 타일렀다. 그러자 이번에는 그녀가 그를 말렸다.

"아니요, 목사님. 만약 경찰에 신고하면 그놈이 이번에는 나를 죽일 거예요!"

"그놈이라니요? 어제 그 남자가 누군지 알고 있습니까?"

그녀는 입을 닫았다. 그리고 울기 시작했다. 목사로서는 눈물의 의미가 그 남자를 알고 있기 때문인지, 악몽 같았던 지난밤이 생각나서인지 알 수 없었다.

"복순 씨, 이건 범죄예요. 반드시 신고하고 범인을 잡아야 하는 일입니다. 말씀해보세요, 누구였나요?"

그녀는 고개를 가로저으며 더 크고 서럽게 울 뿐 말문은 닫은 채였다. 목사는 상황정리가 안 되어 혼란스러웠다. 어쩌면 그녀가 범인을 확신하지 못하고 있는 것일 수도 있다는 생각이 들었다. 혹은 그 범인이 그녀를 너무나 잘 알기 때문에 수사가 진행되는 동안에라도 그녀를 해할 수 있을 것이라는 막연한 두려움 때문일 수도 있을 것이었다. 그렇지만 이미 벌어진 사건을 없었던 것처럼 방치할 수는 없는 일이었다.

"알겠어요, 복순 씨. 무섭고 힘든 일이죠. 그렇지만 저렇게 유리창도 깨지고 논을 휘적거린 증거도 있기 때문에 저로서는 신고할 수밖에 없어요. 복순 씨가 아니라 교회를 대표해서 제가 신고를 하는 겁니다. 그건 괜찮겠죠."

실상은 그 말이 그 말이었지만 복순 씨는 목사가 단호하게 의지를 밝히자 조금은 안심이 되었는지 목사의 시선을 피해 고개를 떨궜다. 그것은 긍정이나 부정을 표시하는 것이라기보다는 그녀에게 있던 결정권을 목사에게 양보하는 의식처럼 보였다. 그녀는 다시 울음을 터뜨렸다. 한 손으로는 얼굴을 감싸 흐르는 눈물을 감추고 한 손으로는 고름이 떨어져 나가고 속치마에 허리춤 속옷이 드러난 것을 감추려고 옷자락을 쥐었지만, 울음 때문에 들썩이는 어깨까지는 어쩔 수가 없었다.

　일요일 오전이라 행인이 보이지 않아 초조했다. 예배를 준비하면서 목사는 틈나는 대로 신고를 대신에 해줄 사람을 찾기 위해 밖을 내다보았다. 그러던 차에 성가대를 이끌고 있는 청년부 학생 한 명이 자전거를 타고 들어왔으므로 그에게 여차여차한 일이 있어 신고하니 경찰이 교회로 와 주었으면 좋겠다, 오전에는 예배가 있으니 서둘러 달라 하라 일렀다. 학생이 자전거를 타고 읍내로 나간 뒤 목사는 평소에는 일찍 도착한 신도들이 하는 것이지만 제단을 정리하고 방석을 깔고 그 위에 주보를 얹었다. 학생이 예상 밖으로 일찍 돌아왔다.
　"목사님, 그런데 경찰서까지 갈 필요가 없겠는데요. 신작로 좀 가다가 옆 마을 어르신들이 경운기도 타고, 더러는 걸어오시면서 아침결에 어디 가느냐고 묻길래 급하게 목사님 심부름으로 신고할 게 있어서 경찰서에 가는 길이라고 대답했는데 벌써 경찰들이 오고 있다면서 갈 필요가 없다고 하시네요."

목사는 경찰이 오고 있다는 말에 그러냐고 대답을 하였지만 무언가 앞뒤가 맞지 않아 되물었다. '어제 사건을 목격한 사람이 또 있었단 말인가?'

"그러니까 벌써 알고 교회로 오고 있다는 말이냐?"

"아니요? 복순 아주머니 가게라던데요. 오면서 보니까 싸리문도 자빠져 있고 가게 문도 열려 있더만요. 우리 마을 어르신들도 몇 분 오셨고요."

'경찰이 복순 씨네 가게로 오고 있다?' 목사는 누가 무엇을 신고했는지 의아한 생각이 들었지만, 우선은 경찰을 만나야겠다는 생각이 들어 길을 나섰다.

논길에 들어서 앞을 보았을 때 복순 씨네 가게 앞은 이미 많은 사람이 진을 치고 여기저기를 기웃거리고 있었다. 오른쪽을 보니 소문을 듣고 마을 사람들 다수도 모여들고 있는 것이 보였다. 범죄라고는 수박 서리가 고작인 순박한 시골 마을에서 사람들이 모여 있는 규모로 보아 큰 사건이 일어난 것을 누구든지 단번에 알 수 있었다. 많은 사람이 모여들면서 복순 씨 가게는 큰 소용돌이를 일으키는 태풍의 눈처럼 되어가고 있었다. 그러나 정작 태풍의 눈 속에 있어야 할 복순 씨는 그 시각 거기에 있지 않았다. 그녀는 목사관에서 여전히 두려움에 떨며 지쳐가고 있었다. 사람들은 목사가 걸어오는 것을 보자 하나같이 반기며 말을 걸었다.

"목사님도 들으셨군요. 글쎄 복순 여편네 신고 당해가지고 시방 경찰이 와 있어요."

"복순 씨가 신고를 당했다고요? 무슨 일로요?"

"저기 저, 뭐냐 밀주, 그러니까 쌀막걸리, 그거요 목사님. 쌀이 얼마나 귀한데 그걸로 술을 만들어 먹느냐 말이죠. 그걸로 고발당했네요, 결국."

다른 사람들도 여기저기에서 가세했다.

"우리는 벌써 알고 있었어요. 그냥 혼자 사는 여편네가 살아볼라고 술장사하는 거라 모르는 척 한 거지요, 그동안."

"어쩐지 맛이 다르다 했어. 돈도 엄청 벌었겠지! 이제 교회도 한시름 놓겠네요. 바로 코앞에 술 가게가 뭐여! 내사 교회는 안 다닌다만, 그래도 이건 아니잖여. 이건 잘잘못을 떠나 양심이 없는 거여."

목사는 의외의 상황에 직면하여 어떤 표정을 지어야 할지 난감해졌다. 그는 목례를 하고 사람들 사이를 지나 안으로 들어갔다.

"관계자 외에는 들어오시면 안 됩니다."

잠바 차림의 건장한 중년의 남자가 막아섰다. 처음 보는 얼굴이었다. 그 뒤에는 마을 사람들이 오랫동안 알고 지낸 경찰관이 서 있었다. 그는 모자를 벗어 목사에게 인사를 했다.

"궁금하신 것은 이해합니다만 지금은 집주인도 없고, 진행된 것이 없어서 뭐라 드릴 말씀이 없습니다. 마을 주민이 이 집에서 쌀막걸리를 팔아 폭리를 취하고 있으니 단속해달라는 신고가 정식으로 접수되었습니다."

목사는 쌀막걸리라는 말에 조금은 의아한 생각이 들었지만 더는 질문하지 않았다.

"건너편 교회 목사입니다. 방해하려는 것은 아닙니다. 저는 이 집 주인과 직접 관계되는 사람은 아닙니다만 바로 이웃에 있기 때문에 누구보다 이 집 사정을 잘 안다고도 볼 수 있고, 사정에 따라서는 도움을 줄 수도 있지 않을까 해서 왔습니다."

목사는 경찰을 보자 즉시 어젯밤 일을 말하고 싶은 욕망이 불같이 일었지만, 경찰이 온 목적이 전혀 예상 밖의 이유인 데다 복순 씨가 신고하지 말아 달라고 부탁한 것이 마음에 걸려 일단 숨을 골랐다. 어차피 깨진 창과 돌덩어리가 목사관에 그대로 보존되어 있으니 시간은 문제 될 것이 없었다. 아무렴, 범인이 논에 남긴 흔적만으로도 충분하지!

목사는 실내에 형사와 경찰 그리고 자신 외에 또 한 명의 사내가 앉아 있는 것을 발견했다. 관계자가 아니면 들어올 수 없다던 형사의 말을 비추어볼 때, 비록 문 가까이 첫 번째 테이블에 벽을 등지고 앉아 있어서 그 옆으로 쏟아질 듯 고개를 내밀고 있는 사람들과 별반 구별이 안 될 수도 있었지만, 목사의 눈에는 분명히 이 사건과 관계있는 자만이 누릴 수 있는 허용된 입장권을 받아 쥔 사람이었다. 단번에 이 사람이 신고자라는 것을 알아차렸다. 그는 건장한 체격의, 일정한 시간에 자전거를 타고 나타났기 때문에 눈에 쉽게 띄었던 큰 덩치에 짧은 머리의 남자 —복순 씨네 가게에 술 배달을 오던 바로 그 사나이였던 것을 기억해냈다. 그리고 그의 성씨가 유 씨였던 것도 기억났다. 술고래인 데다 능청맞은 농담을 잘하고 다녀 기름 유 씨라는 별명이 붙어 있었다. 그때 누군가 외치는 소리에 모든 사람의 시선이 한곳으로 쏠렸다.

"온다, 와!"

우연히 교회에서 나오는 복순 씨를 발견한 누군가의 외침에 형사와 경찰 그리고 구경 온 모든 사람은 일제히 몸을 돌려 한 사람의 손가락 끝을 응시했다. 그런데 그가 가리킨 곳은 마을 사람들이 보기에 너무나 생뚱맞은 —교회였다.

"그런데 저 여편네가 어찌 교회에서 나온대?"

신도와 몇몇 사람들이 목사를 돌아보았다. 목사는 사람들의 시선은 아랑곳하지 않고 실내를 바라보고 있었다. 모든 사람 중에 목사와 술 배달꾼 단 두 명만은 복순 씨의 등장을 바라보지 않고 있었다. 신도 중 한 명이 유 씨를 바라보느라 등을 지고 선 목사를 보며 큰 소리로 말했다.

"목사님 나와 봐요, 저 여자가 글쎄 교회에서 나오는데요?"

"뭐여, 그럼 신고당한 걸 알고 교회로 피신했던 겨? 꼴에 죄지은 줄은 알았던 모양이지."

사람들은 말을 해도 그녀가 들을 수 없는 거리에 있다는 이유 때문에 내키는 대로 그녀를 비난했다.

"쫓겨나오는 거 보니 교회에서도 안 받아준 모양이여!"

사람들이 깔깔거렸다. 이장 부인이 사실관계를 확인하는 듯 확신에 찬 목소리로 좌중과 목사를 번갈아 돌아보며 말했다.

"당연하지, 아무렴 교회라고 저런 여편네를 받아주겠어? 도망 갈 데가 오죽 없었으면 교회로 튀었을꼬. 그러잖아도 어젯밤에 갑자기 교회 문을 열고 들어왔더라고, 우리를 보더니 깜짝 놀라서 도망가버렸지만! 안 그래요, 목사님?"

목사는 잠자코 있었다. 형사가 그를 쳐다봤지만, 어깨만 으쓱해 보였다. 복순 씨는 무작정 집으로 돌아가야겠다는 일념으로 몸을 추스르고 밖에 나왔다가 사람들이 가게 앞에 웅성거리고 있는 것을 보았다. 그녀는 불안감으로 머릿속이 하얘지고 어지러웠지만 침착하게 앞으로 나아갔다.

영민한 사람들 생각에는 목사와 복순 씨가 거의 동시에 교회에서 나온 것으로 미루어 두 사람이 교회에서 만났음이 분명하다고 생각했다. 그리고 그 생각들은 다음에 벌어진 광경 때문에 여러 갈래로 저마다의 꼬리를 물고 늘어지게 되었는데, 주점 주변에 모여 그녀의 행방을 궁금해하던 사람들은 길 반대편 교회에서 복순 씨가 다가올수록 그녀의 차림새가 예사롭지 않음을 알았던 것이다. 마침내 자세히 볼 수 있을 거리에까지 도달하였을 때 사람들이 본 것은 속치마만 입은 채 옷고름이 떨어져 나간 저고리를 움켜쥐고 걸어오는 기이한 행색이었다. 그것은 마치 소박맞아 내쫓긴 새신부가 사흘 밤낮을 걸어 친정으로 되돌아오는 꼴이라 해도 이상하게 들리지 않을 정도였다. 비녀를 이탈한 머리칼이 이리저리 날리며 눈물로 퉁퉁 부은 얼굴에 상처를 낼 듯 치렁댔고 신발도 신지 않아 더러워진 버선발은 코가 비뚤어져 걸음을 더디게 만들었다. 사람들은 평소에 질투가 날 정도로 단정하고 아리땁던 여자가 거지꼴로 나타난 것에 놀라면서도 동정보다는 냉정한 시선으로 그 걸음이 도착하기만을 기다리고 있었다. 그러나 그녀의 걸음은 느리면서도 한 치의 여분도 없이 정확한 경로로 걸어오고 있었고 그 얼굴은 담금질을 마친 쇳덩이처럼 단단한 표정을 담고 있어서 어떤 날카로운 시선도 막아낼 것 같았다. 이윽고 그 느린 걸음은 홍해처럼 갈라진 사람들을 지나고, 비틀어지고 유리가 깨진 문과 목사를 지나고, 형사와 경찰을 지나 계산대로 사용하는 귀퉁이에 이르러 비로소 멈췄다.

가게 문이며 집안이 어질러진 것을 보면서 단속을 피하려고 급히 달아났던 것으로 생각했던 형사가 보기에는 가게 주인의 행색은 한편 이해가 되었다. 다만 어떻게 알고 옷도 입지 않은 채 새벽바람에 달아나려 했을까는 의문으로 남았다. 그리고 아무리 급하게 단속을 피해 달아나기로서니 신발도 신지 않은 채인 것은 더욱 이상했다. 증거를 없애기 위해 밀주를 버리러 산으로 갔던 것일까? 그러나 그것은 나중에 밝히면 될 일이다. 만들어진 밀주야 시냇물에 버려도 그만이다. 제조한 증거만 있으면 충분했다. 형사는 의외로 일이 쉽게 풀릴 것 같은 예감이 들었다. 여주인의 행색에 대한 자초지종은 증거가 드러나면 추궁하면 될 일이라 생각하여 일을 서둘렀다.

형사가 그녀에게 다가가 안주머니에서 서류 한 장을 꺼내 그녀에게 보여주며 협조를 구한다고 말했다. 그녀는 알았다는 듯 고개를 끄덕였지만 정말로 왜 이렇게 많은 사람이 와 있는지는 도저히 알 수가 없었다. 복순 씨가 서류를 보자마자 대뜸 고개를 끄덕이는 것을 본 목사는 형사에게 양해를 구한 다음 복순 씨에게 다가가 귀엣말을 했다. 그녀는 짐짓 놀라며 형사와 경찰, 그리고 자신을 향해 뚫어질 듯 시선을 고정하고 앉아 있는 유 씨를 바라보았다. 형사가 고갯짓하자 경찰이 입구 쪽으로 다가와 수색을 할 예정이니 누구도 들어와서는 안 된다고 경고했다. 그런 뒤 목사에게 주민들의 접근을 막아달라는 협조를 당부하곤 가게 여러 곳을 돌아다니기 시작했다.

가게는 점령군들의 손으로 완전히 넘어가 버렸고 복순 씨는 자기의 진영에서 포로로 잡히고 말았다. 복순 씨의 시선은 자신의 요새를 지탱해주던 부엌 벽에 고정된 채 미동도 없었다. 몇몇 아낙들은 삼삼오오 얘기를 주고받았고 남자들은 오히려 저희끼리 시선이 마주치지 않도록 최대한 조심하며 가게 구석이나 먼 산을 순서 없이 바라보았다. 가게 안쪽 벽에는 언젠가 유 씨가 가져와 달아 놓은 소주 회사 달력 속에서 수영복 차림의 늘씬한 아가씨가 군중을 바라보고 있었다. 그 눈빛은 너무도 젊고 동시에 강렬하여 어느 지점에서 보아도 보는 사람과 정면으로 눈이 마주쳤다. 남자들은 가급적 그 눈길을 외면하며 다급하게 시간

이 가기를 기다리고 있었다. 팔월의 더위가 바람 한 점 없는 실
내의 긴장과 만나 묵처럼 끈적거렸다.

  가게 안과 부엌에서 별다른 것을 발견하지 못한 두 사람은 집
밖 장독대는 물론이고 집안 밖 단지란 단지는 죄다 열어 꼼꼼히
수색했다. 땔감을 쌓아놓은 조야한 광에서는 나무를 일일이 옮
겨가며 찾아보았다. 하지만 쌀막걸리는커녕 쌀막걸리를 의심하
게 하는 어떤 것도 찾을 수가 없었다. 가게로 되돌아온 두 사람
은 밀주를 방에서 만들 리는 없었지만, 행여 잊은 것은 없는지
확인하기 위해 마지막으로 안방으로 들어갔다. 예닐곱 평 남짓
해 보이는 방은 오래된 서랍장과 이불을 빼면 딱히 가재도구랄
것도 없이 구석진 곳은 모두 곡식 자루가 차지하고 있었다. 더러
는 미역이나 멸치 따위의 마른 식자재들도 있어서 복잡하고 묵
은 냄새가 났다. 방바닥에는 제사 도구를 담아 두는 상자가 옆으
로 쓰러져 제기 몇 개가 뒹굴어져 있었다. 방을 구성하는 가장
중요한 가재도구라 할 수 있는 서랍장 맨 아랫단이 발에 챘는지
안으로 쑥 밀려들어 간 것이 그 위에 놓인 이불의 무게를 견디지
못하고 쓰러질 듯 위태로웠다. 형사는 장갑을 낀 손으로 그 마지
막 서랍을 힘을 주어 빼낸 다음 내용물을 살펴본 후 아귀를 맞춰
넣으려고 먼저 안을 들여다보았다. 그러던 중에, 서랍을 빼지 않
으면 눈에 띌 수 없는 바닥 모서리에 하얀 봉투 하나가 붙어 있
는 것이 보였다. 그는 팔을 뻗어 봉투를 집어낸 뒤 내용물을 꺼
내 살펴보았다. 뜻밖에도 그것은 미곡米穀, 발효醱酵, 누룩 따위

의 국한문이 혼용되어 술 만드는 방법이 상세히 기술된 양조법
醸造法이었다. 형사는 안주머니에 봉투를 집어넣고 남아있는 물
건들도 꼼꼼히 살펴본 뒤 밖으로 나갔다.

"아니, 뭘 찾으러 돌아다녀요? 부엌 바닥에 묻어놓은 항아리
에 있는 게 그건데."

유 씨가 부엌을 가리키며 두 사람을 종용했다. 목사는 이목을
끄는 우렁찬 목소리에 놀라 그를 보다가 엄지손가락 위쪽 손등
에 화상인지 멍 자국인지 모를 상처가 나 있는 것을 보았다. 두
경찰을 지휘하듯 손짓을 하다가 상처가 아팠는지 혹은 남에게
보이기 싫었는지 간간이 다른 손으로 감싸 쥐기도 하고 팔짱을
껴 겨드랑이 속으로 찔러 넣기도 했다.

형사는 경찰에게 부엌 바닥에 묻혀 있는 항아리에서 막걸리
를 여러 잔 떠 오라고 시킨 다음 말했다.

"제가 여기 도착하자마자 이미 조금 마셔보았습니다. 그런데
결론적으로 말씀드리자면, 이것은 쌀막걸리도 혹은 다르게 만든
밀주도 아니라는 것입니다. 제가 평소에 마시는 것과 차이가 없
습니다. 그냥 막걸리예요. 단지 휘젓지 않고 떠서 맑다는 것 외
에는 아무 차이가 없습니다."

"그게 뭔 소리요? 술 배달꾼이 앞으로 나와 손가락이 담기도
록 깊이 사발을 잡은 다음 단숨에 들이켰다."

그리곤 고개를 가로저으며 말했다.

"아니요, 이건. 이건 내가 배달해주는 막걸리를 청주淸酒 마냥

재워둔 거고, 이거 말고 다른 술이 있다니까요!"

"어디, 내가 마셔볼게!"

이번엔 마을 주민 한 명이 저지선을 뚫고 빠른 걸음으로 들어와 술이 담긴 다른 잔을 들고 보란 듯이 마셨다.

"그렇네, 그 맛이 아닐세. 형사 양반, 내가 이 집에서 마신 막걸리는 이 맛하고는 천지 차이요! 저 사람 말이 맞아요."

"좋습니다. 다른 마을 분들도 이제 안으로 들어오셔도 됩니다."

형사의 말에 문밖에서 기다리던 사람들이 가게 안으로 쏟아져 들어왔다. 그는 안으로 들어오되 일정한 범위 이상은 접근하지 말라 이르고는 말했다.

"제가 여러분께 사건보고를 해야 하는지는 잘 모르겠습니다만 동네 주민들끼리 오해가 있어서는 안 되니까 신고를 받고 단속을 나온 것을 빌미로 결과를 말씀드리겠습니다. 먼저 신고된 내용은 이 집에서 쌀막걸리를 만들어 팔고 있다는 것입니다. 하지만 지금까지의 조사결과로 볼 때 이 집 아주머니가 쌀막걸리를 만들어 팔았다는 증거가 없습니다. 여러분들이 마시고 나서 쌀막걸리라고 느끼셨다면 원인은 두 가지뿐입니다."

형사는 이런 소동이 일어나고 있는 동안 미동도 없이 계산대 아래 바닥에 멍한 표정으로 앉아 있던 복순 씨를 돌아본 후 말을 이었다. 그녀는 그녀에게 닥친 상황을 온몸으로 버티고 항변하기보다는 침묵으로 놀라움과 두려움을 이기고자 결심한 듯했다.

"먼저, 이 막걸리는 분명 늘 팔던 것과 같은 것인데 지금은 사람들이 같은 맛이 아니라고 합니다. 그러니까 별도의 술이 있다는 말이 됩니다."

사람들은 형사의 말에 고개를 끄덕였다. 술 배달꾼의 눈이 커지고 있었다. 모든 눈이 형사의 입술을 향하고 있는 동안 오직 복순 씨만이 아무 반응도 없이 한 곳만을 응시한 채 앉아 있었다.

"제가 알아본 바로는 복순 아주머니는 읍내 술도가에서 막걸리를, 도매점에서는 소주를 사서 팔고 있습니다. 그리고 이 둘 다 배달을 받아 팔고 있습니다. 그런데 같은 막걸리가 아니라면 필시 정상적인 유통을 거치는 술이 아니라는 뜻이 됩니다. 현행법상 신고 없이 술을 만들어 팔면 안 됩니다. 밀주密酒는 심각한 범죄입니다."

심각한 범죄라는 말에 사람들은 술렁였다. 고개를 끄덕이기도 하고 마주 보고 소곤대기도 했다. 올 것이 왔다는 표정으로 입을 연 형사는 좌중을 진정시키며 말을 이었다.

"그렇지만 여러분, 복순 아주머니가 밀주를 팔았다면 비싸게 팔아야 하지 않을까요? 그래야 수지가 맞으니까요. 장사하는 사람이면 너무나 당연한 이치입니다. 이 집이 특별히 술값이 비쌌습니까? 아니라고 벌써 확인했습니다. 그러니까 별도의 밀주를 만들어 파는 것은 애당초 말이 안 됩니다. 밀주가 아니라고 보는 또 다른 간단한 이유가 있습니다. 여러분들이 쌀막걸리 맛이 난다고 했기 때문이기도 합니다. 쌀로 밀주를 만들어 막걸릿값을 받는 바보가 어디 있겠습니까."

형사의 논리에 사람들은 밀주와 범죄를 기대했던 결말을 수정해야 할 처지에 놓이자 허탈한 표정을 지었다. 더군다나 형사의 명료한 설명에 빠져 그의 말을 계속 따라가기만 할 뿐 이견을 생각할 겨를조차 없었다.

"이번엔 두 번째 경우입니다. 복순 아주머니가 받아온 막걸리에 무엇인가를 첨가해서 쌀막걸리 맛이 나도록 한 겁니다. 사실은 이것도 불법이긴 마찬가지입니다. 집에서는 그리해서도 되지만 남에게 파는 술에 확인되거나 허용되지 않은 첨가물을 넣어서 파는 것은 안 됩니다. 가령 물을 붓고 술의 도수를 맞추려고 화학첨가물을 배합한 뒤 폭리를 취하다가 적발된 사례가 있습니다."

"아주머니, 술 담는 항아리는 부엌에 있는 게 전부인가요?"

복순 씨는 고개를 끄덕였다.

"그러니까 결국 두 번째가 맞는다는 뜻입니다. 아주머님, 보통의 막걸리를 쌀막걸리처럼 맛나게 하는 비법이 있으시지요?"

형사가 그녀를 돌아보며 물었다. 그녀는 비법이라는 말이 거슬렸다. 비법이라니? 물에다 밥을 말고, 소주 조금, 소금 조금, 그리고 그거 조금…. 그게 비법이라고?

"비법이 있지요, 분명!"

유 씨가 벌떡 일어나 손짓을 하며 큰소리로 외쳤다. 내가 분명히 본 적이 있다고! 주인장이 분명히 저 속에서 뭔가를 꺼내고 있는 걸 본 적이 있어! 지금 저 밑에 있는 가마니를 들춰보면 될 거요!"

유 씨가 가리킨 곳은 복순 씨가 앉아 있는, 얼핏 보면 계산대의 영역을 표시하기 위해 옆을 잘라 길게 만들어 바닥을 장식한 가마니 깔개를 말하는 것이었다. 유 씨의 말에는 판을 뒤집기 위해 마지막 카드를 꺼내는 노름꾼의 능청스러움이 묻어났다. 그녀는 아닌 게 아니라 줄곧 그 위에 앉아 벽에 기대있었다. 사람들의 시선이 다시 그녀와 그 아래의 가마니로 집중되었다. 형사는 맥이 풀려 쓰러질 듯 앉아 있는 그녀가 안쓰러웠지만, 마음을 고쳐먹고 정중하게 말했다.

"아주머니, 한 번 확인해 봐도 되겠죠?"

복순 씨는 미동도 없이 앉아 있었다. 사람들이 웅성거리기 시작하자 형사는 조금 더 앞으로 다가와 일어서 달라고 부탁했다. 그녀는 일어나고자 했다. 그러나 손은 짚은 팔이 후들거렸고 벽을 잡고 일어설 때는 비틀거리기까지 했다. 한두 발자국에 불과했지만, 그 걸음은 오랫동안 지켜온 영역을 적의 손아귀에 내주어야 할 위기에 처한 패장의 걸음처럼 무거웠다. 사람들은 연극을 보듯 그녀의 움직임 하나하나를 보고 있었다. 목사는 지금 저 여자를 부축해 줄 수 있는 사람이 자신뿐이라는 것을 알면서도 사람들의 눈이 의식되어 움직이지 않았다.

형사가 가마니 깔개를 반으로 접으며 들췄다. 그 아래에는 신문지가 두툼하고도 넓게 깔려 있었다. 형사가 빠른 손놀림으로 신문지를 치워나가자 과연 그곳에는 따로 묻어둔 항아리가 있었다. 사람들은 입을 벌리고 탄성을 질렀다. 더러 손뼉을 치는 사람도 있었다. 유 씨는 다시 자신만만한 태도로 돌아와 아는 얼굴들과 눈을 마주치며 고개를 끄덕였다. 그러나 승자의 기쁨은 오래 지속되지 못했다. 더 놀라운 것이 그들을 기다리고 있었기 때문이었다. 항아리에는 흰색의 내용물이 들어있는 비닐봉지들이 목까지 재워져 있었다. 형사는 봉지들을 한 개씩 밖으로 끄집어내다가 전혀 다른 물건이 들어찬 새로운 층이 시작되는 것을 발견하곤 동작을 멈췄다. 비닐봉지 아래층을 이루고 있던 것은 놀랍게도 금액 단위별로 곱게 접고 가운데를 고무줄로 묶은 돈다발들이었다. 사람들은 그것이 액체 건 고체 건 뭔가 마법이 담긴 듯한 증거물이 나올 것을 기대하고 있다가 꿈에도 생각지 못한, 액수를 알 수 없을 정도로 많은 돈다발이 눈앞에 나타나자 놀라움 때문에 눈과 입이 동시에 열려 한동안 닫히지 않았다.

그것은 어쩌면 비록 나와 무관할지라도 자기 눈앞에 실제로 나타난, 큰 액수의 돈에 대한 본능적인 경외심 같은 것이었다. 놀라기는 형사도 마찬가지였다. 그러나 직업에서 익힌 평정심을 즉시 되찾은 뒤 돈다발을 이리저리 피해 아랫단에 손을 찔러 넣어 그 아래 또 다른 무엇이 있는지를 확인해보았다. 아래쪽은 동전의 영역일 뿐이었다. 확인을 끝낸 형사는 발견된 단지를 외면하고 서 있는 복순 씨를 한 번 쳐다본 후 가마니 깔개를 도로 덮었다. 사람들은 여전히 돈의 잔상에 홀려 정신을 차리지 못했다. 유 씨는 그곳에 돈이 있었다는 것을 알고 크게 놀란 눈치였다. 그는 본래 그가 지니고 있던 심각한 얼굴로 되돌아가려고 안간힘을 쓰고 있었다. 목사는 형사가 꺼낸 봉지들을 보았다. 그것은 쌀가루처럼 하얀, 붉은 글씨로 선명하게 겉봉에 그 이름이 적힌 사카린이었다. 형사는 봉지 하나를 들고 복순 씨에게 다가가 말했다.

"이건가요? 비법이?"

형사는 봉지에 적힌 상표가 잘 보이도록 윗부분을 잡고 말했다. 복순 씨가 대답을 머뭇거리는 사이 이번에는 다른 손으로 안주머니에서 봉투 하나를 꺼내 들었다.

"아니면, 여기에 적힌 비법 중 하나로 들어가는 재료인가요?"

형사는 양조법이 적힌 봉투를 그녀가 볼 수 있도록 꺼내 들었다. 복순 씨로서는 처음 보는 물건이었다. 그녀는 한 손에는 사카린 봉지를, 한 손에는 봉투 하나를 들고 그녀를 바라보는 형사와 눈이 마주쳤다. 그녀는 아무 일도 없이 만난다 해도 상대가 경찰이나 형사라면 무서워했을 것인데 자신이 관계된 일 때문에 찾아온 그 두렵고 무서운 사람이 한 손에는 너무나 잘 아는 물건을, 한 손에는 처음 보는 듯한 물건을 양손에 들고 선택을 강요하는 바람에 현기증이 날 지경이었다. 그녀는 우선 어느 것부터 대답해야 할지 몰라 그저 봉투와 사카린을 번갈아 보다가 형사의 눈빛에 질려 고개를 떨구고 말았다. 대답을 기다리다 못한 형사는 봉투에서 내용물을 꺼내 펼친 다음 그녀에게 읽어보라 내밀었다.

"아주머님 안방 서랍장 바닥에 있던 것을 저희가 찾았습니다."

사람들은 적잖이 놀랐다. 양조비법이 있었다니. 결국, 무엇인가 있긴 있구나 하는 의구심이 다시 샘솟았다. 복순 씨는 종이에 적힌 것들을 보았다. 그리고 자신에게는 검은 선으로 이루어진 하나의 그림처럼 보일 뿐인 그것에서 불현듯 예전의 기억이 떠올랐다. 그것은 그녀의 시아버지가 돌아가시기 얼마 전에 집안의 비법이 적힌 문서라고 했던 바로 그 종이였다! 그 봉투를 소중히 생각한 적이 없었기 때문에 어디에 두었는지 기억나지도 않았고 기억할 이유도 없었다. 복순 씨는 시아버지에 대한 불효의 대가를 치르는 것인가 자책감이 들어 가슴이 답답해지고 눈물이 났다.

사람들은 유일한 증거로 떠오른 봉투를 만나 다시 술렁이기 시작했다. 울고 있는 복순 씨의 행동은 동정보다는 오히려 봉투의 존재를 더욱 돋보이게 했다. 유 씨와 사람들의 얼굴에 새로운 흥분이 자리 잡기 시작했다. 목사도 봉투를 더 잘 보기 위해 조금 앞으로 다가갔다. 형사는 봉투를 보고 울먹이는 복순 씨 때문에 그녀가 진정할 때까지 기다려야 했다.

"아주머니께서 어떤 이유로든 술에 다른 사람들은 모르는 것을 첨가한 것은 사실입니다. 막걸리를 그대로 판 것이 아니니까요. 그러니까 저희로서는 무엇을 어떻게 했는지 확인해야 합니다. 협조해 주십시오."

복순 씨는 눈물을 삼키기를 몇 번, 두 손으로는 얼굴을 단정하게 했다. 그리고 무엇인가를 결심한 듯 입술을 깨물었다. 그 순간 목사는 불현듯 자신이 지금 해야 할 의무가 있는데 그것을 이행하지 못하고 있다는 것을 깨달았다. 그리하여 복순 씨를 보았을 때 분노가 만들어 낸 얼굴이 무력으로 그녀의 나약함을 짓밟는 것을 보았다. 목사는 그 의미를 알아차렸다. 그녀는 자신을 해치려 하고 있었다. 그 누구도 보호해주지 않는 현실 앞에 놓인 인간은 벌거숭이와 다를 것이 무엇인가. 내가 달아나던 상대방을 벌거숭이로 만들던 둘 중 하나를 선택하지 않으면 안 된다. 삶의 궁극적인 현장에서는 눈을 가리고 신께 기도한다고 해서 빠져나갈 수 있는 것이 아니다. 목사는 지금이야말로 그가 나서야 할 때라고 결심했다. 즉시 형사에게로 다가가 어깨를 붙잡고 돌려세웠다. 형사는 갑자기 나타난 누군가에 이끌려 몸을 돌렸다가 그가 목사인 것을 알고는 겸연쩍은 표정을 지었다. 목사는 둘만 들을 수 있는 정도의 거리만큼 그를 끌어낸 뒤 말했다.

"거기에 적힌 비법이 무엇인지는 모르겠지만 그것을 이용했다는 건 좀…. 왜냐하면, 제가 알고 있기로는 저분은…."

그때였다. 복순 씨가 두 사람을 향해 큰 소리로 말했다.

"아니요, 그게 아니에요! 목사님, 말하지 마세요. 제가 설명할

게요!"

지금까지 거의 실신 상태로 지탱해오던 복순 씨가 갑자기 똑바로 서서 큰 소리로 말했기 때문에 두 사람은 적잖게 놀랐다. 사람들도 작은 체구에서 나오는 카랑카랑한 목소리에 이끌려 그녀에게로 시선을 집중할 수밖에 없었다. 앉아 있을 때 가려졌던 그녀의 모습이 적나라하게 드러났지만 이제 그녀에게는 옷고름이 떨어져 나간 저고리나 속치마 바람 따위는 안중에도 없는 듯했다.

그녀는 혼자 부엌으로 걸어 들어갔다. 조금은 절뚝거리면서, 조금은 애써 치밀어 오르는 고통과 절망감을 감추면서 부엌에 섰을 때 사람들은 어느 가련한 여주인공이 무대에 올라 마지막 피날레를 장식하는 연기를 시작하고 있는 듯한 착각에 빠졌다. 공연은 천천히 그러나 정확한 손놀림으로 시작되었다. 됫박 하나를 가져다 부뚜막에 올린 다음 물을 부었다. 그런 다음 선반 위에 놓여 있던 유기 밥그릇을 내렸다. 밥뚜껑을 열자 그 속에는 이미 지어놓은 밥이 들어있었는데 아마도 십중팔구 전날 제사를 지내고 난 것인 듯했다. 왜냐하면, 가운데가 오목한 것이 숭늉을 만들기 위해 떠낸 자국이 분명했기 때문이었다. 그녀는 몇 숟가락 정도를 떠내어 됫박에 넣고 마치 정말로 숭늉을 만들 듯이 밥알을 하나하나 풀면서 으깨기를 반복했다. 부뚜막의 소금도 조금 집어넣고 선반에 놓여 있던 반쯤 남은 소주를 병째 들어붓기도 했다. 그리고는 형사에게로 걸어가 문제의 사카린 봉지를 넘겨받은 뒤 구멍을 내어 적당량을 넣은 다음 숟가락으로 저었다. 마지막으로 준비된 됫박의 내용물들을 체에 걸러 바가지에 부은 뒤 아직 술이 남아있는, 땅속에 반쯤 묻혀 있는 술 단지에 쏟아 넣었다. 필시 남아있는 막걸리의 양을 보고 적당량을 만든 듯했다. 복순 씨는 박 바가지로 술을 저은 다음 떠서 형사에게 가져다주었다. 형사는 바가지를 잡고 한 모금 마셔보았다. 잠시 혀를 날름거리며 음미하더니 마침 옆에 서 있던 목사에게로 무심코 바가지를 건넸다. 목사는 지체 없이 한 모금 마셔보았다. 그리곤 다시 건너편에 있던 마을 사람에게 전했다. 이런 식으로 바가지는 술이 없어질 때까지 마을 사람 사이를 오갔다. 고개를 갸웃거리는 사람들도 있었지만 형사와 목사는 누가 먼저랄 것도 없이 고개를 끄덕였다. 이로써 상황은 종료되었다. 복순 씨의 막걸리는 그냥 막걸리였다. 사람들이 극찬해 마지않던 복순 씨네 술맛이 단지 지금 그녀가 만들어 낸 그 맛 때문이라고만 단정하기는 어려웠지만 적어도 원래 그대로의 술맛과는 매우 달라진 것만은 분명했다. 아니면 상당 부분, 아마도 눈치 빠른 아낙네들일수록 먼저 인정할 수밖에 없는 사실이지만, 복순 씨네 가게에서 만들어졌기 때문에 났던 맛이라고도 할 수 있었다.

"왜 만들었냐고요?"

커튼콜이 없었지만 그녀는 무대에서 내려오지 않고 있었다.

"사흘이 멀다고 제삿날인 데다 모시고 나면 아무리 적게 해도 밥이 몇 그릇이나 남고, 그 아까운 것을 버릴 수도 없는 노릇이고, 제삿밥을 나눠 먹고 싶어도 내 집에 오는 사람들은 모두 술 마시러 오는 사람들이잖아요."

그 말을 끝으로 부엌에서의 공연은 종료되었다. 그녀는 방으로 들어가 문을 닫아버렸다. 그러나 관중은 자리를 뜰 수가 없었다. 사건을 지휘하던 형사에 의해 현장으로 들어간 사람들은 마찬가지로 그가 해산의 명령을 내리기 전에는 움직일 수 없는 포로 신세였다. 아직 술맛을 보지 못한 사람들 몇은 바가지를 들고 부엌으로 들어가 술을 떠서 돌려가며 맛을 보았다. 어떤 사람들은 자석에 이끌리듯 현금 단지 곁으로 조금씩 가까워지고 있었다. 유 씨와 단골처럼 보이는 남자들은 눈에 띄는 대로 테이블 가에 놓인 빈 의자를 찾아 앉은 후 저들끼리만 아는 언어로 대화를 주고받았다.

마침내 통제가 필요하다고 느낀 형사가 사람들에게 말했다.

"이제 돌아들 가십시오. 오늘 일은 보시는 바와 같이 잘 정리되었습니다. 신고받은 것처럼 쌀막걸리는 아닌 것 같습니다. 하지만 손님에게 알리지도 않고 식품의 성질이 변형될 수도 있는 첨가물을 허가도 없이 만들어 판매한 것은 엄연한 위법이기 때문에 어떤 식으로든 책임은 져야 합니다."

"그럼 복순 씨가 술장사를 못 하게 됩니까?"

사람들 사이에서 누군가가 말했다.

"경우에 따라서는 그럴 수도 있습니다."

사람들이 웅성거렸다. 여자들은 고개를 끄덕였고 남자들은 혀를 찼다.

"못 먹는 거를 넣은 것도 아니고 비싸게 받은 것도 아닌데 뭐 구태여 장사를 못 하게 할 건 없지 않나?"

이번엔 모두를 대표할 요량으로 이장이 나서서 말했다. 남자들이 부인들 몰래 고개를 끄덕였다.

"오해하지 마십시오, 이장님. 장사를 못 하게 한다는 말이 일정 기간 영업정지를 받을 수도 있다는 것이지 아예 문을 닫게 한다는 뜻은 아닙니다."

형사가 이장의 염려를 이해하였다는 뜻으로 공손히 말했다.

"아니, 읍내 막걸릿집에서도 사이다도 타고 그러잖여? 그럼 그것도 불법인가?"

"아닙니다, 어르신. 제 말씀은….."

주위를 둘러보았다. 남자들의 눈과 목사의 눈이 그를 바라보았다.

"굳이 말하자면 복순 아주머니께서 우리 집은 사카린하고 쌀밥을 섞어서 막걸리에 탄다. 그걸 드시겠냐? 라고 알려주고 팔았어야 한다는 뜻입니다. 사이다를 타듯이 말입니다. 손님 중에는 그 사실을 알았다면 사 먹지 않았을 분들도 있거든요."

"그러면 뭐 우리 잘못도 있구먼? 긴가민가하면서도 묻지도 않고 알려고도 안 했잖여."

이장이 주위를 둘러보며 모두 다 들으라는 듯 큰 소리로 말했다.

"말이 나와서 말인데, 시방 일은 크다면 크고 작다면 작다 할
일 아닌가. 그것도 모르고 여기 안주인은 얼마나 놀랐으면 속옷
바람으로 달아날 생각을 했을까 말이여. 그만하면 자네가 말하
는 영업정진가 뭔가 받은 거로 하면 될 듯싶은데, 안 그런가?"

"어르신 말씀은 십분 이해합니다만 오늘 같은 경우 저희가 신
고를 받았기 때문에 결과를 보고해야 합니다. 행정조치는 그다
음 일이고요."

"꼭 그래야 한다면 할 수 없는 일이네만 자네 말대로 쌀막걸
리 만들어 판다고 들어온 신고니까 그냥 그게 아니더라고 하면
될 것 아닌가? 사카린이더라고. 사카린이야 어느 집에나 있는 거
잖아. 말을 안 해서 그렇지 단맛이 난다는 거 모르고 마신 사람
없을 거야. 그러니까 우리가 다 알고 마신 거나 진배없다 그 말
이야. 그리고 꼭 알아야 할 게 있는 것이 말이여⋯⋯, 술집이란
게 꼭 술맛 때문에 오는 건 아니거든."

이장의 말에 남자들은 고개가 떨어져라 끄덕였다. 어떤 이는
지나치게 추임새를 넣었으므로 부인의 등짝 세례를 맞기도 했
다.

"네, 이장님. 저도 오늘 일은 잘못이기보다는 복순 아주머님
이 잘 모르셔서 일어난 일이라고 생각합니다. 참조하겠습니다.
어찌 됐건 양조장에서 받아온 그대로라면 당분간은 아무 문제
없으니 드시러 오시면 됩니다."

"아니요, 이젠 오실 필요 없습니다."

사람들은 복순 씨의 목소리가 들리는 쪽으로 고개를 돌렸다. 그녀는 어느새 저고리와 치마를 갈아입었고 비녀를 꽂아 머리를 정돈한 상태로 문 앞에 서 있었다. 단정한 매무새로만 본다면 막 외출을 나가려는 사람처럼 보였다.

"그만 들 돌아가세요. 저 이제 술장사 안 합니다. 그렇다고 누가 신고하고 괴롭혀서 안 하는 게 아니에요. 저도 저를 괴롭힌 사람 신고하고 싶어요."

그리고 한순간 주위를 둘러보았다. 목사는 그 눈길이 닿는 곳을 살폈지만 결코 누군가에 멈추지 않았기 때문에 원래의 자리로 되돌아오고 말았다.

"하지만 신고하지 않을 거예요. 차라리 고마워요. 이젠 돈 벌겠다고 시시껄렁한 남자들 술 시중드는 일 안 해도 되고 사람들 욕지거리 전해 듣는 일도 없을 거고요. 그래서 그만두는 겁니다. 제가 그만두고 싶어서요! 그리고 저, 이제부터 교회 갑니다, 그러니까 모두 돌아가시고 다시는 오지 마세요!"

그녀는 공연의 마지막을 끝까지 지키고 있는 관중들을 둘러보았다. 사람들은 숨을 죽인 채 그녀의 발길을 따라다녔다. 그것은 은퇴 무대를 끝으로 극장을 떠나는 대배우에 대한 예우처럼 경건했다. 복순 씨는 여전히 발이 불편하여 조금씩 절룩거리기는 했지만, 머리를 꼿꼿이 세우고 사람들 사이를 지나 밖으로 걸어 나가기 시작했다. 사람들은 대배우의 마지막 퇴장에 방해되지 않도록 길을 터주었다. 유 씨는 멀리 떨어진 테이블에 앉아 외면하였으므로 보이지 않았다. 교회로 향하는 그 조그맣고 야윈 여자의 걸음걸이는 무언가 불안하고 위태로워 보였지만 곧이어 따라 나온 목사가 그녀를 부축함으로써 점차 안정되어갔다.

복순 씨의 모노드라마에 빠져 있던 사람들은 일순간 현실로 돌아와 애초에 예배를 보러 왔던 사람들은 그 뒤를 삼삼오오 조심스레 따라갔고 더러는 왔던 길로 되돌아갔다. 이도 저도 아닌 사람들과 그녀가 묻어놓은 단지 속의 돈의 액수가 궁금했던 사람들은 마지막까지 복순 씨네 가게 주변을 배회했다. 도난을 우려한 경찰은 광목 주머니에 복순 씨의 돈을 옮겨 담고 허술하나마 문단속을 한 뒤 교회로 갔다. 설교가 끝나기를 기다린 뒤 복순 씨를 찾았지만 그녀는 예배당에 있지 않았다. 목사에게 행방을 묻자 교회 안 다른 곳에 있으나 지금은 아시다시피 심신이 피로하여 만나기가 어렵다고 전했다. 형사는 돈 자루를 대신 전해 달라 당부하고, 다만 그 양조법이 적힌 문서는 조서를 꾸미기 위한 증거자료로 잠시 압류하겠다는 말을 전해 달라 부탁했다.

벼가 쓰러진 곳은 양이 제법 되었지만, 다행히 일요일 오후에 논 주인이 서둘러 복구작업을 마친 덕에 피해를 줄일 수 있었다. 그는 작업 중에 논바닥 진흙에 파묻혀 있던 신발 한 짝을 발견하고는 쓰러진 벼의 모양으로 짐작건대 어떤 술주정뱅이가 발을 헛디뎌 굴러떨어졌으리라 결론을 내리고 길가로 냅다 던져버렸다. 목사는 깨진 유리창을 수리하지 않고 차일피일 미루다가 아쉬운 대로 방충망으로 창문 전부를 가리고 그해 여름을 났다. 가을이 시작되기 전에 수리를 맡긴 유리 가게 사장에게 읍내 사람들 안부를 묻던 중 넌지시 유 씨 근황을 물어보았다.

"술도가 유 씨요? 다 때려치우고 사우디 갔어요. 사실은 술도가에서 쫓겨났댔어요. 술도가에 손해나는 짓만 하고 다니는데, 사장이 아무리 제 형님인들 배겨 낼 제주가 있나요. 말도 마세요. 복순 씨네 가게 밀주 판다고 찌른 게 유 씨라고 소문이 쫙 돌았어요. 그래서 형이 내쫓은 거죠. 술만 먹으면 사우디 가서 떼돈 벌어 와 술도가를 아예 사버리겠다고 생난리를 부리는 통에 우리는 그 말이 술주정이라고 생각했는데 글쎄 어느 날 보니 사라지고 없었어요, 진짜로."

목사는 그의 예상이 적중했다고 생각했다. 하지만 그렇다고 해서 논바닥에서 발견된 신발의 주인이 유 씨라는 증거가 될 수는 없었다. 복순 씨는 끝내 신발의 주인을 말하지 않았다. 그럼으로써 그녀는 결코 비난하거나 신고하지 않을 것이라던 사람들에 대한 약속을 지켰다. 목사도 결국 강도신고를 포기했다. 창문을 고침으로써 오직 그녀만이 이 일에 대한 신고 여부를 결정할 수 있는 유일한 사람이 되었기 때문이었다.

자신이 선언한 대로, 교회로 간 그날 이후 복순 씨는 다시는 주점으로 돌아가지 않았다. 사건이 있은 지 넉 달이 지나던 날 경찰은 증거물로 가져간 양조비법을 주인에게 돌려주기 위해 다시 한번 주점을 찾았다. 그러나 주인이 바뀌어 식료품과 과자 따위를 파는 가게가 되어 있었으므로 수소문 끝에 타지에 사는 아들에게 우편으로 전달되어야만 했다. 아들이 그것으로 실제로 술을 만들어 보았는지는 알려지지 않았다. 1977년 12월 8일[1]의 일이다.

---

[1] 1974년 이후 연속 대풍으로 쌀을 완전 자급하게 되자 대한민국 정부는 지금까지의 쌀 소비억제책을 크게 완화, 1977년 1월에는 무미일(無米日) 제도를 철폐하고 그 해 12월 8일에는 지난 1963년부터 금지해 온 쌀막걸리 생산을 허용했다. 1963년 쌀막걸리 제조가 금지된 이후 막걸리는 쌀소비절약을 위해 밀가루 80%, 옥수수 20%의 비율로 만들어왔었다.

젊은 날의 우화羽化

프롤로그

나는 운명을 믿지 않는다. 만약 세상사가 모두 예정되고 정해진 대로만 진행되는 것이라면 인생이란 것이 과연 의미가 있을까? 그런데 나는 운명을 믿었던 것 같다. 어떤 것은 반드시 바뀌지 않는다고 생각하고 믿었었다. 지금에 와서 내가 운명을 믿지 않게 된 것은 오직 그녀 때문이었다.

결과적으로 그녀는 나를 구속하였다가 해방했는데 그 과정에서 나의 30대는 운명에 대해 종말을 고하고 있었다. 내가 운명을 믿지 않는 것 또한 그녀가 그랬기 때문이다. 그녀는 감추었던 내부의 형상을 되찾고 분연히 일어나 세상 밖으로 나갔다. 그녀가 마침내 세상의 중심으로 나갔을 때 나는 변두리에 남아 철저하게 그녀가 남겨놓은 유산을 바탕으로 마흔이 되었다.

봄

적어도 내가 알고 있는 모든 정보를 조합해 보건대 그녀는 유부남을 사랑하는 여자였다. 내가 그녀의 고민 상대가 된 것은 따지고 보면 자초한 일이라고도 볼 수 있었다. 입사 7년 차 대리였던 나는 노동조합 내 고충처리위원으로 임명되었다. 하지만 우리 회사는 중책을 맡았다고 우쭐한 기분을 낼 만큼 노동조합 활동이 활발한 회사가 아니었다. 나 같은 정도의 근무연수인 사람에게 고충처리위원직을 맡긴 것만 봐도 그랬다. 사람들은 고용주들의 눈 밖에 나는 이런 직책을 맡고 싶어 하지 않았다. 하지만 일단 직책이 주어진 이상 직무를 태만하게 하고 싶지도 않았다. 고충처리위원의 역할은 직원들의 고민과 불만을 상담받고 이것을 해결하기 위해 건의하거나 안건을 만들어 공론화하는 것이었지만 좋은 취지에도 불구하고 실제로 상담이나 건의된 실적은 거의 없다시피 했다.

나는 시시때때로 직원들에게 무엇이든 상담하고 싶으면 허심탄회하게 말해달라고 떠들고 다녔다. 가끔 술자리가 농익을 때마다 나보다 낮은 직급의 직원들에게는 '내가 바로 고충처리위원이다. 내게 말해달라, 고충이 아니더라도 뭔가 상담할 일이 있으면 말해달라' 종용하기도 했다. 그러나 임기 만료 시기만 점점 다가올 뿐 연락해오는 사람은 없었다.

이런 와중에 딱히 고충 상담이라고 말할 수는 없지만 유사한 실적은 있었다. 고충처리위원으로 임명받은 뒤 전임자와 마찬가지로 존재감이 점점 사라져가고 있던 어느 날 회계팀 강미영 대리가 사내 온라인 메신저로 면담을 요청해왔다. 우리는 점심시간이 끝날 무렵의 자투리 시간에 만났다. 나는 제법 형식을 갖추기 위해 노동조합 사무실의 고충 처리상담실을 이용했지만 사실 강미영과 나는 비밀 이야기를 숨어서 하지 않아도 되는 사이였다. 우리는 입사 동기였다.

그녀와 나를 비롯한 함께 입사한 네 명은 회사생활에 익숙해지기 위해 초기에는 자주 만나 정보를 주고받았었다. 그녀는 대학을 갓 졸업하였고 우리는 군을 갔다 와 같은 해에 졸업하였으므로 우리보다 나이가 적었다. 그중 한 명은 취업을 위해 졸업을 연기하기도 해서 그녀보다 다섯 살이 많기도 했다. 그녀는 다감하고 친절한 사람이었다. 시시한 농담에도 기꺼이 웃어주었고 사람을 기분 좋게 만드는 붙임성 있는 말씨 덕분에 회사 사람들과 고하를 막론하고 잘 어울렸다. 그렇지만 우리 셋 중 누구도 그녀와 이성적으로 가까워지지는 않았다. 그녀가 없이 남자들만 있을 때는 그녀는 언제나 더 예쁜 누군가와 비교당해야만 했다.

그 당시 우리는 연예인에 버금가는 여인과 사귈 수 있을 것이라는 환상을 품고 살았었다. 연이어 들어오는 신입사원 중에 용모가 뛰어난 사원이 있으면 항상 추파를 던지기 위해 주변을 서성거렸다. 그런 행동들은 겉으로는 장난처럼 보였지만 실은 모두가 심각하게 진심으로 원하던 것이었다.

물론 대부분은 아무 일도 일어나지 않았다. 더러는 속앓이를 하기도 했고 더러는 고백을 하기도 했지만 좋은 관계로 이루어지는 빈도는 낮았다. 다행히 연애에 성공한 경우도 그에 따른 책임과 의무를 감당해야 했다. 가족들보다 더 많은 시간을 함께 보내고 있는 직장의 특성상 서로의 장단점을 잘 알고 있다는 것이 오히려 남녀관계에 방해가 되었다. 사내커플이 헤어진 경우는 더 고통스러웠다. 수많은 추측과 소문에 시달려야 했고 연애 상대로서의 가치는 일순간 몰락의 길을 걸었다. 심한 경우 연애의 종말과 함께 직장생활 역시 끝나는 경우도 종종 있었다.

하지만 그런 연애 소동에서 그녀는 언제나 예외였다. 우리는 단 한 번도 그녀를 연애의 대상으로 생각한 적이 없었다. 특히 나는 어떤 식으로든 가까워지기를 두려워했다. 어쩌면 그녀를 오직 직장동료로만 대하고자 하는 것은 암묵적으로 맺어진 우리 사이의 오래된 약속 같았다. 그럼에도 불구하고 직원들은 남녀로 구성된 우리 네 명의 친근함을 부러워했다. 나 역시 일정한 거리를 두고 서로를 친절하게 대하는 우리의 관계를 좋아했다. 우리의 친근한 관계는 좀은 가식적이었고 사실은 일부러 과장되게 보이려 한 측면이 있었다.

처음 한 해 동안 그녀와 나는 같은 부서에서 일했다. 그녀는 회계를 전공하였기 때문에 총무 부서에서 수습을 거친 후부터는 회계부서와 기획실을 오가며 일했다. 나는 순환보직을 받고 이런저런 부서를 돌아다녔다. 입사 일 년 차 이후 우리는 같은 부서에 배정받은 일이 없었다. 우리는 자연스럽게 회사의 일원으로 성장했고 그에 따라 조금씩 만나는 횟수가 줄어들었으며 서로의 영역 안에서만 사무적으로 간간이 만날 뿐이었다.

우리들의 관계가 전 같지 않았으므로 그녀의 면담 요청은 반가웠다. 물론 다시 입사 초기처럼 장난을 치고 쑤군거리는 일은 없을 것이지만 고충처리위원이 되었다고 일부러 찾아준 그녀의 발길이 싫지 않았다.

"나 사실은 좀은 심각한 일로 찾아온 거예요."

"심각한? 무슨 송사라도 걸렸나?"

그저 심심풀이로 찾아온 것으로만 생각했던 나는 장난치듯 대답했다.

"그런 거 아니에요."

그녀가 미소를 지었다. 나는 그러려니 생각했다. 커피를 타서 가져오고 신문의 헤드라인도 흘긋 보면서 그녀의 다음 말을 기다렸다. 그러나 그녀가 다음 말을 하기까지 우리는 종이컵에 담긴 인스턴트커피를 거의 다 마시고 있었다.

"야, 명색이 내가 고충처리위원인데 다 말해라. 내가 해결해줄 수 있을지 누가 알겠냐."

나는 친하게 지내던 그때의 말투로 추임새를 넣었다.

"입사 동기 좋다는 게 뭐냐, 다 말해라. 땅끝까지 찾아가서 해결해줄게."

그녀가 다 마신 종이컵 윗부분을 접었다 폈다. 여전히 머뭇거리며 다음 말을 잇지 않았다.

"우리가 자리에 앉은 지 10분이 넘었다. 뭔 일인지 몰라도 맘 편하게 오빠라고 생각하고 말해라. 비밀 보장? 기본이지!"

그때 점심시간 동안만 울리는 음악 소리가 멈췄다. 그녀는 일어섰다.

"오늘은 안 되겠어요. 시간도 부족하고."

나는 약간 짜증이 났다. 첫 고충상담으로 이보다 더 실망스러울 수는 없었다. 아무 소득도 없이 점심시간을 허비한 게 아까워 생각할수록 괘씸하다는 생각이 들었다.

그녀는 그 뒤 예고 없이 노동조합 사무실로 나를 찾아오곤 했다. 언제나처럼 주로 점심시간 자투리를 이용했기 때문에 여전히 심각한 이야기를 나누기에는 시간이 부족했다. 내가 없을 때도 많았다. 기다리다 돌아갔다는 말을 하였지만 대수로울 건 없었다. 내가 기대했던 고충 상담은 없었다. 용무도 없이 노동조합 사무실을 찾아오는 그녀의 방문이 부담스럽게 느껴져 일부러 입사 동기들을 불러 잡담을 나누는 것으로 대신하기도 했다. 그녀는 맨 첫날 꺼냈던 심각한 이야기를 결국 하지 않았고 나는 자연스럽게 궁금증도 잃어버리고 있었다.

"그런데 너 심각한 상담 거리는 대체 언제 얘기할 거냐?"

그런 만남이 몇 번 계속된 뒤에 이제는 방문을 중단시켜야겠다는 생각이 들었다. 사실 일부 노조원들은 비록 점심시간 동안이긴 하지만 공적인 장소를 휴게실처럼 사용하는 사람들에게 무언의 눈치를 주고 있었다. 나는 일부러 처음 만났던 이유를 말하며 내가 공적으로 그녀를 만나고 있다는 사실을 상기시켜주고자 했다. 또는 고충 처리 실적을 만들어냄으로써 내가 사사롭게 상담실을 사용하는 것이 아니라고 항변하고 싶기도 했다.

"그거 심각하기보다는 그냥 때가 되면 해결되는 일을 말하는 거였어요. 정 대리님 자주 만나려고 일부러 그랬던 거예요. 아시면서."

"싱겁게 왜 이러니. 너 말을 다른 데로 돌리는 거 보니 정말 무슨 큰 문제가 있는 것 같은데?"

나는 놀리듯 말했다.

"정말이에요. 일부러 그랬어요."

"그러면 나를 만나러 오는 자체가 심각한 일이라는 말이 되는데."

"그래요. 심각하죠."

그녀의 얼굴이 붉어졌다. 나는 고개를 가로저었다.

"내가 고충처리위원이라는 게 부담스러운 건가?"

"아니에요, 정 대리님."

"그래도 나를 믿고 이야기해주면 좋겠는데."

나는 조금 집요하게 물었다. 그녀가 고개를 숙였다. 나는 애써 표정을 감추며 평소와 달리 뒷말을 온전하게 맺지 못하는 그

녀의 태도에서 정말로 쉽게 말하지 못할 정도의 심각한 고민이
있다는 확신이 들었다. 생각해보면 그녀는 그동안 여러 번 어떤
암시의 말들을 무의식중에 내뱉곤 했다. 사람을 좋아하는 일이
가장 어렵다던가, 남녀관계는 원래 복잡한 것인가, 왜 이성으로
서의 남자는 보통의 남자와는 다른가 하는 따위의 말들을 했었
다.

사실 나는 연애에 관한 한 숙맥과 다름없었다. 나만의 환상적
인 사랑에 젖어 자만심이 하늘을 찔렀기 때문에 올바른 연애는
한 적이 없었다. 나의 연애사는 남에게 충고는커녕 참고할 만한
조언을 주지 못할 정도로 고만고만했다. 고상한, 시를 쓰고 밤을
지새우는 사랑과는 아예 거리가 멀었다. 그녀가 애정사에 관하
여 나를 찾아왔다면 정말이지 번지수를 잘못 찾은 것이다. 그녀
도 어느 정도는 나에 대해서 알고 있었기 때문에 상담을 핑계로
나를 만나러 왔다는 말은 거짓말일 것이다. 우리에게는 어떤 교
감도 없었다.

"미안해요. 내가 말해놓고 뜸을 들이죠."
"회사에서 괴롭히는 사람이 있는 거야?"
나는 탐색을 시작했다.
"…, 있어요. 있죠. 정말이지…." 나는 그녀가 직장 내에서 어
떤 부당한 대우를 받고 있는 게 아닌가 의심해보았다. 혹은 성희
롱이나 혹은 더 심각하게는…. 그러나 이야기는 거기까지였다.

점심시간도 흘러가 버리고 우리는 다시 일터로 돌아가야 했다. 그녀가 문을 열고 나가려다가 반쯤 돌아서서 불현듯 말했다.

"정 대리님, 성형수술에 대해 어떻게 생각하세요?"

"성형수술?"

그녀가 문고리를 잡고 기다렸다. 나는 갑작스러운 질문에 답을 못하고 머뭇거렸다.

"글쎄. 생각해본 적이 없어서. 그런데 갑자기 그건 왜? 설마 강 대리가?"

"네, 저요. 괜찮을까요?"

내가 의구심이 가득한 얼굴로 쳐다보는 잠깐 사이 그녀는 인사도 없이 나가버렸다. 짤깍 소리가 카메라 셔터처럼 울렸다. '성형수술? 강 대리가 성형수술을? 그녀가 예쁜 얼굴이 아닌 것은 사실이다. 하기야 요즘은 의술이 발달해서 조금의 변형은 눈치채지도 못할 것이다. 그렇긴 해도 직장을 다니고 있는 사람이 갑자기 성형수술 운운하는 것은 예사롭지만은 않다. 더군다나 그녀의 나이 서른 중반, 성형수술을 말하기엔 좀은 늦은 나이가 아닐까?'

그날 오후 사내 온라인 메신저로 그녀가 주말에 따로 만날 수 없겠느냐고 물어왔다. 그녀는 꼭 만나줄 것을, 처음이자 마지막 부탁이라고 말했다. 나는 딱히 거절할 명분이 없어 그러자고 답했다. 낮에 그녀가 말했던 성형수술에 대해 생각해보던 차였다.

그녀는 누군가를 사랑하거나, 혹은 괴롭힘을 당하고 있는데 성형을 고민하고 있었다. 그 정도면 심각한 고민이 분명했다. 나는 어떤 불안을 느꼈다. 그녀가 메신저에 맺음말을 보냈다. '성형하면 아무래도 회사를 그만둬야겠죠? 다른 사람이 되어 돌아올 테니까. 그죠?'

그녀는 성형을 통해 자신의 얼굴을 바꾸는 영화 같은 말을 하고 있었다. 물론 완전히 얼굴을 바꾸는 일도 가능하다. 여러 번의 수술을 통해서 말이다. 하지만 보통의 경우는 성형해도 일부이기 때문에 결국 본인의 얼굴은 어떤 형태로든 남아 그 자신임을 말하게 된다. 그렇지 않으면 성형이라는 게 의미가 없는 것이다. 가령 한 여배우가 더 예뻐지기 위해 성형을 반복하다가 원형을 완전히 잃어버렸다면 그녀는 원래의 그 배우일까? 대중에게 알려진 얼굴은 이전의 얼굴인데 이름이 같은 다른 얼굴의 배우가 나와서 '내가 그 배우다'라고 말하면 이해될 수 있겠는가 말이다. 성형해서 완전히 다른 사람이 된다면 그것은 성형이 아니라 변형이다. 그녀는 그런 것을 말하는 것인가? 회사를 나오지 못할 정도로 바뀌게 되는 얼굴을?

여름

우리가 만나기로 약속했던 주말은 그러나 몇 번이나 미루어

져야 했다. 지나가는 봄날을 아쉬워한 회사 부서원들과 등산을 가거나 동창회가 줄을 이었다. 술을 마시는 날도 많아졌다. 그녀는 금요일 오후가 되면 확인 메시지를 보냈었다. 거짓말을 하지는 않았지만 나는 적당히 둘러댔다. 그사이 봄이라고 불리던 시간은 한낮의 더위 속으로 사라져버렸다. 쏟아지던 약속도 언제 그랬냐는 듯 잠잠해졌다. 그렇게 여름이 시작될 무렵에 나는 가까스로 그녀를 만날 수 있겠다고 답했다.

계절이 바뀌어도 회식과 술자리는 계속되었다. 그녀를 만나기로 한 주중에도 하루건너 회식이 있기는 마찬가지였다. 초여름 저녁에 모처럼 나는 기분 좋게 취했다. 3차, 4차에 노래방으로 이어지던 술자리 문화도 바뀌어 자정 무렵에는 모두 저마다의 집으로 향했다. 나는 대리운전기사를 부르고 기다리고 있었다.

주차장에 대각선으로 보이는 도로변에 택시를 잡으려고 서 있는 사람들이 보였다. 골든아워인지 빈 택시는 거의 없었다. 그들 중에는 회계팀 김 과장도 보였다. 내가 있는 곳에서는 약간 거리가 있긴 했고 더군다나 그가 등을 보이고 있었지만, 택시가 오는 방향을 바라볼 때 불빛에 얼굴이 드러났기 때문에 어렴풋이 알 수 있었다. 내가 그를 알아본 데는 그의 얼굴을 덮고 있는 수염 때문이기도 했다. 그는 매우 드물게도, 수염을 제대로 기르고 다듬는 사람이었다.

아무래도 회계팀도 회식한 모양이었다. 왜냐하면, 김 과장 옆에 서 있는 여자가 한 명 있었는데 아무리 봐도 강미영 대리처럼 보였기 때문이었다. 키와 몸매, 언젠가 보았던 것 같은 겉옷, 그리고 묶었던 머리를 풀었는지 풍성하게 빗어 내린 머리 모양도 그녀임을 말해주고 있었다. 두 사람은 직속 상하 관계였다. 나는 혹시 우연히 나를 본다면 몰라도 그렇지 않은 이상 아는 척하고 싶지 않았다. 곧 대리운전기사가 올 것이고 저쪽도 보아하니 적당히 술을 마신 것 같았다. 더군다나 강미영과는 다가오는 토요일 저녁에 만나기로 약속까지 한 상태였다.

김 과장은 우리 회사 사장의 딸과 결혼한, 선택된 사람이었다. 그는 잘생긴 외모와 좋은 학력을 가지고 있었기 때문에 직원들의 질투와 부러움을 동시에 샀다. 사장의 딸 역시 좋은 집안에서 잘 크고 잘 배운 여성이었다. 아버지의 사업을 이어받기 위해 진작부터 일하던 그녀는 부하직원으로 입사했던 연상의 그와 결혼하곤 미련 없이 회사를 떠나 전업주부가 되었다. 회사는 장차 사위가 물려받게 된다는 것을 공고히 한 것이었다. 하지만 호사다마였는지 둘 사이에는 자식이 없었다. 결혼 후 10년이 넘도록 임신 소식이 없자 인공수정 시술을 고려하고 있다는 소문도 들렸다.

미영이 김 과장의 한쪽 팔을 붙잡고 뭐라고 말하는 것이 보였다. 그러더니 하소연을 하듯 그의 가슴을 치기도 하고 머리카락이 휘날리도록 머리를 흔드는가 하면 그의 팔을 잡고 안겼다 떨어지기를 반복하고 있었다. 아무렴 술이 많이 취했을망정 직장 상사를 대하는 행동으로는 과하다는 생각이 들었다. 김 과장은 시선을 외면한 채 꼿꼿하게 서서 그녀의 투정을 견디고 있었다. 나는 이 놀랍고 기묘한 광경에 눈을 뗄 수가 없었다. 대리운전기사가 5분 내 도착한다는 메시지를 보내왔다. 내가 있는 주차장은 어두워 그들의 눈에 띄지 않았다. 빈 택시가 와도 그들은 타지 못했다. 김 과장은 그녀를 태우려 하는 것 같았는데 그녀가 한사코 거부하고 있었다. 택시가 다른 손님을 태우고 떠나자 김 과장은 여전히 택시가 오는 방향의 먼 곳을 보고 그녀는 무엇인가를 계속해서 말하고 있었다. 해석이 필요한 기이한 광경이었다. 김 과장은 그 상황에 다소 화가 났는지 이제는 그녀와 거리를 두고 아예 길 아래로 내려서서 택시를 잡으려 하고 있었다.

나는 대리운전 기사에게 키를 맡겼지만 두 사람을 좀 더 보고 싶은 호기심―정확하게는 여자가 분명히 강미영인지를 확인하고 싶어졌다. 그 호기심의 발로는 고충 상담을 이유로 만났던 미영에 대한 호기심, 그리고 고충처리위원이라는 타이틀에 성과를 내고 싶은 욕심에서 비롯된 것이었다. 대리운전기사가 출발할 때까지 기회가 없었던 나는 일부러 가던 길에 잠시 차를 세워달라고 하곤 편의점에 들러 담배를 사고 싶다고 말했다. 나는 시계를 쳐다보며 헛기침을 하는 그에게 양해를 구하고 조금 더 그들 쪽으로 걸어갔다. 아닌 게 아니라 편의점에서 보면 그들이 잘 보일 것 같았다. 편의점을 몇 미터 앞두고 발길을 재촉하는 도중에 별안간 미영으로 보이는 그 여자가 내 쪽으로 뛰어오는 것이 보였다. 한 손으로 얼굴을 감싼 그녀는 비틀거리며 그러나 빠른 걸음으로 나를 향해 다가오고 있었다.

나는 무슨 이유에서인지 무조건 들키지 말아야 한다는 생각이 들어 급히 편의점 안으로 뛰어 들어갔다. 아무렇지도 않게 행동하기 위해 점원을 바라보며 그의 뒤편에 있는 담배를 보는 척했다. 그녀가 지나쳐 지나갔다고 생각했을 때 나는 돌아서서 그녀의 뒷모습을, 그리고 갑자기 내 차의 문을 여는 것을 보았다. 나는 순간 뭔가 잘못되고 있는 것은 아닌지, 내가 엿본 것을 들킨 것이 아닌지 의구심이 들었다. 하지만 꾸물거릴 시간이 없었으므로 판단을 유보한 채 무작정 뛰어나가 차에 올라탔다.

"택시 아닙니다. 대리운전 대기 중입니다. 차주는 앞에 타신 분이시고요."

내가 고개를 숙이고 막 들어섰을 때 운전사가 말했다. 나는 갑작스러운 상황에 적절한 대응을 하지 못하고 본능적으로 한 손을 들어 운전 기사에게 잠시 내 말을 들어보라는 시늉을 했다.

여자가 뭐라 말했는데 목소리는 쉬어 있었고 발음은 거의 들리지 않았다. 당혹감과 허탈감으로 이어진 기운 빠진 목소리였다. 혹은 술기운 때문에 내뱉은 무의식적인 소리일 수도 있었다. 그녀가 내리려고 문손잡이를 긁어 찾는 소리가 났다.

"아니요, 괜찮아요, 내리지 마세요. 기사 아저씨, 이 길은, 택시, 힘들잖아요. 요 앞에 사거리, 거기 택시, 많은데, 예, 거기까지만, 내려주고 갑시다."

나는 일부러 혀가 말리는 듯한 소리를 만들어냈다. 그리고 손짓으로 뒤에 앉은 사람과 가는 방향을 표현해보려고 했다. 운전기사는 수화는 본체만체하고 짜증 섞인 목소리로 요금을 더 줘야 한다는 말을 강조하며 다소 과격하게 출발했다.

"네, 택시, 타는데…, 내려주세요. 감사해요." 그녀는 실제로 혀가 꼬여 발음이 분명하지 않았다. 취기가 오른 것 같았다. 나는 조수석에 몸을 파묻고 사이드미러로 뒤에 앉은 강미영을 찾았다. 하지만 그 작은 거울은 다른 사물들을 비추느라 그녀를 보여줄 시간이 없었다. 차는 고객의 익숙한 길을 따라 달리기 시작했다. 큰 거리를 지나 우리 회사 건물이 멀리 지나가고 있었다. 나는 그저 그녀에게 들키지 않아야겠다는 생각만 했다. 나로서는 아는 척해도 별반 문제 될 것이 없었지만 구태여 그녀를 당황하게 할 필요도 없는 일이었다. 그리고 그녀와 김 과장을 본 것을 우연이라고 변명할 일도 만들고 싶지 않았다. 다행히 그녀는 나를 알아보지 못한 듯했다. 운전기사는 내 행동이 이해가 안 간다는 듯 연신 뒷좌석 문 쪽으로 웅크리고 있는 그녀와 또한 비슷한 모양으로 웅크리고 있는 나를 흘겨보았다.

그녀는 울고 있는 것 같았다. 보이지는 않지만, 간간이 울음이 터지지 않게 하려고 침을 모아 삼키는 소리가 났기 때문이

다. 나는 허리를 깊숙이 넣고 고개를 최대한 수그려 뒷좌석에서
는 아예 보이지 않도록 몸을 움츠렸다. 번화가를 지나 주택가로
향하는 사거리 부근에서, 운 좋으면 빈 택시가 올 듯한 길에 다
다르자 운전기사가 말했다.

"내리면 됩니다. 우리는 좌회전이고요." 그녀가 내릴 때 비틀
거리는 구두 소리가 들렸다. 문 닫는 소리가 들리기도 전에 운전
기사는 불만에 찬 굉음을 내며 한달음에 차선을 변경한 후 커브
를 틀어 내달렸다. 그는 혹시 안면이 있는 사람이냐고 물었다.
아니라고 하자 참 성격도 좋으시다 빈말을 하고는 얼마나 마셨
으면 택시와 승용차도 구분할 줄 모르느냐 여자를 비난했다. 나
는 그의 말에 대꾸할 정신이 없었다. 그녀와 김 과장과의 관계에
대해, 잠시나마 내가 본 것들을 꿰어맞춰 보려 했다. 그러나 술
기운 때문인지 생각을 정리하는 일은 쉽지 않았다.

다음 날 아침 숙취와 함께 잠에서 깬 나는 지난밤의 사건에 대
해 다시 생각해보았다. 모든 것을 차치하고서라도 김 과장과 강
미영이 어젯밤 보여준 장면은 내게는 일반적인 직장에서의 상사
와 부하직원과는 거리가 먼, 남녀 간의 연애라고밖에 설명할 수
가 없었다. 나는 그녀가 내게 상담하려 한 비밀스러운 내용도 바
로 이 부적절한 관계였을 거라는 생각이 들었다. 어젯밤의 장면
은 충분히 그러한 추리를 가능하게 하고도 남았다. 아이가 없어
불화설이 나돌고 있는 유부남과 삼십 대 중반의 미혼 여성의 사

랑, 있을법한 일이고 어쩌면 흔할 수도 있었다. 하지만 막상 그 일의 주인공이 강미영과 김 과장이란 사실은 단지 남의 일로 무시할 수만은 없는-묘한 책임감을 주었다.

나는 두 사람의 관계에 대해 좀 더 정확하게 알고 싶어졌다. 통상적인 도덕성에 비추어보더라도 유부남과의 애정행각은 아무리 고상한 이유가 있더라도 당장은 불륜이라는 꼬리표를 뗄 수가 없다. 그것은 누군가에게는 고통을 주고 슬픔을 주는 일이기 때문이다. 생각할수록 사안이 중대해 보였다. 김 과장은 사장의 사위로 공공연하게 장차 회사를 물려받기로 되어있는 사람이었다. 그는 하루아침에 그토록 중요한 지위를 잃을 수 있다. 그리고 강미영 역시, 만일 두 사람의 관계가 드러난다면 당연히 직장을 잃게 될 것이다.

다음날 미영은 회사에 나오지 않았다. 미영의 휴가는 해당 부서에서도 흔치 않은 일이었다. 그녀는 일과 관련한 엄청난 프로 정신의 소유자였다. 아무런 예고나 이유 없이 휴가를 내지 않는 것은 물론이고 법적으로 주어지는 연차휴가조차 좀처럼 쓰지 않는 직원이었다. 그런데 예고 없이 휴가를 낸 것이다. 나는 사건을 의뢰받은 탐정처럼 내가 목격한 사실을 바탕으로 그녀의 갑작스러운 휴가는 반드시 어젯밤 일과 관련이 있을 것이라 결론 내렸다. 나아가 여러 가지 가능성을 두고 그녀와 관계가 두터워 보이는 여직원들을 상대로 일부러 말을 붙여가며 퍼즐을 맞춰보려고 했다. 그 관심은 허울 좋게도 고충처리위원의 의무이기도 했다. 내게 유부남인 직장 상사와 부하 여직원 간의 부적절한 관계를 파헤칠 권리는 어디에도 없었지만 이런 생각으로 밀고 나갔다. '규정에 그렇게 나와 있지 않은가, 직원이면 누구든 신상을 위협받고 직무 활동에 지장을 받는 일체의 사안에 대해 상담받을 권리가 있고 고충처리위원은 이를 해결해야 할 의무가 있다.'

토요일 저녁 우리는 그녀의 집 근처에 있는 작은 술집에서 만났다. 신입직원일 때 이후로 이렇게 가까이에서 그녀를 본 일은 없었다. 최근 상담실에서 만났을 때조차 나는 그녀를 자세히 보지는 않았다. 사실 나는 예나 지금이나 의식적으로 그녀를 피해 다니고 있었다. 신입 시절 담당 과장은 틈만 나면 우리 둘은 엮여야 한다고 농담을 했었다. 나이 차도 세 살이라 궁합이 좋고 둘 다 지방에서 올라와 기댈 데 없으니 합칠 이유가 충분하다는 것이었다. 다만 여기에서 빠진 것은 그녀의 용모에 대한 평가였다. 나와 그녀를 엮을 때마다 그녀의 나이, 학력, 성격 따위의 조건은 거론하면서도 생김새에 대해서는 평가를 피했다. 그녀는 그러니까 소위 남자들의 기준으로 보면 좀 못난 얼굴이었다. 얼굴은 갸름하게 몸과 균형을 이뤘고 야무진 입술은 미소를 띠었을 때 신뢰를 주기에 충분했다. 눈도 작은 편이 아니라서 전체적으로 보면 호감을 주지 못할 이유가 없었다. 하지만 문제는 코였다. 그녀의 코는 그녀가 가진 모든 것 중에서 대열을 이탈한 단

하나의 티였다. 한마디로 낮은, 그래서 그녀의 얼굴을 형성하는 것들과 어울리지 못하고 거리를 두고 있었으며 그녀의 이미지를 세련되지 못하게 방해하고 있었다. 그것 때문인지 언제나 좀은 진해 보이는 화장을 했다. 나는 그것이 몹시 싫었다. 화장으로 감추어야 하는 얼굴과 화장품 냄새가 싫었다.

"그저께는 회사에 안 나왔던데?"

나는 약간 수척해 보이는 그녀를 살피며 말했다.

"몸이 좀 안 좋아서요. 연차 남은 것도 많고."

"그래? 그럼 다행이고."

나는 모르는 척 잠자코 술잔을 들이켰다. 우리는 계절과 날씨에 관해 얘기했다. 서로가 이야기의 본론으로 들어서지 못하고 주변을 서성이다가 이따금 술을 마시곤 했다. 약간 취기가 왔을 때 먼저 말을 꺼냈다.

"그런데 지난번 고충 상담한다고 하면서 말하려다가 만 것 말이야, 그게 대체 뭔지 말해줄 때가 된 거 아닌가? 갑자기 성형한다고 말하면서 나간 뒤로 나도 궁금해져서 말이야."

"궁금하긴 한가요?"

"궁금하지! 내가 알고 보면 유능한 고충처리위원이거든."

그녀가 술잔을 급히 비웠다. 술기운 때문에 볼과 이마가 조금 붉어졌다.

"성형하는 게 맞겠죠. 지금 제 얼굴로는 안될 것 같거든요."

나는 김 과장을 떠올렸다. 하긴 그는 남자인 내가 보기에도 상당한 미남이었다. 많은 사람이 그가 사장의 딸과 결혼할 수 있었던 것도 잘생긴 인물 덕이라고 생각했다.

"그 사람이 원하기 때문에?"

나는 무심코 알고 있던 비밀 일부를 꺼내고 말았다. 그녀가 약간 당황하며 나를 빤히 바라보았다. 냅킨 여러 장을 뽑아 뭉쳐 주먹에 넣고 꼭 쥐었다. 본인만 아는 설움이 찾아왔는지 그것으로 입을 막고 침을 삼켰다.

"그 사람에 비해 강 대리가 뭐 부족한 게 있다고 성형을 해야 하지? 코라도 높여라, 뭐 그런 요구를 하는 거야?"

그녀가 약간의 성형으로 전체적인 얼굴형을 호감형으로 바꾸려고 한다면, 코 하나로 충분하다고 생각했기 때문에 나온 말이었다. 그리고는 사랑이란 얼굴로 하는 게 아니라 마음으로 하는 것이라는 둥, 영양가 없는 말들을 늘어놓았다. 약간 과장된 톤으로 그녀의 상대에 대해 비난함으로써 내가 그녀의 편에 서 있다는 것을 확신시키려고 잡상식을 쏟아냈다. 그러나 이제는 나도 약간 술에 취해 말과 생각이 질서를 잡지 못하고 있었다. 다만 그녀를 위로하고 싶은 것은 사실이었다. 어쩌다 유부남과 사귀게 되었는지 그게 이해가 가지 않았고 측은한 느낌이 들었던 것이다. 그러나 나의 어설픈 위로의 말은 전혀 효과가 없었으며 오히려 그녀의 슬픔만 돋우는 꼴이 된 것 같았다. 그녀는 울음을 참지 못하고 화장실로 달려갔다.

나는 말실수를 하고 있었다. '아직 정확한 관계도 모르면서,

불륜 관계가 아닐 수도 있고, 다른 이유로 성형을 하려는 것일 수도 있고….' 그녀가 돌아왔다.

"미안해 내가 너무 앞서갔지. 내 말은 그게, 그러니까…, 지금 네가 사귀고 있는 사람, 누군지는 모르지만 좌우간 그 사람이 네가 성형하길 원하는가? 그랬다면 그건 참 고약하군. 뭐 그런 뜻으로 말한 거야. 별 뜻 없었어. 필요하면 해야지, 필요하다면."

나는 상황을 바로잡으려고 둘러댔다.

그 시간 이후로 그녀는 술을 마시고 울고 다시 술을 마셨다. 남자들에 대해 하소연하고 술을 마셨고 자신의 얼굴을 비난하며 울었다. 나는 아무런 도움도 주지 못하고 다만 함께 술을 마시며 잠자코 있었다. 우리는 취해가고 있었다. 상당한 시간이 흐른 뒤 정신을 가다듬었을 때 우리는 그녀의 아파트 쪽으로 걸어가고 있었다.

술자리가 길어져 끊으려 할 때 그녀가 자기 집에 가자고 제의했었다. 명목은 술을 사주었으니 집에 사놓은 맥주를 더 마시거나 커피라도 한잔 대접하겠다는 것이었다. 나는 만류했다. 커피 마시기에 늦은 시간이고 혼자 사는 여자의 집에 연인도 아닌 자가 찾아가는 일도 경우가 아니었다. 그녀는 완강하게 내 팔을 잡고 매달렸다.

"정 대리님, 제가 하려던 얘기 궁금하시죠? 고충처리위원이시잖아요. 우리 집에 가서 다 말씀드릴게요. 정말이에요."

나는 고개를 끄덕이고 말았다. 생각 없는 말로 술자리에서 그녀를 울게 한 죄도 있었고 무엇보다 그녀의 표정이, 완강하고도 분명하게 당신에게 꼭 말해야겠다는 의지가 담겨있는 것 같았다. 우리는 서로 약간씩 비틀거렸지만 나는 그녀의 팔을 부축하며 남자처럼 굴었다. 그녀의 푹신하면서 탄력이 있는 가슴이 팔에 전해졌다. 취기가 올라 있었고 여름이었고 나는 젊은 남자였다. 나의 모든 정신이 그녀의 가슴과 팔에 달라붙기 시작했다. 나는 자신을 타일렀다. 그러나 그럴수록 그녀의 몸은 더 가까이 다가왔다.

그녀는 가끔 바로 걷기 위해 숨을 크게 내쉬고 걸음을 멈추기도 했지만 이젠 아예 두 팔로 나를 붙잡고 걸었다. 그녀는 마치 익숙한 연인처럼 내 팔에 매달렸다. 나는 어색하게 팔을 내준 채로 여름밤의 술기운에 젖어 들었다. 그녀의 가슴을 의식하지 않으려고 팔을 접어 손목을 내 쪽으로 꺾었다. 그러나 그것으로도 그녀의 가슴을 피할 수는 없었다. 들키지 않으려고 헛기침을 하거나 몰래 고인 침을 삼켰다.

그녀는 거실로 나를 안내하려 했다. 나는 거실로 가는 대신 식탁에 앉으며 맥주 한 잔 마시고 가겠다는 말로 호의를 거절했다. 왠지 그래야만 될 것 같았다. 그녀가 냉장고에서 캔맥주를 꺼내고 안줏거리를 찾았다. 집은 잘 정돈된 것이 남자 혼자 사는 내 집과 대비가 되었다. 벤치처럼 만들어진 소파와 작은 테이블은 베란다로 사라지는 어둠과 주방에서 나온 빛의 경계를 지키기 위해 TV가 놓인 벽면을 응시하고 있었다.

나는 그녀가 안주를 마련하는 동안 몰래 여기저기를 둘러보았다. 나의 눈은 내심 다른 남자의 흔적을 찾고 있었다. 그녀가 곧 고백하게 될 그 남자의 흔적 말이었다. 하지만 그러기엔 그녀의 집은 너무나 깨끗하고 반듯했다. 특급호텔의 스위트룸이 이정도라 해도 과히 부정할 수 없을 것 같았다.

나는 그녀의 정돈된 집에 대해 칭찬을 늘어놓으며 맥주를 마셨다. 둘 다 취기가 있었기 때문에 쉽게 그녀의 집으로 함께 온 이유에 접근하지 못했다. 나는 거실과 현관 사이의 불은 꺼달라고 부탁했다. 그것은 용의주도하게도 베란다 너머를 의식했기 때문이었다. 혹시나 혼자 사는 여자의 집에 찾아온 외간 남자로 오인되기 싫었다.

베란다 너머로 오른쪽에는 옆 아파트가 보였고 멀리 도심을 향한 곳은 불빛이 반짝였다. 나는 그만 일어나야겠다고 생각했다. 아무래도 그녀는 오늘 고백할 것 같지가 않았다. 집에 들어온 내내 잘 정돈된 실내와는 달리 그녀는 불안해 보였다. 캔을 만지작거리거나 안줏거리가 많았음에도 수시로 냉장고 문을 열고 혼잣말을 하곤 했다.

안방으로 보이는 그녀의 방은 식탁으로 보면 정면에 위치하고 있었다. 현관을 굽어 돌며 욕실이 있는 전형적인 스무 평 남

짓의 아파트 모습이었고 구조상으로는 내 아파트와도 크게 달라
보이지는 않았다.

나 역시 그녀와 마찬가지로 전세대출금을 갚아나가는 중이었
지만 그녀는 어떤 면에서 나보다 경제적으로 부유했다. 사실 아
파트도 비싼 지역에 자리 잡고 있었고 외동딸이어서 그런지 시
골에 있는 부모님에게 생활비를 주지 않고 있다고 했다. 반면에
나는 전세금 외에는 별다른 재산이 없었다. 부모님께 드리는 생
활비도 빠듯했다. 결혼해야 하지 않느냐는 말을 들을 때마다 대
체 이런 처지에 결혼이 가당키나 한 건지 의구심이 들 정도였다.
사람들은 결혼만 하면 돈이 모일 것이라고 조언했지만, 막상 자
기 일로 접근해보면 불안하기 짝이 없는 직장생활이었다.

"좀 취하는 것 같아. 그만 갈게. 밀린 이야기는 다음 기회에
하고."

나는 그녀와 함께 있는 동안 내가 알고 있는 정보라는 것이 이
제 와 생각해보니 별로 신빙성이 없을 수도 있다는 생각이 들었
고 그동안 그녀가 보여준 망설임으로 미루어 볼 때 우리가 다시
서로가 말하고 싶은 그 내용을 털어낼 기회는 요원해 보였다. 나
는 일어섰다. 현관 쪽으로 나서며 나오지 말라고 손짓했다. 다시
술집 근처로 가서 대리운전을 불러 돌아가면 될 것이었다. 그녀
가 따라오지 않고 식탁에 앉은 채로 말했다.

"정 대리님! 잠시만 더 있어 주면 안 돼요?"

목소리에 떨림이 느껴졌다.

"늦었어. 더 얘기할 것도 없는 것 같고. 지금 생각해보니 각자가 풀어야 할 일인 것 같아. 혹시 마음이 바뀌면 전처럼 회사 상담실에서 만나자."

"아니에요. 지금 말할게요!"

그녀가 식탁에서 일어나 나를 쳐다보았다. 나는 결국 다시 자리로 돌아와 마시다 만 맥주를 조금 들이켰다. 쓴맛이 났다. 그녀는 고개를 숙이고 말을 준비하는 것 같았다. 고개를 옆으로 돌렸을 때 오늘 내내 보였던 눈물이 다시 반짝였다.

그러한 잠시 그녀는 무엇인가 결심한 듯 일어섰다. 그리고 천천히 거실 쪽으로 걸어갔다. 이윽고 주방의 불빛이 가까스로 미치는 거리에 이르렀을 때 그녀는 나를 등지고 선 채 잠시 생각에 잠기는 듯했다. 나는 그녀를 응시하며 맥주를 한 모금 마셨다. 여전히 쓴맛이 목을 자극했다. 그때 그녀가 조심스럽게 셔츠의 앞섶을 만지작거리는 소리가 났다. 그 소리는 여름밤 숲 저편 작은 풀벌레들의 움직임처럼 조그맣고 은밀했다. 이윽고 그녀가 아주 작은 손동작으로 마치 다른 사람이 억지로 셔츠를 벗기는 것처럼 어렵사리 어깨로부터 손목으로 셔츠를 잡아당겼다. 하얀 그녀의 셔츠가 발 옆에 떨어져 몸을 낮췄다. 브래지어만 걸친 그녀의 상체 아래로 청바지를 입은 몸매가 드러났다. 나는 들고 있던 맥주캔을 조용히 내려놓았다. 나는 영화를 보고 있는 것 같은 착각에 빠졌다. 그녀의 모습은 주변의 약한 어둠과 어울리며 태어나 처음으로 보는 미장센을 만들어내고 있었다.

청바지의 버튼이 풀리는 소리, 지퍼를 내리는 소리가 뒤를 이었고 그녀의 몸이 만들어내는 선을 따라 바지가 내려갔다. 속옷만 남은 그녀의 뒷모습이 선을 드러냈다. 나는 땀이 나고 뜨거운 열기가 가슴과 목을 넘어 머리끝에 이르러 이글거렸다. 여름밤의 나른하고 끈적한 기온이 여자 혼자 사는 집에서 나는 향기와 섞여 온몸에 달라붙었다. 속옷마저 벗어 옆으로 내려놓은 그녀의 뒷모습이 거실 한가운데에 서 있었다. 나는 그녀가 연출하고 있는 영화를 보는 유일한 관객이었으며 그 영화는 가슴을 뛰게 하고 아무 말도 할 수 없을 만큼 경이로웠다. 그녀의 몸은 그 순간 나체가 아니라 신성한 조각품 같았다.

그녀가 천천히 돌아섰다. 그녀의 눈은 오직 한 명의 관객을 향해 고정되어 움직이지 않았다. 나는 그녀의 몸이 발산하는 에너지에 이끌려 일어섰다. 주변의 어둠이 고개를 조아렸다. 어깨로부터 시작된 선이 허리를 지나 허벅지 아래로 떨어졌다. 잘 다듬어진 대리석이 달빛에 반짝이듯, 반듯하고 균형 잡힌 고대의 아름다움이 나를 순식간에 영화 속으로 불러들인 다음 그녀를 안고 침실로 들어가게 했다. 우리는 새벽까지 한순간도 떨어지지 않았다.

나는 잠에서 깨어났다. 그녀는 여전히 잠자고 있는 듯 미동이 없었다. 언제 잠들었는지 기억나지는 않았지만 아마도 잠깐이었음이 분명했다. 그렇지만 마치 깊은 동굴 속에서 여러 해 동안 잠들어있다 깨어난 듯 정신이 맑았다. 그리하여 나는 비로소 그녀의 방을, 경대를, 옷장을 보았다. 그녀의 가재도구들은 '무궁화 꽃이 피었습니다' 놀이처럼 술래에게 들키지 않으려고 짐짓 딴 곳을 보는 척하며 처음 보는 얼굴을 물끄러미 바라보고 있었다.

새벽 푸른빛이 창문에 스미었다. 바로 가까이에 머리카락이 반쯤 가린 그녀의 얼굴이 보였다. 그리하여 나는 현실로 급히 돌아왔다. 당장 후회가 밀려왔다. '너 지금 여기서 뭘 하고 있는 거냐?'

나는 일단 자리를 피해야겠다고 생각했다. 천천히 그녀로부터 팔을 빼고 옷을 챙긴 다음 방에서 나왔다. 식탁 위에는 지난 저녁의 흔적들이 숨을 죽이고 가라앉아 있었다. 거실 중앙에는 그녀가 벗어놓은 지난밤의 옷가지와 속옷들이 지나간 일들이 영화가 아니라고 말하고 있었다.

식탁 위에 아무렇게나 놓인 맥주캔들을 보자 막연한 후회가 밀려왔다. 나는 조용히 그러나 빠른 동작으로 옷을 입고 현관문 앞으로 걸어갔다. 신발을 찾았을 때 그녀의 목소리가 들렸다. 그 소리는 옆 사람에게 말하듯 작은 소리였지만 나를 부르는 것이 분명했다. 소리가 다시 한번 들렸다. 나는 대답을 못 하고 그 자리에 박힌 듯 가만히 서 있었다. 그러한 잠시 그녀의 발소리가 들리는 것 같았다. 나는 욕망을 끝낸 수거미처럼 자동문 버튼을 누르고 자동문 열쇠가 풀릴 때 나는 음악 소리가 채 끝나기도 전에 문을 열고 나와 계단을 뛰어 내려갔다.

집으로 돌아오는 길 내내 생각했다. '내가 지금 제정신인가? 어쩌자고 삼각관계에 불나방처럼 뛰어들었단 말인가?' 나는 자책하고 또 자책했다. 젊음과 젊음의 열정을 자책했다. 그러나 한편으로는 내가 자초한 일은 아니라는 변명이 가능해 보였다. 나는 전혀 그런 의도가 없었고 다만 그녀가, 분명한 것은 그녀가 나를 그녀의 집으로 이끌었다는 사실만 생각했다. 그리고 그녀의 이끌림대로 밤을 보냈을 뿐이었다고 변명했다. 하지만 이유야 어찌 됐건 내가 그녀와 잤다는 것은 분명한 사실이었기 때문에 이제 이 상황으로부터 완전히 자유로울 수는 없다는 것도 깨달았다. 마음이 뒤숭숭하고 머리가 어지러웠다.

전화기를 두고 온 것을 안 것은 집으로 돌아와 샤워하고 다시 잠이 들고 난 후였다. 가뜩이나 그녀와 얽히게 된 일 때문에 혼란스러웠던 나는 어떤 결정적인 단서를 범죄현장에 두고 온 것처럼 불안해졌다. 일요일 내내 넋이 나간 사람처럼 소파에 앉아 TV를 보았다. 밥이 먹히지도 않았다.

이제부터 그녀를 어떻게 대해야 할지 걱정이 앞섰다. 그런 와중에도 그녀의 몸에 대한 강렬한 기억이 제멋대로 재생되고 반복되었다. 하지만 그것이 그녀와의 새로운 관계를 만들 수 있을 가능성은 없었다. 그녀는 유부남을 사랑하는 여자였고, 나는 단지 그녀의 고민을 들어주고 개선해주려는 회사 동료에 불과했다. '우리는 젊고…, 그것 외에 다른 변명이 필요한가?' 그것이 최종적인 나의 생각이었다.

나는 어떻게 휴대전화를 돌려받을 것인가에 모든 신경을 집중했다. 머릿속에서 여러 가지 시나리오를 그렸다가 지우기를 반복했지만 쉬 결론을 내리지 못하고 다만 월요일에 해결하기로 했다. 공중전화를 걸어볼까 하였지만 그마저도 괜한 짓일 것 같아 포기해버렸다. 어젯밤은 어젯밤이었다. 나는 전화를 핑계로 다시 그녀와 개인적으로 연락하는 일은 삼가야 한다고 자신을 타일렀다. 다만 늦은 저녁에 공중전화로 내 휴대전화로 전화를 해보았다. 혹시 침대 사이 같은 곳에 끼어있어 그녀가 발견하지 못했을 경우 배터리가 방전되고 나면 찾기가 더 어려워질 것이 걱정되었던 것이다. 벨이 울리기를 여러 차례 끝에 '지금은 전화를 받을 수가 없다'라는 메시지로 넘어갔다. 몇 번 더 시도했지만 같은 상황이 반복되었다. 모든 것은 내일로 미루어졌다.

월요일은 언제나처럼 분주했다. 서류를 정리하고 부서별 미팅을 마친 후 자판기 커피를 마시면서도 계속 휴대전화 생각만 했다. 점심시간이 가가와 올 무렵에 메신저로 그녀에게 연락을 취했다. 나는 암호처럼 '휴대전화'라고만 썼다. 나머지는 서로가

다 아는 것이었으므로 구태여 부연할 필요가 없었기 때문이었다. 메시지를 읽은 것은 확인했지만 답이 없었다. 한참 후에 그녀 역시 답을 보내왔다. 거기에는 다만 물음표만 찍혀있었다. 나는 '내 휴대전화'라고 보냈다. 이번에 두 개의 물음표가 답으로 돌아왔다.

그 기호는 내 전화기가 본인의 집에 있는 것인지, 못 보았는지, 인지하지 못하였으니 찾아본다는 말인지 분명하지 않았다. 정확하게 내가 말하는 바를 이해하지 못했을 수도 있다는 생각에 자세히 물어볼까 생각했다. 하지만 그러기 싫었다. 어쩌면 휴대전화를 놓고 온 곳이 그녀의 집이 아니라 다른데 일 수 있다는 생각이 들었다. 그렇다면 괜한 연락을 해서 지난밤의 기억을 자진해서 되새긴 꼴이 된다—그래선 안 되는 일이었다. 전화를 잃어버린 곳이 술집일 것 같다는 생각이 들었다. '분실, 찾고 있음'이라고 메시지를 보냈다. 답이 없었다.

예기치 않게 삼각관계에 끼어들 수 있다는 생각이 집요하게 나를 괴롭히고 있었으므로 그녀가 그날 밤의 일과 관련해서 아무런 반응이 없는 것을 일단은 다행으로 생각했다. 만에 하나 어젯밤과 관련된 일이 회사에 알려진다면 나의 직장생활은 그것으로 끝장이라는 불안감이 들었다. '결코, 그런 일이 있어서는 안 된다. 더군다나 상대는 사장의 딸과 결혼한 직장 상사다!' 나는 불안을 잠재울 구실을 찾으려고 평소보다 더 일에 매달렸다. 그리고 그 불안의 씨앗을 없애려면 우선 잃어버린 휴대전화를 찾아야만 했다. 나는 전화기 속에 들어있는 나의 존재에 대해 생각했다. 주소록, 메모, 앱들과 사진, 그리고 내 일상이 담긴 동영상들을 생각했다. 곱씹을수록 전화기에 들어있는 내가 현실의 나보다 더 중요하게 여겨졌다.

퇴근하기 무섭게 그녀와 만났던 술집을 찾았다. 점원과 사장에게 자초지종을 설명했으나 소득이 없었다. 나는 행여나 하는 마음에 그녀와 걸었던 길을 따라 걸어가며 주변을 뒤졌다. 그러나 길에서 흘렸더라도 이미 이틀이나 지난 뒤였고 거리는 행인들이 적지 않았다. 결국, 그녀의 아파트 근처까지 와 있었다. 나는 서둘러 집 근처 공중전화로 돌아와 낮에 메모한 그녀의 전화번호를 눌렀다. 뭐라 말할지는 이미 여러 번 연습했었다. 하지만 막상 신호음이 가고 상대방이 받은 것을 알았을 때는 긴장되어 논리를 잃고 말았다. 나는 상대가 말하기도 전에, 어쩌면 낯선 번호를 스팸 전화로 오인하여 받지 않을 수도 있겠다는 생각을 하였기 때문에, 용건을 서둘러 말했다.

"강 대리, 나, 정 대리, 내 전화기, 거기에 둔 것 같은데 찾아봐 줘. 있으면 회사로 좀."

그러고는 그녀가 대답하기 전에 얼른 전화를 끊었다. 그녀의 집에 두고 온 게 맞다고 생각하니 식탁이며 침대며 전화기가 떨어져 있을 만한 곳이 눈에 보이는 듯했다. 그래서 그녀가 쉽게 찾을 수 있도록 내 전화기에 다시 전화를 걸었다. 신호가 갔다.

그러나 받지 않았다. 갑자기 속이 답답해져 오고 식은땀이 났다. 거기가 아니었나?

다음 날 그녀로부터는 아무런 연락이 없었다. 메신저도 부재 중이었다. 답답한 마음에 회계부서로 찾아갔다. 김 과장이 인사를 받는데 그 얼굴은 세상의 고민을 혼자 짊어진 듯 어두웠다. 공연히 가슴이 뛰고 그를 대하기가 무서워졌다. 그녀는 보이지 않았다. 신입직원이 무슨 일로 왔느냐고 물었다. 나는 얼떨결에 고충처리위원 활동차 왔다고 말했다. 그러자 신입직원이 자리에서 일어나 내게 다가오더니 한 손으로 입을 가리고 속삭였다.

"강 대리님 오늘 출근했다가 휴가 내시고 나가셨어요."

그녀의 대답은 두 가지 측면에 있어 나를 혼란스럽게 했다. 첫 번째는 미영이 출근을 하지 않았다는 것이고 두 번째는 고충처리위원 활동을 하러 왔다고 말하는데 다짜고짜 미영이 출근하지 않았다고 대꾸했기 때문이었다. 그러나 무엇보다 기이한 것은 신입직원이 내게 그런 말을 비밀리에 전달하고 있다는 사실이었다. 나는 약간 물러서며 말했다.

"강 대리 때문에 온 게 아닌데."

다소 과민하게 반응하였으므로 주위의 직원들이 나를 쳐다보았다. 그중에는 김 과장도 있었다. 그의 치켜뜬 눈이 확 다가왔다. 나는 당황하여 신입직원에게 알았다는 시늉을 하며 무작정 자리를 피해 나왔다. 뒤통수가 뜨거웠다. 신입직원이 따라 나왔다. 그녀는 무엇을 잘못한 사람처럼 연신 인사를 했다.

"제가 너무 티를 냈죠. 죄송해요. 제가 눈치가 없이…."

"그게 무슨 말이야?"

나는 기분이 언짢아졌다. 미영은 출근을 안 했고 부하직원은 까닭 모를 말을 하고 있었다.

"죄송해요. 제가 좀 더 신중하게 알려드려야 했는데…. 아시 다시피 요즘 우리 부서 세무조사 있을 수 있다는 첩보가 입수되 어서 난리도 아니에요. 그런 와중에 제일 중요한 일을 맡고 있는 강 대리님이 휴가를 내고 나가버리니 아침부터 과장님이 엄청 나게 화를 내시고…, 저도 정신이 없었습니다. 강 대리님이 미리 말씀드린 줄 알았는데. 전화 안 받으셨나요?"

"무슨 전화? 강 대리가 나한테? 강 대리가 내 이야기를 하던 가?"

내가 두 눈을 너무 크게 떴기 때문인지 그녀의 얼굴이 붉어졌 다. 그때 김 과장이 문을 열고 나와 고함을 쳤다.

"김장미 씨, 빨리 자리로 돌아가세요! 지금 그럴 시간이 없다 는 것 모르나! 그리고 정명호 대리, 노조 간부 되더니 보이는 게 없는 거야? 아침부터 타부서 사무실이나 기웃거리고. 그 부서는 요즘 그렇게 한가해요?"

신입직원이 재빨리 사무실 안으로 들어갔다. 김 과장의 구릿 빛 얼굴은 지금 보니 흑색에 가까웠다. 그가 성난 눈을 치켜뜨며 나를 노려보았을 때 그날 밤 도로에 서 있던 그의 얼굴과 벌거벗

116

은 미영의 몸이 두 장의 필름처럼 겹쳐졌다. 나는 고개를 숙여 정중히 인사를 하고 황급히 돌아섰다. 등 너머로 문 닫는 소리가 '쾅' 하고 났다.

그녀를 찾아간 자체가 후회됐다. 김 과장의 고함치던 얼굴이 계속 떠올랐다. '그냥 전화를 걸어 전화기를 찾았는지 알아보면 되었을 것을.' 나는 그녀의 휴대전화 번호로 전화를 걸었다. 그러나 녹음된 성우의 목소리가 당분간 본인의 요청으로 전화를 받을 수가 없다고 말하고 있었다. '본인의 요청? 이건 또 무슨 뚱 딴지같은 소리인가?'

휴대전화가 없이 하루를 버티는 일은 예상외로 힘들었다. 간 편한 메시지 확인에서부터 전자결제까지 익숙했던 일들이 매우 견고한 일상이었음을 깨닫게 해주었다. 오후에는 총무팀에서 야 유회 일정과 관련한 온라인 피드백이 필요한데 나만 대답이 없 다고 찾아와 회사 일에 협조해달라는 핀잔을 듣기도 했다. 일상 이 뒤틀리고 무질서해져 가고 있었다. 전화기를 찾기 위해서는 먼저 미영을 찾아야 했다. 그녀를 찾기 위해 나는 좀 더 우회하 기로 했다. 오후에 예의 그 회계부서 신입사원에게 전화하여 잠 깐 상담실로 오라 부탁했다. 그녀는 주저했다.

"내가 강 대리와 뭐라도 된다고 말한 것 같은데, 대체 무슨 말 인지를 알아야겠어."

토요일 밤의 일이 벌써 누군가에게 알려진 것 같아 불안기도 하고 내심 짜증도 났다.

"그게 아니고요. 저는 그냥 두 분이 친하게 지내시는 것 같기에 그렇게 말씀드린 거예요. 강 대리님이 정 대리님 말씀하시는 걸 종종 들은 데다 요즘엔 자주 만나시는 것 같고, 그래서 제가 넘겨짚고, 죄송합니다. 제가 잘못 생각한 것 같아요."

"강 대리가 나에 대해 무슨 말을 했다는 거지?"

나는 재차 그녀를 압박했다.

"그건…, 여자들은 남자에 대해 말하는 걸 들을 때 그 사람이 어떤 감정으로 상대방을 말하는가를 느끼거든요. 그런 뜻입니다. 모두 제 생각이에요. 선배님들 일인데 제가 너무 나섰나 봅니다. 죄송해요. 못 들으신 거로 해주세요. 바쁘기도 하고 상담실에 가서 드릴만 한 말씀도 없고 이만 끊을게요."

그녀가 주변이 의식되었는지 작은 목소리로 말을 끝냈다. 나는 의문이 다 해소되지는 않았지만, 그녀가 토요일 밤의 일을 알고 있는 것이 아니라는 사실에 만족했다.

그날 저녁 미영의 집으로 가볼까 생각했다. 하지만 그러지 못했다. 나는 그녀가, 그러니까 이 일을 크게 만들어 내게 접근해 올 것이 두려웠던 것이다. 그녀는 불륜이건 유부남이건 분명히 다른 남자의 여자였다. 내게는 그녀와 새로운 관계를 만들어 갈 이유가 없었고 그리고 싶은 마음도 없었다. 그런 두려움이 그녀에게로 가서 두고 온 전화기를 찾으려는 적극적인 의지를 가로

막았다.

미영은 다음날도 그다음 날도 회사에 나오지 않았다. 회사 내에서는 강미영 대리가 3일 연속 휴가를 내면서 해당 부서 업무에 과부하가 걸려 야근에 시달리고 있다고 했다. 회사 사람들은 이런 바쁜 시기에 휴가를 낸다는 것도 이해가 가지 않았지만, 강 대리 같은 성실한 직원이 3일씩이나 휴가를 냈다는 사실에 더 놀라고 있었다.

그러나 그 모든 일의 중심에 있는 책임자 김 과장은 그녀의 휴가를 용인하고 있다고 했다. 그는 강미영 대리를 불러들이기보다는 급히 타부서에 지원요청을 하고 인원을 보강하는 치밀함을 보였다. 나는 일련의 사태에 대해 불안해하는 것 외에는 달리 할 일이 없었다.

어느덧 그녀가 회사를 나오지 않은 지 나흘이 지나고 있었다. 그동안 나는 심신이 바짝 마르고 극도로 날카로워져 있었다. 당연히 일이 손에 잡히지 않았다. 그사이 내가 알고 지내던 수많은 사람들이 나와 연락이 닿지 않자 직접 찾아와 안부를 묻곤 했다. 나는 물에 빠뜨려 수리 중이라고 대꾸하고 다녔다. 급한 대로 새로운 전화를 신청하여 발급받으려 했지만 이미 마음속에는 그녀의 집에 내 전화기가 있다고 결론 내린 후였기 때문에 더 버텨보기로 했다. 나는 오기가 났다. 그녀가 어떤 꼬투리—그날 밤을 볼모로 나를 괴롭히는 것 같았기 때문이었다. 그렇지 않고서야

어떻게 아무 대답도 없을 수 있단 말인가. 나의 인내는 점점 한
계에 다다르고 있었다. 대답은 고사하고 아예 모습을 감춘 그녀
의 태도에 화가 났고 바보처럼 전화기를 두고 온 자신을 원망했
다.

　그날 저녁 그녀의 아파트로 찾아갔다. 더 이상 참을 수가 없
어 무조건 부닥쳐 보기로 한 것이다. 전화기를 돌려받고 깨끗하
게 정리하자고 말할 참이었다. '그날은 실수였다. 우리는 성인이
다. 그렇지만 내가 보상할 일이 있다면 하겠다….' 그녀는 집에
없었다. 초인종을 누르고 문을 두드렸지만, 대답이 없었다.
　경비실을 찾아갔다. 미영의 호수를 말하고 회사에서 왔는데
급히 연락할 일이 있어 찾아왔다고 거짓말을 했다. 하지만 정확
하게 신분을 밝혀 달라고 요구했다. 사원증을 꺼내 보여주었다.
　"혼자 사는 아가씨라 매사에 경계할 수밖에 없습니다."
　나는 그런 까다로운 경계를 뚫고 그녀의 집을 들락거렸을 김
과장을 떠올렸다.
　"그렇지 않아도 부탁받은 게 있어서 기다리던 중이었어요."
　그가 서랍을 열더니 봉인된 서류봉투 하나를 꺼내 내밀었다.
　"거두절미하고 회사에서 누구라도 찾아오면 이걸 봉투에 적
힌 사람에게 주라고 했어요. 정명호 대리, 마침 찾아오신 분이
본인이군요."
　겉봉에 내 이름이 작은 글씨로 쓰여 있었다.

"다른 말은 없었나요? 집에 없는 것 같던데."

"당연히 없지요. 한 달 정도 집을 비울 거라고 하더군요. 그래서 관리비도 미리 냈죠. 회사 일로 어디 출장 간 게 아니었나요?"

오히려 나에게 물었다.

"다른 부서에 근무하고 있어서 자세한 건 저도 모릅니다. 근처에 산다고 하니까 한번 찾아가 보라더군요. 아마도 해외거래처 출장인 모양이군요."

그는 한편으로는 수긍의 의미로 고개를 끄덕이면서도 못 미더운 듯 나를 살폈다. 봉투를 받아들고 경비실을 나왔다. 우리 회사는 해외 지사는커녕 박람회 참가 따위의 해외 출장도 거의 없는 회사였다.

차 안에 앉아 봉투를 열어보았다. 안에는 조그만 비닐 바인더가 들어있었는데 표지를 넘기자 우리 회사 사원증이 들어있었다. 플라스틱으로 된 사원증은 증명사진과 사진 아래에 사원번호와 이름이 적혀있고 바코드 같은 표식이 있어서 회사 내에서는 물론 거래처를 방문할 때 신분증을 대신했다. 놀랍게도 그것은 지금은 사용하지 않는 변경하기 훨씬 이전의, 그러니까 입사하여 처음으로 발급받았던 내 사원증이었다.

회사 총무팀에서 새로운 사원증을 발급할 때 반드시 이전 사원증의 반납을 요구했었다. 회계팀이었던 강미영 대리가 내 사원증을 가지려면 해당 부서의 도움을 받아야만 했을 것이다. 놀라움은 거기에서 끝나지 않았다. 다음 장도 그다음 장도 나의 사원증이었다. 세 장의 사원증 속의 나는 뒤로 갈수록 점점 나이가 들어가고 있었다. 마지막 장은 지난해에 스마트폰으로 사원증이 대체될 때까지 무료주차증과 함께 사용되었던 두꺼운 플라스틱 사원증이었다. 바인더에는 그 어떤 표시나 메모, 낙서조차 없었다.

나는 놀라움을 진정시키고 그녀로부터 전해진 나의 사원증들과 지금 처한 상황을 연관 지어보려고 했다. 그러나 해답을 찾을 수가 없었다. '나하고 무슨 장난을 치고 싶은 것인가?' 나는 그녀가 벌이고 있는 일련의 행동에 대해 종잡을 수 없는 답답함을 느꼈다. 하룻밤, 휴대전화, 퇴사, 봉투, 사원증…, 이들 단어 사이에는 같은 범주로 묶을 만한 인과관계가 너무 적었다.

나는 누군가에게 감시를 당하는 것 같은 무서운 생각이 들어 대시보드 조수석 서랍에 바인더를 집어넣어 버렸다. 내가 무섭다고 생각한 것은 나의 사원증들을 본 순간 그녀의 나에 대한 집착 같은 것을 느꼈기 때문이었다. '미영이 내 사원증을 왜? 우리가 친하게 지냈던 것은 맞지만 단 한 번도 남녀관계로서의 힌트나 교감이 없었지 않은가!' 그런 암시를 받았었다면 당연히 거절했을 것이다. 나는 문득 그날 밤의 일이 그녀가 사전에 준비하고 계획했던 것은 아닐까 의심이 갔다. 발을 빼려 할수록 더 깊은 수렁으로 끌려들어 가고 있는 것은 아닌지, 불길했다.

일이 더 커지기 전에 수습하고 평상시로 돌아가야만 했다. 그녀와의 하룻밤은 내가 생각하기에 심적으로 너무 큰 죄책감을 주고 있었다. 그녀는 회사를 나오지 않고 연락마저 두절 되었으며 내 사원증을 모아두었다가 돌려주는 기행을 보여주고 있었다. 그 앨범에 비하면 전화기 문제는 오히려 예외처럼 보였다. 생각해보면 내가 왜 그렇게 전화기에 집착했는지 이해가 안 가기도 했다. 전화기는 그냥 포기하고 하나 새로 장만하면 될 일이었다.

나로서는 그녀가 일부러 전화기를 주지 않고 있다고 생각할 수밖에 없었다. 머지않아 그날 하룻밤의 대가를 어떤 식으로든 요구하게 될 것이라고도 생각했다. 그렇지 않다면 이렇게 사람을 괴롭힐 리가 없었다. 그녀가 나에 대해 친절을 베풀고자 했다면 아파트 경비원에게 내 사원증을 맡길 게 아니라 전화기를 맡겨야 했었다.

나는 정면돌파를 선택했다. 김 과장을 찾아가 사실관계를 확인함으로써 상황을 끝내고 싶었다. 그녀와의 하룻밤에 대한 대가를 정당하게 치르고 전화기를 돌려받는 것만이 최선이라고 결론 내렸다.

"강미영 씨 대체 어떻게 된 일입니까?"

김 과장이 고개를 들었다. 그는 자판에서 손을 떼고 뒤로 고

처 앉았다. 주위를 한 번 둘러본 뒤 서랍에서 담배를 꺼내려다
도로 집어넣었다. 그 일련의 행동은 엉거주춤 서 있는 나를 볼모
로 고통을 주려는 것 같았다. 그가 이마에 주름을 만들며 나를
바라보았다. 그 얼굴은 상심한 인간의 전형적인 모습 같았다. 귀
공자처럼 뽀얗던 그의 얼굴은 간데없고 수염의 색이 전이되었는
지 검은 기운이 얼굴에 잔뜩 들어 아프리카 난민이라 해도 과하
지 않을 정도였다. 눈은 충혈된 데다 악어의 눈처럼 누런빛을 띠
었다.

"나야말로 정 대리한테 강미영 씨 소재를 물어보려던 참인
데."

그가 숨을 크게 내쉬더니 마른침을 꿀꺽 삼켰다.

"정 대리와 입사 동기지 않은가? 뭐 소식 들은 것 없나요?"

그가 너무 자연스럽게 혹은 뻔뻔하게 말하고 있다는 생각이
들어 주먹에 힘이 들어갔다. 그러나 지금 내 앞에 있는 남자는
한 대만 때려도 곧 쓰러져 일어나지 못할 정도로 나약하고 병약
해 보였다.

"당신들 서로 많이 친한 줄 알았는데 그게 아니었나요?"

"친합니다."

나는 도전적으로 말했다.

"제가 온 것은 강 대리보다는 김 과장님과 강 대리의 관계…."

"나하고 강 대리가, 뭐?"

그가 헛기침했다. 그리고 서랍을 열더니 조제된 약봉지 하나

를 꺼내 입에 털어 넣고 진즉에 떠놓은 종이컵의 물과 함께 꿀꺽 삼켰다. 목이 야위어 울대뼈가 더 크게 보였다. 지금 그의 모습은 불륜에 대한 징벌로는 너무 가혹하다는 생각이 들었다.

"오래 같이 근무하지 않았습니까?"

나는 고개를 앞으로 약간 내밀며 위협적으로 말했다. 그 말은 '당신과 강 대리 사이를 나는 알고 있다. 연극은 그만하라.'라는 말을 뜻했다. 그가 나의 태도에 심각함을 느꼈는지 존경어를 반듯하게 썼다.

"오래 있었죠. 회계부서는 이동이 적으니까. 그래서 뭐 내가 잘 알고 있을 것이다, 뭐 그런 이야기예요? 같은 부서 직원이면 속속들이 알아야 합니까?"

"이를테면 그렇다는 겁니다."

"이를테면 이라니, 무슨 말을 하는 겁니까? 강미영 씨 장기휴가가 나하고 관계가 있다는 뜻으로 들리는군요. 노동조합에서 이제는 그런 조사까지 하나요?"

몇몇 직원들이 고개 너머로 우리를 쳐다보았다. 과장 자리는 별도의 파티션이 둘러쳐져 있어서 약간의 방음 구실을 하였지만 완전하지는 못했다.

"아닙니다. 조사라니요. 사실은…, 강 대리에게 빌린 돈이 있어서 갚아주려고 하는데 연락이 안 되더라고요, 그래서…."

나는 내 협박이 통하지 않고 있는 것을 알고 스스로 무너져 버렸다. 그의 예기치 못한 반발이 찾아온 목적 자체를 잊어버리게 한 탓도 있었다. 나는 급히 태도를 바꿔 거짓말로 얼버무렸다.

"돈을 빌려요? 얼마나요?"

"한…, 오백만 원쯤 됩니다."

나는 떠오르는 대로 대답했다.

"돈을 빌려주었다고요? 강 대리가?"

그가 자리에 털썩 주저앉았다.

"언제였나요, 그게?"

"지난봄입니다. 한 넉 달 전쯤."

고충처리위원이 되었을 때 그녀가 맨 처음 상담자가 되겠다고 찾아왔던 때를 떠올렸다.

"그래요…. 돈을 빌려줄 정도로 가깝긴 하군요. 오백만 원이면 직장생활하는 사람들에겐 크다면 큰돈인데."

"아, 예. 그래서 하루라도 빨리 돌려주려고요."

"강 대리가 인정이 많긴 하죠. 더군다나 정 대리가 부탁했으면 안 들어줬을 리가 없을 테지요."

그가 고개를 끄덕였다. 그리곤 나를 보며 알 수 없는 미소를 지었다. 그 미소는 마치 '너도 잤지?'라는 신호처럼 보였다. 이런 거짓말을 하고 있는 내가 한심해졌다. 결심을 굳히고 김 과장에게 옆방 휴게실로 자리를 옮기자고 말했다. 그는 바쁘지만 잠깐만 시간을 내겠다고 호의를 베풀었다. 나는 휴게실로 들어서며 문을 잠갔다. 김 과장이 환풍기를 틀고 담배를 피워 물었다.

"강미영 씨와 관련해서 사실대로 말하겠습니다. 미리 말씀드

리겠습니다만 절대 의도적으로 그렇게 된 것은 아닙니다. 실수
였습니다."

"무슨 실수요?"

그가 재를 털었다. 아무것도 모른다는 눈치였다. 나는 그가
모든 것을 알고 있으면서 나를 시험하고 있다고 생각했다. 나는
준비된 말을 버리고 완전히 새로운 카드를 꺼냈다.

"잤습니다, 강미영 씨와. 물론 미리 말씀드렸듯이 실수였습니
다."

나는 웅변대 앞에 선 초등학생처럼 말했다. 그는 나의 갑작스
러운 말에 놀라기도 했지만, 한편으로는 그런 말을 하는 내가 신
기하다는 듯 수염을 쓰다듬었다.

"강미영 씨와 잤다고요? 정말이오?"

"네. 잤습니다. 지난주 토요일 밤에!"

나는 자포자기하는 심정으로 말했다. 그가 담배를 끄고 서서
히 일어섰다. 그리고 흥분하여 어쩔 줄 모르는 나를 물끄러미 바
라보았다. 그 눈빛은 마치 먹이를 문 악어가 발버둥 치는 먹이를
삼키기 직전의 고요와 같았다. 나는 올 것이 왔다고 생각했다.
그가 나를 때린다면 맞을 각오로 서 있었다.

"그런데요?"

그가 입에 물었던 먹이를 도로 토해내며 말했다.

"잤습니다. 강미영 씨하고 제가 강미영 씨 집에서요!"

그가 다가와 한쪽 팔로 내 어깨를 눌렀다.

"강 대리하고 잤다고요? 그게 강 대리 휴가와 관련 있다는 거죠?"

"강 대리의 휴가가 아니라, 저는 김 과장님과 다투기 싫습니다. 그건 정말 실수였습니다. 죄송합니다."

"실수로 자다니, 뭐 그런 말이 있습니까? 잤으면 잔 거지."

그가 잡았던 어깨를 두드렸다.

"그게 나하고 다툴 일은 아니지요. 어차피 회사는 회사고 개인은 개인 아닙니까. 강미영 씨 사생활하고 회사 일하고 엮을 만큼 그렇게 고지식한 사람 아니에요, 나는."

나는 그의 태도가 석연치 않음을 느꼈다. 연인이 다른 남자와 잤다는 사실을 알고 난 사람의 태도가 아니었다. 나는 좀 더 나아갔다.

"김 과장님 사생활이기도 하지 않습니까?"

김 과장이 다시 자리에 앉았다. 나에게 앉으라는 손짓을 했다.

"내 사생활? 그게 당신들하고 무슨 관련이 있습니까? 강 대리가 나에 대해 뭐라고 하던가요?"

"제가 오늘 온 것은…, 다 말하고 정리하자, 그런 마음에서 온 겁니다. 저도 알고 있습니다. 과장님과 강 대리와의 관계…."

"강 대리와 나의 관계?"

그가 반문했다.

"예, 알고 있습니다, 두 사람의 관계."

"아까부터 계속 그 말을 하는데, 나와 강 대리의 무슨 관계요?"

그가 자세를 고쳐 앉았다.

"저번에 길에서 봤습니다. 두 사람이, 한밤중에, 회식 끝나고 대리운전기사 기다리던 중에, 시내 거기, 여관 많은 길에서….."

"뭐요? 지금 그러니까 내가 강 대리하고 그렇고 그런 관계라는 거요?"

그가 벌떡 일어섰다.

"이 사람이 미쳤나! 어디서 뭘 봤길래 그따위 소리를 지껄이는 거야! 말하자면 내가 강 대리하고 바람이 났다는 거지요, 지금?"

김 과장이 목소리를 높였다. 나는 그의 반응에 당황하고 겁이 나서 뒤로 물러섰다.

"아닙니까? 분명히 봤습니다. 그래서 저는 강미영 씨와 잤던 일을 후회하고, 그게 실수였다고 말씀드리러 온 겁니다."

그가 다가와 내 뺨을 후려쳤다. 나는 저항하지 않았다. 맞을 짓을 했다고 자백하러 왔기 때문이었다.

"이 사람 정말 큰일 낼 사람이네! 당신 왜 그래!"

그는 완강하게 내 양복 어깨와 목덜미를 쥐고 흔들었다.

"내가 강 대리와 바람난 걸 보다니? 어디서? 사실이 아니면 당신 각오해야 해! 당신 나 말고 다른 사람한테도 그런 말을 하고 다닌 거야?"

"아닙니다. 아무한테도….”

나는 그의 억센 기세에 눌려 후퇴하고 있었다.

"이 사람이 정말. 어이가 없네, 이거 원 대꾸할 가치가 있어야 말을 하지, 당신 같은 사람들 때문에 이상한 소문 돌고 억울한 피해자가 나오는 거야, 알아? 앉아 봐!”

그가 나를 끌어 앉혔다.

"어디서 뭘 보고 다니는지는 모르겠지만 당신 정말 대책 없는 사람이구먼. 평소에 당신 좋게 봤는데 인제 보니 완전 협잡꾼일세!”

그가 혀를 끌끌 차며 주머니에서 담배를 찾았다.

"그래 내가 강 대리하고 연애한다고 칩시다, 뭐 말도 안 되는 이야기지만.”

김 과장은 기가 찬다는 표정으로 담배를 만지작거렸다. 그러다가 헛웃음을 짓고 다시 나를 쳐다본 뒤 담배 필터를 탁자에 대고 두드렸다. 나는 취조를 당하는 범인처럼 불안과 초조 속에서 그의 손만 바라보았다.

"죄송합니다. 제가 잘못 본 것 같습니다….”

"이제 와 잘못 보았다니, 그게 말입니까?”

"저는 분명히 그날….”

"뭘 봤다는 거예요, 구체적으로?”

"말씀드린 대로 일전에 여관 많은 시내 사거리.”

"내가 강 대리와 여관에서 나오는 걸 봤다?”

"아닙니다. 그게 아니라…, 길에서 두 사람이 연인처럼…."

그가 더는 두고 볼 수 없다는 듯 고개를 저었다. 그리고 전혀 뜻밖의 말을 하기 시작했다.

"거두절미하고, 내가 당신들 연애사에 끼어들고 싶지 않아서 말 한하려고 했는데 당신 하는 짓 보니까 내가 불안하고 걱정이 돼 안 되겠어. 내가 강미영 씨하고 무슨 사이라니, 그런 말도 안 되는 소리는 다시는 꺼내지 마시오. 연애할 때는 누구나 온통 그 사람 생각밖에 없지요. 그날 나와 같이 있던 여자를 강미영 씨로 착각한 것 같은데, 아무리 그래도 그렇지 남의 마누라와 자기 애 인도 구별 못 하다니 당신도 참 딱하네."

이마에 주름을 잡으며 나를 쳐다보다가 담뱃불을 다시 붙였 다. 김 과장의 부인? 내가 본 그날의 강미영은 그러면 그의 부인 이었다는 말인가?

"키나 체형이 좀 닮긴 했지. 요즘 하고 다니는 머리 모양도 그 렇고. 그렇지만 착각할 정도는 아닌데. 그래, 당신이 말하는 며 칠 전에 내 마누라 만났었지, 시내 사거리 길거리에서."

나는 눈앞이 핑 도는 것을 느꼈다. 그의 말이 사실이라면 그 의 말대로 나는 지금 말도 안 되는 짓을 하고 있는 것이다. 그리 고 실제로 나는 그런 짓을 하고 있었다. 그의 말은 구체적이고 정확했고 어긋남이 없었다.

"당신도 누구랑 잤다는 말 이렇게 대놓고 지껄였으니 말 나온 김에 내 비밀도 말해드리지요. 사실 나 간암 판정받았어요. 4기라고 합디다. 의사는 4기라고 하는데 내가 보기엔 말기라고 말하기 미안해서 해준 말 같아요."

그가 기침을 했다.

"그런데 왜 담배를 피우냐 궁금하죠? 지금 끊는다고 달라질까요? 다음 달에는 입원하고 치료받기로 했습니다만 그것도 내 생각에는 별로 도움이 되지 않을 것 같아요. 내가 더 잘 알지요, 내 몸은."

담배 연기를 뿜다가 기침을 하면서 방금 태워 문 담배를 껐다. 지금 보니 재떨이에는 한두 모금만 빨고 끈 담배가 여럿 있었다. 불만 붙었다가 거의 온전하게 버려진 담배들이 왠지 그의 심리상태를 말해주는 것 같았다.

"이 정도 뉴스면 당신 하룻밤에 비할 수 있겠죠?"

그가 쓴웃음을 지었다. 나는 비굴하게도 눈을 크게 뜨고 고개를 끄덕였다.

"이혼해달라고 매달리는 마누라한테는 결국 말하고 말았지요. 정 대리가 봤다는 그날이 맞겠지, 최근에 만난 건 그날이 유일하니까."

그는 다시 습관처럼 담뱃갑을 꺼냈다.

"이혼? 그런 짓 안 해도 된다고. 조금 있으면 저절로 이혼한다고, 내가 곧 죽는다고 하니까 그래도 양심이 있었는지 울긴 하더구먼."

그 말을 할 때, 마치 내가 그의 부인인 듯 감정을 실어 말하였으므로 어깨가 저절로 움츠러들었다. 그는 감정이 북받쳤는지 한동안 천정을 쳐다보았다.

"내 이야기는 이쯤 합시다. 강미영 씨 왜 회사 안 나오는지 정말 몰라서 온 건 아니죠?"

나는 기가 죽어 여전히 그를 물끄러미 바라보기만 했다.

"당신 그 이유를 모른다면 참 나쁜 사람이야. 그리고 둘이 잤다면서? 그런데 모른다니? 강 대리가 애인이 아니면 뭐지요, 당신한테는? 내 말 잘 들어요, 정 대리."

다시 담뱃불을 붙였다.

"알다시피 강 대리는 우리 부서 핵심 직원이에요. 2주 전에 세무감사 첩보가 있어서 서류작업이 시작됐는데 뜬금없이 일주일 휴가를 낸다고 하는 거야. 바쁜 것도 문제지만 회계는 능률이 중요해요. 강 대리 같은 핵심 직원이 1시간 할 일을 다른 사람은 하루를 일해야 해요. 당연히 안된다고 했죠. 연말에 다 쉬게 해주겠다. 그런데 한사코 휴가를 내야 한다는 거야. 연차를 붙여서 장기간 쉬는 일은 임원 결재가 필요하니 어렵다고 했지요. 그랬더니 뭐라는 줄 알아요? 사표 내겠다는 거요. 대체 왜 그러냐, 이유를 알면 참고해보겠다고 했더니 뭐라는 줄 알아요? 성형수술 날짜 잡았기 때문에 휴가 내야 한다는 거예요! 정말이지 이유치고는 너무 황당한 이유 아니에요? 그것도 직장인이?"

나는 그녀가 했던 말을 떠올렸다. 성형수술, 그녀가 하려고 한다고 했던, '할 수도 있겠지'라고 흘려들었던.

"그래서 대체 며칠이나 걸리냐 했더니 꼬박 일주일 걸린다고 합디다. 회복하는 시간이 있어야 한다고. 그래서 내가 손들었어요. 진짜 퇴직할까 봐. 이사님한테는 시골에 계신 부모님이 위독하셔서 급히 내려갔다고 말하고 하루 단위로 휴가를 신청하고 있지요. 그래도 뭐 다음 주에는 올 수 있겠거니 했는데….

그가 나를 원망하듯 바라보았다.

"결국, 퇴직하겠다고 전화가 왔어요. 성형하면 다른 얼굴로 나타날 텐데 그러면 원래 자기를 알고 있던 사람들과 어떻게 다시 예전처럼 자연스럽게 만날 수가 있겠냐고 하더라고요."

"전화가 왔었다고요?"

"왔지요. 수요일부터는 신입직원이 전화로 묻고 작업 지시하고 그랬으니까. 우리 부서 지금 전쟁텁니다."

나는 입술을 깨물었다.

"아무래도 사직할 것 같습니다. 참 좋은 직원이었는데…. 나는 나대로 건강이 안 좋아져서 회사 일에 대해서는 의지할 사람이 강 대리밖에 없었는데, 정말 아쉬워요. 솔직히 강 대리 같은 사람이 정 대리를 그 정도로 좋아한다는 게 사실은 믿기지 않아요. 얼굴 좀 못난 것 때문에 직원들에게 저평가를 받고 있지만, 심성으로 말한다면 최고의 미인이죠. 나하고 그런 사이냐고 했지요? 그랬으면 얼마나 좋겠습니까. 내가 결혼하지 않았다면 열 번이라도 청혼할 수 있을 만큼 매력적인 여자입니다. 바람이라면 우리 마누라 얘기겠죠. 이혼해달라고 별거한 지 오래됐어요.

덕분에 건강도 나빠지고 되는 게 하나도 없네요."

쓴웃음이 검은 얼굴을 가로질러 지나갔다.

"이 정도면 나도 운이 다한 거겠죠? 그동안 직원들에게 사장 딸과 결혼했다고 부러움을 독차지했는데 말이죠."

물론 나도 그를 부러워한 사람 중의 한 명이었다.

"그건 그렇고, 정 대리, 강미영 씨 얼굴이 그렇게 못났어요? 정 대리가 보기에 성형 수술할 만큼 그렇게 못났냐 말이요?"

"무슨 말씀이신지?"

나는 뜻밖의 질문에 냉소적으로 답했다.

"강 대리가 말하더구먼. 정 대리가 성형하면 좋겠다고 오래전 부터 얘기했다고."

"제가요? 제가 정 대리를 뭘 안다고 성형하라 말라 하겠습니 까."

"정말 두 사람 사귀는 거 아니요? 우리 부서에는 최근에 두 사 람 사귀는 거로 알고 있는데. 이제 사실대로 말해도 됩니다. 어 차피 퇴직하면 사내연애 눈치 볼 일도 없고."

나의 동의를 구하기 위해, 부인해도 소용없다고 말하기 위해, 다 알고 있다고 말하기 위해 고개를 들고 턱을 당겼다. 나는 그 동안 엉뚱한 곳을 두드리고 다닌 것을 알아차렸다. 나는 허둥지 둥 휴게실에서 나와 내 자리로 돌아갔다. 새로운 고민과 의문이 기다리고 있었다. '미영은 유부남과 사귀고 있지 않다. 오히려 나와 사귀고 있다.'

나는 완강하게 현실을 부정했다. 그녀와 사귄다는 말은 당치도 않았다. 다시 만나는 것 자체가 부담스러웠다. '도덕적인 비난은 감수하겠다.' 나는 어리석게도 그녀의 유혹에 넘어간 것이다. 무조건 만나 정확하게 해명하지 않으면 일이 더 꼬일 것만 같았다. '만나야 한다. 전화기도 찾고. 하지만 그녀는 성형수술을 하고 병원에 입원 중이다. 시간이 걸릴 것이다. 언제까지? 그래도 사직서를 낸다고 하니 다행이지 뭔가! 어쩌면 그녀와 나 사이는 자연스럽게 끝날 수 있겠다. 기다리자, 기다리자!'

그러나 시간이 흘러 밤이 깊어갈수록 나의 머릿속은 낮에 김 과장과 주고받았던 말들로 가득 차 잠이 비집고 들어올 틈이 없을 지경이었다. 그래도 출근을 걱정하며 잠을 청하려고 몇 번이나 뒤척였다. 하지만 새벽 두 시가 넘어가면서 이제는 아예 정신이 맑아져 버렸다. 나는 일어나 물을 마시고 거실에 앉았다. TV를 켜고 채널을 이리저리 돌리다가 그녀에게서 받은 내 사원증 바인더가 생각이 났다. 나는 대충 옷을 챙겨 입고 지하주차장으로 갔다. 조수석에 앉아 사물함을 열었다.

조수석에서 보니 오른쪽 상단에 아파트와 회사의 주차확인증이 차례로 붙어있었다. 나는 그날 밤 택시로 착각하고 뒷자리에 앉았던 여자를 생각했다. 그리고 다시 주차확인증을 보았다. 투명 테이프로 붙여진 주차확인증은 반대쪽에서도 확실하게 보였다. 그녀는 갈림길에서 내렸었다. 그리고 갈림길에서 강미영의 집까지는 또 다른 갈림길을 여러 번 만나야 하는 거리에 있었다. 나는 정답을 놓친 수험생처럼 관자놀이를 주먹으로 두드렸다.

바인더를 천천히 넘겨보았다. 내 오래된 사원증이 다시 나타났다. 이번엔 하나하나 꺼내 뒷면까지 살펴보았다. 뒷면 상단에는 유성 매직으로 쓴 연도와 날짜가 적혀있었다. 내가 적은 일이 없었으므로 아마도 담당자가 적어놓은 반납일인 듯했다. 그 외에는 아무 기록도 없었다. 다만 맨 마지막 장에 별도의 비닐로 붙여진 것이 있었다. 자세히 보니 탈피하고 남겨진 매미 껍질이 흔히 사람들이 미신처럼 가지고 다니는 네 잎 클로버와 함께 코팅되어 있었다. 매미 껍질 아래에는 날짜가 적혀있었는데 내가 입사한 해의 어느 가을날이었다.

나는, 그러니까 미영을 포함한 우리 네 명은 그녀가 적어놓은 그해 2월에 공채로 입사했었다. 입사 첫해의 일들은 아무래도 열정과 패기가 남아 있던 시기라 비교적 또렷하게 기억에 남아 있었다. 이 껍질도 그중 하나였다. 기억이 났다. 그랬다. 그때 우리는 벚나무에 붙어있던 매미가 탈피하고 남긴 하얀 껍질을 보며 이런저런 얘기를 나누었다. '매미는 탈피하여 성충이 되는 것이 아니라 원래 성충이던 상태가 단지 껍질에 싸여 있을 뿐이다. 그렇기 때문에 일단 껍질을 뚫고 밖으로 나오면 이내 날개가 돋고 몸이 굳어지며 성충의 모습이 단번에 완성되는 것이다.' 나는 아마도 그런 말을 했던 것 같다. 왜냐하면, 나는 그 이후로도 매미의 껍질을 볼 때마다 같은 말을 하곤 했으니까.

그녀는 징그럽다고 말하면서도 구태여 자기가 가져가겠으니 버리지 말라고 했었다. 나는 약에 쓰려면 이런 거 수십 개는 더 찾아야 한다고 말하며 지금부터 우리 세 명이 찾아올 테니 여기서 꼼짝 말고 기다리라고 농담을 했던 것도 생각이 났다. 그녀는 원래 밝은 사람이기도 했지만 우리들의 하찮은 농담에 기꺼이 웃어주는 유일한 동료이기도 했다.

나는 또 낮에 김 과장이 오래전부터 내가 그녀에게 성형수술을 하라고 했다던 말이 떠올랐다. 그러나 분명한 것은 나는 그런 말을 한 기억이 없었다. 나에게는 그런 말을 그녀에게 할 권리도, 이유도, 인연도 없었다. 매미 껍질이 있는 마지막 장을 덮고 내게 일어난 최근의 일들에 대해 생각해보았다. 그러나 생각할수록 인과관계가 분명하지 않았고 폭탄 맞은 궤짝 잔해를 주워 모아 원형으로 복원하는 것처럼 불가능해 보였다. 그래도 하나만은 정확하게 말할 수 있었다. 그것은 나의 의사와는 무관하게 그녀는 나를 지켜보고 애정을 키워왔다는 사실이었다. 그리고 나는 무심결에, 혹은 취중에 그녀에게 조금만 더 예뻤으면 하면서 마음에도 없는 암시를 주었는지도 모른다.

미영의 집을 향해 차를 몰았다. 그녀가 남겨놓은 문제들을 풀지 않고는 잠을 잘 수가 없을 것 같았다. 아파트 불빛은 꺼져 있었다. 도착하자마자 자동문 키패드를 열었다. 10개의 숫자와 2

개의 특수문자가 나타났다. 비밀번호를 풀기 전에 마지막으로 초인종을 눌렀다. 예상대로 대답이 없었다. 이미 불이 꺼진 것을 알고 왔지만 어두운 집 안 어딘가에서 내가 비밀번호를 풀고 들어오기를 기다리고 있을지도 모른다는 생각이 들었다. 하지만 이제는 집 안에 그녀가 있건 없건 아무 상관이 없었다. 나는 휴대전화만 찾아가면 그만일 뿐이었다. 나는 화가 나 있었다. 처음에는 그녀에 관한 정보로 4자리 숫자를 맞춰보았다. 그럴 리가 없다는 것을 알면서도 좀 더 확실하게 맞추기 위해 가능성이 없는 것들로 테스트해보았다. 가령 그녀의 사내 전화번호와 휴대전화번호, 주소에 있는 숫자들 따위가 동원되었다. 자동차번호를 포함한 다른 숫자들도 차례차례 대입을 시작했다. 어쩌면 당연한 결과지만 맞지 않았다. 홧김에 달려오긴 했지만 10개의 숫자에서 4자리 숫자를 맞춘다는 것은 경우의 수만 따져도 물리적으로는 5040가지의 조합이 기다리고 있었다. 0000, 1111, 2222, 3333…, 1234, 2345, 3456…, 소위 멍청한 비밀번호들을 눌렀다. 그러한 잠시 나는 문득 지금 내가 하는 행동들이 사실은 미영이 미리 짜놓은 절차를 밟고 있는 것은 아닐까 하는 생각이 들었다. 애초에 비밀번호를 알아내기 위해 내가 달려온 것이 아니라 그녀가 나를 이리로 찾아오도록 전화기를 감춰 두었을 것이라는 생각 말이었다. 그렇지 않다면 그녀의 행동은 해석이 되지 않았다. 그토록 집요하게 내 휴대전화를 돌려주지 않으려 하는 데는 분명 이유가 있을 것이다. 그게 무엇일까가 문제였다. 전화기는 이 집 안에 있을 것이다. 그래야만 했다. 어쩌면 그녀는 지금 저 안 어둠 속 어딘가에서 비밀번호를 맞추기 위해 끙끙거리는 소리를 듣고 있는지도 모른다. 그러므로 어떤 암시나 힌트를 주어야 했을 것이다. 내가 풀지 못하기를 바라면서 일부러 문제를 만들었을 리는 만무했다. 문에 등을 기대고 주저앉아 미영이 낸 퍼즐을 곱씹었다. 그녀는 사라졌다. 성형수술? 그렇다. 그녀는 사라진 것이 아니라 김 과장의 말대로라면 지금쯤 병원에 있거나, 적어도 병원과 관련된 어딘가에 있어야만 한다. 분명히 그녀는 내가 여기에 올 것이라고 알고 있었다. 전화기에 대해 말했을 때 대답이 없었던 것도 의도된 일일 것이다. 그녀는 나에 대해 많은 것을 알고 있었다. 나에 대해. 나에 대해? 바인더!

나는 다시 키패드를 열고 크게 심호흡을 했다. 이 수수께끼의 마지막 단서로 남겨진 것은 이제 단 하나였다. 그것이 아니라면 문을 열 수 있는 숫자가 내게는 없었다. 입사 연도를 뺀 나의 사원번호, 마지막 네 자리를 눌러보았다. 문이, 열렸다….

현관에 들어서서 불 꺼진 거실을 바라보았다. 인기척은 없었다. 주인이 없이 며칠을 묵은 공기가 더운 공기와 정확한 비율로 뒤섞여 우주의 고요처럼 실내를 채우고 있었다. 나는 거실로 다가가 불을 켰다. 거실 한가운데, 그날 밤 그녀가 서 있던 곳, 모든 것이 시작된 지점에, 그녀 대신 이번에는 내가 서서 식탁을 바라보았다. 거기에는 앞으로 일어날 일을 까맣게 모른 채 순진하게 여자의 몸을 바라보는 철모르는 남자가 앉아 있었다.

안방 문을 열고 들어가자 침대가 보이고 그 위에 내가 그토록 찾아 헤매던 전화기가 놓여있었다. 한숨이 저절로 새어 나왔다. 맨 아랫단에는 여러 번 접힌 침대 시트가 있었고 그 위에 바지와 셔츠가, 다시 그 위에는 속옷이 차례로 잘 개어진 위에, 그 모든 것을 누르며 전화기가 놓여있었다. 그것들은 그날 밤의 미장센을 이루던 소품들이었다. 그녀의 치밀한 구성에 소름이 돋았다.

나는 증거를 흐트러뜨리지 않으려는 감식반원처럼 조용히 전화기를 집어 들었다. 그녀가 장치해놓은 퍼즐들이 서서히 끝나고 있었다. 퍼즐의 끝에 서서 나는 그녀의 나에 대한 집착 또한 이로써 끝나기를 간절히 바랐다. 두려움과 알 수 없는 무서움이 한여름에 오한을 느끼게 했다. 나는 들어온 순서대로 조용히 그녀의 집에서 나갔다. 집으로 돌아오자마자 내 오래된 사원증들과 매미 껍질 따위를 가위로 잘게 오려 버려버렸다. 그리하여 나는 마침내 지난 토요일 이전의 일상으로 되돌아갔다.

가을

'지나친 사랑은 언제든 당신을 죽이고 말 것입니다(Too much love will kill you, every time).' 나는 그녀에게, 그러니까 하나의 암시를 주기 위해, 나의 의도를 알아차려 주기를 원하는 마음을 담아 유튜브 비디오 링크를 걸어 문자메시지를 보냈다. 그것은 영국 록밴드 퀸(Queen)의 노래였다. 그녀가 그것을 깨닫기를, 그 노랫말의 문맥이 가진 의미가 프레디 머큐리의 절규하는 목소리를 통해 전달되기를 바랐다. 동시에 그것은 그녀의 퍼즐을 풀었다는 것을 말하고 있었고 그럼으로써 우리의 관계가 정리되었음을 알리는 답안지이기도 했다. '당신은 파국을 향해가고 있습니다. 그 표지를 결단코 읽지 않았기 때문에, 〈지나친 사랑은 언제든 당신을 죽이고 말 것이다〉….'

미영은 내가 그녀의 집을 방문한 며칠 뒤 사표를 냈다. 단 한 차례도 모습을 나타내지 않았고 오직 온라인과 전화로만 모든 일을 처리했다. 그녀의 사표 소식은 한동안 회사 사람들의 얘깃거리였다. 말도 없이 사라진 것도 가십거리였지만 사람들은 그녀의 회사원으로서의 존재, 말하자면 그 탁월한 직업능력을 아쉬워했다. 하지만 많은 궁금증에도 불구하고 퇴사 이후의 그녀에 대한 정보를 아는 사람은 이상하리만치 없었다. 우연히 길에서 마주쳤다는 사람도 없었다. 그녀의 존재를 알고도 말하지 않는 사람들이 있었는지는 알 수 없었지만 퇴사할 이유가 없는 유능한 직원의 증발은 여러 가지 추측을 남발하며 한동안 회사를 술렁이게 했다. 그러나 시간이 흐르면서 그런 추측들도 근거를 찾지 못하자 사그라들었고 결국 강미영 대리와 같은 유능한 사람이 퇴사한 것은 더 좋은 직장을 가기 위함이 아닐까로 귀결되어갔다.

물론 그 와중에 약간의 소문은 존재했다. 소문의 진원지를 몇 몇 사람들의 경우로 한정해 본다면 미영의 퇴사와 관련 있는 사람 중 한 명이 적어도 '나'일 것이라는 추측이 가능할 수도 있었을 것이다. 하지만 회사가 지닌 오래된 메커니즘—대체되고 잊히고를 반복하는 집단의 속성 덕분에 다행히 큰 이슈로 발전되지는 않았다. 회사에 있을 때는 누구나 서로를 알고 있지만 퇴사하면 존재를 느낄 수 없을 만큼 차츰 멀어져가는 것이 생리였다. 간혹 계속해서 관계를 유지하는 때도 있었지만 그런 경우도 회사업무와 연관이 있는 비즈니스가 매개되는 것을 조건으로 했다.

그리하여 나는, 더욱더 자유로워지기 위해 전화번호부에서 그녀의 번호를 아예 지워버렸다. 드문드문 들리던 그녀에 대한 소문도 어느 순간부터 들리지 않았고 이윽고 원래부터 없었던 사람인 듯 회사로부터 멀어져갔다. 나는 이전의 자리로 돌아가 원래의 나와 익숙해져 갔다.

늦가을 찬 바람이 불어오기 시작할 즈음 결국 회계팀 김 과장은 입원했다. 월요일 아침 일찍 출근했던 그는 누적된 피로와 함께 의자에 앉자마자 쓰러졌다. 청소하러 들어온 사람들에게 발견된 그는 일단의 혼수상태였다가 간신히 깨어났다고 했다. 우리는 그가 사장님의 사위라는 사실 때문에라도 병문안하러 갔다. 나로서는 익히 들어 그의 병을 알고 있었기 때문에 더욱 마음이 쓰였다. 가을이 깊어짐에 따라 그의 병도 깊어갔다. 장기간의 입원과 치료가 예고되었다. 나는 일전에 벌인 소동에 대한 미안한 마음에 주말에 혼자 그를 찾아갔다.

링거를 치렁치렁 단 그는 검고 메마른 얼굴에 수염을 다듬지 않아 더욱 지쳐 보였고 눈빛만 살아있는 것이 환자라기보다는 방금 정상을 밟고 내려온 전문 산악인 같았다. 침대에 기대 누워서 전화기를 만지작거리던 그가 나를 알아보고 고개를 끄덕였다.

"인사해요, 우리 회사 최고 실력자 정명호 대리."

옆에 앉아 TV를 보고 있던 부인이 일어섰다. 얼굴은 닮지 않았지만, 그의 말대로 키나 체형이 미영과 사뭇 닮았다. 아마도 그녀의 체형이 미영과 닮은 것은 아이를 낳은 사람이 아닌 공통점 때문이리라 생각했다. 혹은 오직 자신만 가꾸면 되는 부유한 사모님이기 때문이거나. 나는 멋쩍게 그녀와 김 과장을 번갈아 바라보았다. 김 과장이 피식 웃음을 지었다. 그날의 일이 생각났기 때문일 것이다. 나는 일상적인 말을 주고받다가 부인의 만류에도 불구하고 산책하러 나가겠다는 그를 따라 병실을 나왔다.

우리는 엘리베이터를 타고 내려와 병원 옆 동산을 따라 조성해놓은 정원을 향해 걸었다. 가을이 그의 붉음이 왔음을 방방곡

곡에 알려 머리를 조아리게 하고 있었다. 붉은 기운이 강렬하면서도 공정했기 때문에 그의 통치에서 벗어난 상록수들은 고고하다기보다는 왠지 세상과 어울릴 줄 모르는 고집스러운 노인 같아서 측은해 보였다.

"정 대리, 이제부터는 그냥 정 대리라고 부를게. 그래도 되지? 내가 나이도 많고 직장 상사이고 하니까."

"예, 그러세요. 그러잖아도 김 과장님 존경어 쓰는 거 평소에 많이 불편했습니다."

그는 나에게뿐만 아니라 성별과 직위와 관계없이 회사 직원 모두에게 존댓말을 썼다. 사실 나는 그의 경어체 언행이 정중하면서도 오히려 친근하다고 느끼고 있었다. 불편했다는 말은 인사치레로 그냥 내뱉은 소리였다.

"장인어른 눈치도 봐야 하고 마누라 눈치도 봐야 하고, 그리고 무엇보다도, 직원들 눈치가 제일 무서워. 그래서 모든 사람에게 존댓말을 쓰기로 한 거야. 이 정도면 대답이 되나?"

마치 내가 생각하고 있는 것을 알고 있다는 듯이 말했다.

"그런데 내가 이 지경이 되니까 이제야 세상이 보이는 거야. 내가 무슨 부귀영화를 바라고 그런 생각을 했는지 한심하더라고. 남을 먼저 챙기면 나에 대한 수양과 평가는 저절로 완성된다고 착각한 거지."

숨이 찼는지 잠깐씩 걸음이 느려졌다.

"나는 직원들에게 겸손하게 대해서 가까이 다가가려고 했는데 나중에 알고 봤더니 내가 그렇게 정중하게 대해주었기 때문에 더 멀게 느껴졌다는 거야. 가식적으로 보였었다고! 알겠나? 여직원들이 지난주에 와서 그런 말을 하는 거야. 눈치는 챘지만, 막상 여직원들 입으로 그런 말을 들으니 정말이지 나 자신이 한심해지더군. 마음 가는 대로 사는 것이 옳다는 것을 알고 나니까 제기랄 이젠 시간이 없네!"

기침을 여러 번 했다.

"무슨 말씀을요. 힘내세요."

"정 대리한테는 이미 말했잖아, 내가 어떤지. 내가 더 잘 알아. 그런 간단한 이치를 깨닫고 나니까 세상이 환해지는 거야. 장인어른도 마누라도 직원들도 아니고 결국은 나였어, 바로 나! 내가 이렇게 병들고 고통받는 죄가 뭔지 아나? 나를 사랑하지 않은 죄, 그거야. 나는 인생을 그렇게 이해했던 거지. 남들에게 잘하면 그게 결국 내게 잘하는 것이다."

그의 말대로라면 나는 잘살고 있는 셈이다. 미영처럼 타인에게 집착하지 않고 자유롭게.

"강미영 씨하고는 잘 만나고 있나?"

"강 대리요? 아니요. 사실…, 사귄 적도 없는걸요."

느닷없는 물음 때문에 대답이 목에 걸려 억지 기침이 나왔다. 그가 가던 걸음을 멈추고 나를 쳐다보았다. 쳐다본다기보다는 노려본다는 쪽이 옳았다.

"정 대리는 강미영 씨 이야기만 나오면 왜 그렇게 엉뚱한 소리를 하는 거야? 일부러 그러나?"

"예? 사실을 말씀드리는 겁니다. 퇴사 이후에 강미영 씨 소식을 들은 바도 없습니다."

"정말? 정 대리 지금 농담하는 거 아니지?"

"농담이라뇨, 사실입니다."

"강미영 씨하고 잠까지 잤다고 그 소란을 피운 사람이 아무 사귄 적이 없다니, 당신 때문에 성형수술까지 한 사람인데? 그리고 연락이 없다는 건 또 무슨 말이야. 강 대리 말로는 정 대리하고 잘 지내냐고 물으면 그렇다고 말하던데, 요 며칠 전에도 전화가 왔었지. 정 대리 다녀갔냐고 물었던 기억이 나는데. 두 사람혹시 크게 싸우는 중인가? 그런 거야?"

나는 말문이 막혀 걸음걸이가 불안해졌다.

"강미영 씨가 과장님께 연락을…?"

김 과장은 내가 계속해서 사실을 부인하자 고개를 가로저으며 한동안 말을 않고 뭔가를 생각하는 듯했다. 그리곤 이따금 나를 쳐다보거나 다시 고개를 돌리기를 반복했다. 이해할 수 없다는 표정을 짓던 그는 정원이 끝나는 작은 언덕 위 벤치로 나를 데리고 갔다.

"미영이가 정 대리에게 연락도 하지 않고 정 대리 역시 미영의 소식을 모르고 있다….."

그는 잠시 눈을 감더니 풀었던 스카프를 도로 맸다.

"사실 미영이가 정 대리한테는 비밀로 해달라고 한 이야기가 있긴 하지. 상황을 들어보니 더는 약속을 지키기가 어려울 것 같군. 내 생각을 말하자면, 두 사람이 서로 연락하고 있지 않다는 게 좀은 이해가 안 가. 내 이야기를 듣고 오해는 말게. 내가 구태여 이런 말을 하는 이유가 당신 두 사람의 연애사에 공연히 끼어드는 것 같아서 마음이 편치 않기 때문이라고 해 두지."

그가 말했다.

"강미영 씨 내가 유일하게 믿고 좋아한 부하직원이란 건 정 대리도 인정할 거야. 그녀의 논리 정연하면서도 상대를 기분 좋게 만드는 말솜씨, 그리고 그 마음 씀씀이를 생각하면 정말이지 시쳇말로 섹시(sexy)하다고 생각해. 몸매가 아니라 그녀 자체가. 그런 여자의 사랑을 받는 정 대리야말로 정말 축복받은 사람이지. 나이는 나하고 10년 이상 차이 났지만 어떨 때는 누나라고 해도 될 정도로 성숙한 사람이야, 진심으로 고백하건대."

고개를 돌려 나를 바라보았다.

"내가 강미영 씨에 대해 먼저 말하는 것은 그녀를 잘 모르는 것 같아서 미리 얘기한 거야. 내 생각엔 그래. 정 대리는 강 대리를 너무 모르고 있는 것 같아."

그의 미영에 대한 평가를 전적으로 동의할 수는 없었지만, 그녀가 매우 착하고, 상대를 기분 좋게 하는 행동을 잘한다는 데는 수긍하지 않을 수 없었다. 그러나 나머지는 그의 주관적인 판단일 뿐이었다. 나는 그가 모르는 그녀를 잘 알고 있었다. 그녀의 무서운 집착.

"오랫동안 같이 일하다 보니 우리는 어느새 서로의 고민을 털어놓는 사이가 되었어. 나는 마누라에 대해, 미영이는 정 대리 당신에 대해."

나는 어깨를 으쓱해 보였다.

"어느 날인가, 아마도 내 기억이 맞는다면 지난봄 무렵인 것 같은데 미영이 그러더라고, 회식 마치고 편의점에 앉아 대리운전기사 기다리며 커피 한 잔 마시고 있는데 갑자기 정 대리가 들어왔다고. 그러더니 누구에게 들킬 것을 두려워하는 것처럼 바깥을 응시하더니 어떤 여자를 차에 태워 가더라는 거야. 그런 일 있었지?"

나는 별안간 그날의 일들이 눈앞에 나타나는 것을 보았다. 그 편의점 창가에 미영이 앉아서 나를 보고 있었던 것이다!

"이제 생각난 모양이구먼. 그걸 미영이가 본 거야. 그러니 그녀 마음이 어땠겠나. 오매불망 정 대리만 생각하면서 살던 여자가 고백 한 번 못해보고 남자를 빼앗길 판이 된 거지. 그 말을 하는데 얼마나 울던지 지금 생각해도 이해가 안 돼. 내가 말했지, 대체 자네와 같은 사람이 뭐가 아쉬워서 정 대리 같은 남자 그렇게 쫓아다니냐고. 들어보니 입사 초기부터 아예 나는 이 남자만 사랑하겠다고 맹세를 했다더구먼. 솔직한 말로 그때 나는 미영이가 정 대리 당신 좋아하고 있다는 말을 들었을 때 동생 같은 그 여자가 불쌍하고 안쓰러워서라도 당장 달려가 당신 두들겨 패주고 싶을 정도였어."

나에게 보라는 듯 주먹을 쥐는 시늉을 했다. 그러나 그 주먹은 야위고 힘줄이 튀어나와 아무것과도 겨룰 수 없을 것 같았다.

"그런데 그 뒤에 당신이 나타나서 다짜고짜 미영이하고 잤다, 뭐 이런 말을 지껄이길래 나는 어쨌거나 서로가 통했다고 생각했지. 물론 내 마누라 이야기 때문에 당신 나한테 혼나긴 했지만 말이야. 나는 당신 그렇게 높게 평가하지 않지만 어쨌거나 미영이가 행복하면 그만이니까 성형수술 하라고 했지. 당신하고 잠까지 잤다고 알고 있는데 뭐가 불안한지 성형수술 해야 한다고, 정명호 씨를 위해서 그래야 한다고 휴가를 내겠다고 고집했지. 그런 반듯하고 엄격한 사람이 부리는 고집은 고집이라기보다는 사명 같은 거야. 아니, 사랑이겠지, 사랑. 당신은 정말이지 행운아야. 그런 보이지 않는 부분까지 사랑을 받는다는 것은 어떤 기분일까 항상 부러웠지. 그래서 나는 그 뒤로 당신만 보면 질투 때문에 짜증이 났어! 지금도 마찬가지야. 잠까지 잔 작자가 아무 연락도 없었다니! 성형해서라도 붙잡고 싶은 그런 사랑, 당신은 아마 집요하고 무슨 〈미저리〉 같은 영화에나 나올 법한 집착이라고 말하겠지. 웃기는 소리! 미영이 뭐라고 말했는지 아나? 자기가 찾아가서 갈구하는 게 아니라 언제까지나 당신이 올 때까지 준비하고 기다리는 거라고, 그게 자기가 사랑하는 방식이라고, 아, 그 말을 듣는 순간 나는 그동안 내가 알고 있던 사랑이니 애정이니 따위가 하찮것없었다는 것을 깨달았네. 틈만 나면 못 알아차렸다고 다투고 누가 더 사랑하는지 자로 재던 나의 사랑이 얼마나 저속했는지 부끄러웠어. 그 어린 사람의 사랑법이 나를 꾸짖었다네."

목소리가 격한 감정으로 흔들렸다. 나는 고개를 숙이고 다만 듣기 위해 귀를 열었다.

"그런데 정 대리하고 만나지 않고 있다니 이상하지 않은가 말이야."

그가 말하고 있는 미영을 의식적으로 피해 다닌 이야기를 듣는다면 아마도 나를 후려칠 것만 같았다. 김 과장이 말하는 그 훌륭한 여자를 피해 나는 그럭저럭 잘살고 있었다.

한동안 이야기를 더 나누고 그를 병실로 데려갔다. 그는 잡을 수 있을 때 잡으라고 반복적으로 조언했다. 무릎 꿇고 싹싹 빌고 다시 만나자고 하라고도 했다. 나는 연장자의 말씀에 대한 예의로서 고개를 끄덕이는 시늉을 했지만 그런 일이 일어날 것 같지는 않았다.

김 과장 내외는 이혼하지 않기로 했다고 했다. 이혼녀보다는 미망인이 세상을 살기에 편하지 않겠냐고 부인을 설득했다고 했다. 언어로 전달되는 김 과장의 정신은 건강해 보였던 반면 몸에 대해서는 철저하게 낙심하고 있었다.

"그리고 나도 그렇잖아. 부인이 있으면서 죽는 것하고 부인도 없이 죽는 것하고 어느 쪽이 더 낫겠냐고?"

로비로 나올 때 문을 열고 저편에서 멋진 차림새의 늘씬한 여자가 들어와 주변 사람들의 시선을 끌었다. 나도 자연스럽게 그녀를 흘끔 쳐다보았다. 검은색으로 통일되어 단정하면서도 은근히 몸매를 드러내는 투피스가 그녀의 걸음과 잘 어울렸다. 얼굴의 절반을 가릴 정도로 크고 검은 선글라스 때문에 이방인의 느낌을 주었지만, 그것이 전체적인 윤곽과 형상을 방해하지는 못했다. 마주치는 거리에 이르렀을 때 그녀도 지나치며 나를 힐긋 쳐다보는 것 같았다. 나는 재빨리 시선을 돌려 당신을 쳐다본 게 아니라고 주장하며 지나쳤다. 정문을 나서기 전에 병실 엘리베이터로 쪽으로 걸어가는 그녀의 뒷모습을 몰래 엿보았다. 그 몸매, 그 걸음, 익숙한 모습이기도 하고 동시에 낯설기도 했지만 묘한 매력이 나의 눈을 붙잡았다. 엘리베이터 앞에 도착해 기다리는 사람들 틈에 서 있던 그녀가 다시 내 쪽으로 고개를 돌리는 것이 보였다. 나는 엿본 것을 들키지 않으려고 황급히 시선을 고친 후 회전문을 떠밀다시피 건물을 나왔다.

"당신네 두 사람은 아무래도 뭐가 있는 것 같아."

집에 막 돌아와 TV를 켜려는데 김 과장에게서 전화가 왔다.

"방금 미영이 다녀갔네. 나도 성형하고 난 뒤에는 얼굴을 직접 본 건 처음인데 깜짝 놀랐어. 미인도 그런 미인이 없어! 내가 정 대리 방금 다녀갔는데 멀리 안 갔으니 전화해보라고 했더니 로비에서 만났다고 하더구먼."

기묘한 감정에 휩싸였다. 그녀는 로비에서 나를 만났다고 했다. 나는 어떤 아름다운 여성을 지나쳤었다. 그녀가 미영이었나? 설마? 물론 훔쳐보는 것 같은 자격지심 때문에 제대로 본 것은 아니었다. 하지만 그녀일 리 없다는 생각이 들었다. 로비에는 그 외에도 많은 여자가 있었고 내가 본 것은 그중 한 명에 불과했다.

"이 말 해주려고 전화했어. 수술한 것 정말 잘한 거 같다고. 다른 사람은 몰라도 미영이가 수술하고 그렇게 예뻐진 건 나도 인정하네. 그리고 자꾸 쳐다보니까 원래 그런 얼굴이었는데 그동안 잘못 보고 있었던 게 아닌가 할 정도로 자연스럽더라고. 성형수술 관련해서는 당신이 옳았던 것 같아. 이제 사랑싸움 그만하고 서로 잘 챙기게. 아, 그리고 아직 직장이 없다길래 우리 거래처 회계법인에 추천했어. 잘 되면 조만간 거기에 출근하게 될 거야. 강 대리라고 했더니 그쪽 회사 대표가 무조건 오케이라는군. 잘 됐어."

김 과장이 전하려는 메시지에도 불구하고 나로서는 미영이 로비에서 나를 만났다고 했다는 말이 매우 거슬렸다. 우리는 암묵적으로 각자의 삶으로 돌아가 있었다. 그런데 그녀는 여전히 로비 어느 곳에선가 나를 보았고 심지어 그것을 만났다고 말하고 있었다. 어쩌면 미영은 내가 선글라스를 낀 그 여자를 훔쳐보는 장면을 바라보고 있었을지도 모른다. 그런 생각이 들자 지난 기억이 밀려와 정신이 아찔해졌다. 나는 어쨌건 미영과 다시 얽히지 말아야 한다는 생각 때문에 김 과장의 말을 무시하기로 했다.

다만 미영의 달라진 얼굴에 대한 김 과장의 언급은 조금은 다른 문제로 잔영이 남았다. 도덕적인 비난이 잠재하고 있다는 것을 알면서도 다른 유명인들의 사생활이 담긴 불법 동영상 따위를 보고자 하는 군중심리가 그렇듯이, 그날 곁눈질을 하고 말았던 병원 로비에서의 멋진 여성에 대한 호기심이 그랬듯이, 무의식적으로 일어나는 호기심까지 거부할 수는 없었다. 궁금했다. 성형하여 달라진 미영의 얼굴은 어떤 모습일까?

이제부터 시작될 나로 말하자면, 미영의 성형 이후의 얼굴에 대한 궁금증의 시작은, 사실은 이처럼 이유가 단순했다. 미영의 얼굴이 달라진들 그게 나와 무슨 상관이란 말인가. 나는 전혀, 그녀와 다시는 얽히고 싶지 않았는데 말이다. 그저 영화를 보듯 한 번 보고 돌아서는 것 외에는 아무것도 다음 수순으로 준비된 것은 없었다. 그래서 생각 자체를 포기하려 한 적도 있었다. 하지만 궁금증으로부터 완전히 벗어나는 일은 쉽지 않았다. 그것은 마치 '절대로 코끼리는 생각하지 말고 보세요'라는 조건을 계속해서 주지한 채로 그림책을 넘기는 것처럼 오히려 점점 더 코끼리를 생각하게 만드는 상황과 다름없었다. 그리고 좀 더 깊은 의미에 있어서의 그녀에 대한 호기심은 다소 이기적인 면이 작용하고 있었다. 미영의 얼굴이 어떠어떠하게 바뀌었을 것이라는 나만의 확신을 확인하고 싶은 욕망, 즉 그녀가 아무리 바뀐 얼굴로 나타나도 그녀에 대한 나의 태도는 변하지 않을 것이라는 확신 같은 것 말이었다.

이렇게 시작된 나의 호기심은 김 과장으로부터 전해 들은 말을 조합하고 분해하고 다시 재조합하는 것으로 발전해갔다. 내가 알고 있는 그녀의 얼굴에다 콧날을 세우고 멋을 부린 머릿결과 연예인처럼 옷을 입히기도 했다. 그러나 상상하기는 쉽지 않았다. 뭐가 예뻐졌다는 말인지 이해가 가지 않았다. 그녀의 코가 부조화의 많은 부분을 차지한다는 것은 사실이었지만 김 과장이 말하는 것처럼 그것만 고쳤다고 모든 것이 달라질 정도는 아니라고 생각했다.

그러던 나는 점차 아예 코끼리를 염두에 두고 그림책을 넘기고 있었다. 왜냐하면, 이제 내가 알고 있는 미영의 얼굴은 더는 세상에 존재하지 않는다는 사실을 깨달았기 때문이었다. 미영을 생각하면 얼굴만이 형체를 바꿔가며 계속 맴돌았다. 다만 한순간도 분명한 모습이 만들어지지는 않았다. 성형 후에 예뻐졌다는 이유로 계속 생각하고 있는 나 자신을 발견하곤 부끄럽고 추하다는 생각이 들 때도 있었다. 외모만을 쫓아다니는 그런 족속을 욕했던 내가 그 처지가 되는 것이 아닌가 두려웠다.

그러는 사이 김 과장의 병세는 더욱 악화해갔다. 입원이 길어지면서 직원들도 하나둘씩 그의 병명과 상태를 알게 되었다. 이제 병문안은 단순히 쾌유를 기원하는 것이 아니라 회복의 여부가 달린 엄숙한 절차가 되었다. 최근에 다녀온 사람들은 그가 직장으로 온전하게 돌아올 수 있을지 확신이 서지 않는다고 했다. 병원에 묶여버린 김 과장은 그러나 여전히 나와 미영을 연결하는 매개체였다. 양심을 만지작거리면서도 기묘한 열정과 궁금증을 떨칠 수 없었던 나는 결과적으로 보면 김 과장이 입원한 병원 로비를 좀처럼 벗어나지 못하고 있었다. 회전문은 계속 돌아가고 있었고 사람들은 그 문을 통해 끊임없이 들어오며 나와, 어딘가에 숨어서 나를 지켜보는 미영을 번갈아 쳐다보는 듯했다. 필사적으로 미영의 존재를 살폈지만 발견할 수 없었다. 다만 한 명의 여자, 선글라스를 낀 정장 차림의 멋진 여자만이 내 주변을 지나치고 또 지나치기를 멈추지 않을 뿐이었다. 그러면 나는 성형한 이후의 미영의 얼굴을 만들어내고 그녀를 병원 로비 뒤쪽 여기저기에 배치했다. 미영의 얼굴은 언제나처럼 분명하게 그려지지 않았다. 위치도 적절한 곳이 없었다. 나는 입구의, 그러니까 수많은 인파 가운데 그녀를 집어넣고 나를 바라보도록 만들어 보았다. 그러자 그녀는, 수많은 사람의 얼굴 속에서 갑자기 선글라스를 끼고 나를 스쳐 지나쳤던 그 여자의 차림새로 걸어왔다. 로비에 있던 사람들은 순식간에 사라져버리고 오직 미영과 결합한 그 여자만이 LP 레코드판의, 노래는 끝났지만, 회전은 계속되는 마지막 구간처럼 회전문을 열고 나를 지나치고 엘리베이터를 타기 위해 다시 걸어갔다.

일상에서도 그녀의 얼굴은 시시각각 다른 모습으로 나를 괴롭혔다. 인터넷 기사에 나오는 연예인 사진에도, 퇴근길에 보이는 여자들의 얼굴 속에도 미영이 있었다. 나의 궁금증은 예상치 못한 경로로 접어들고 있었다. 그것은 내가 그녀가 낸 퍼즐을 풀기 위해 그녀의 아파트 자동문 앞에서 키보드 덮개를 열었을 때, 회사에서 보던 얼굴과 하룻밤을 함께했던 얼굴이 순서도 없이 뒤섞이던 순간과 닮아있었다.

회계팀 김장미가 김 과장이 위중하다고 알려왔다. 전화 속에서 그녀는 내가 마치 김 과장의 가족이나 되는 것처럼 상세히 설명했다. 나는 잠자코 그녀의 말을 들으며 직원들과 한 번 가보겠다고 말했다. 그러다 문득 그녀가 강미영에 대한 정보를 줄 수 있지 않을까 궁금해졌다.

"직원들하고 한 번 다녀가 볼게요. 그건 그렇고 강미영 씨 퇴사 이후에 보강된 직원은 일 잘하고 있나요? 강미영 씨 빈자리가 크다고 회사에서 걱정이 많았었는데."

"그래서 경력 많은 사람으로 뽑았어요. 지내보니 일도 잘하는 것 같고 이제는 인력 때문에 어려운 문제는 없습니다. 문제는 과장님이죠. 당분간은 이사님이 결재라인을 통폐합해서 처리하고 있지만 아무래도 업무부담이 커진 건 사실이에요."

김장미는 김 과장의 부재로 인한 어려움을 요목조목 호소했다. 나는 열심히 듣는 척 이따금 추임새를 넣으면서도 마음은 오직 하나의 질문을 하기 위해 타이밍을 노리고 있었다.

"강미영 씨는 우리 거래처 회계법인으로 근무처를 옮겼다던데, 잘 다니고 있나요?"

"강 대리님이요?"

"네, 강미영 대리. 갑자기 회사를 그만둬서 회사에 민폐를 끼쳤을 텐데 오히려 김 과장님이 새 직장을 알선해 주셨다더군요."

"김 과장님이 알선한 건 어떻게 아셨나요? 혹시 강 대리님이 그러시던가요?"

"강 대리요? 아니요…. 들었습니다. 지난번 병문안 가서 김 과장님께."

"그랬었군요. 네, 잘 다니고 있으세요. 아시잖아요, 동기시니까. 실력 있는 거. 그리고 강 대리님…. 참 좋으신 분이잖아요. 어딜 가나 고운 성격 때문에 잘 될 거예요. 사실은…."

그녀가 말을 이으려다 뜸을 들였다.

"미영 언니 회사 나갔지만 계속 우리 회사 일을 봐주고 있었어요. 저야 뭐 시도 때도 없이 전화했고요. 그러다가 우리가 거래하던 회계법인에 근무하게 되면서 본격적으로 우리 일을 해주고 있죠. 정말 잘된 일이에요. 김 과장님이 여러 가지 고려 끝에 그러신 것 같아요. 말 그대로 윈윈하는 거죠."

나는 모르고 있었지만, 강미영의 퇴사를 전후로 처리된 일련의 일들은 그녀와 김 과장의 용의주도함을 보여주고 있었다. 대개 직장의 중요한 일원이 빠져나가게 되면 그 일 자체가 아니라 해당 직원이 지녔던 역량을 대체할 수 없어 혼란에 빠질 때가 많다. 일은 다른 사람으로 대체될 수는 있다. 대체업무를 위한 매뉴얼도 있고, 업무를 분담해서 충격을 완화하거나 그도 저도 아니면 통째로 외주를 줄 수도 있다. 하지만 기존 직원이 지녔던 업무역량을 회복하는 데는 상당한 시간과 노력이 요구된다. 직원의 역량이란 가령 의사결정이 가장 큰 포인트인데 능력이 높은 직원일수록 결정 자체에 대한 논리와 추진력이 강해서 주변인들의 능력을 효과적으로 결집시킨다. 이런 경우 결정이 실패해도 모든 사람이 같은 계통으로 일을 추진했기 때문에 그 후유증이 미미하거나 때에 따라서는 나중에 회복이 가능해질 수도 있는 것이다. 반대로 적임자를 만나지 못하면 직무는 처리될 수 있을지 몰라도 매 순간 일어나는 선택과 결정의 무게를 이기지 못해 처리시간이 더디거나 화합이 깨지기도 하고 심한 경우 모든 사람이 그 일에서 도망치고 만다. 이 계통이 주는 교훈은 결국 일은 인간이 한다는 사실이다. 어떤 하찮은 직무건 거기에 종사하면서 그 일을 완벽하게 통제하고 구현한 사람의 부재는 한동안 홍역을 피할 수 없다. 그런데 미영은 이 과정을 큰 소동 없이 수행한 셈이었다. 그리고 그 과정에 피해의 당사자인 김 과장이 가장 큰 조력자였다는 것은 극히 이례적인 일이었다. 김장미의 말대로 강미영과 김 과장은 결과적으로 윈윈을 이룬 것이지만 그러기 위해서는 양자가 오랫동안 각본을 짜고 서로에게서 양보를 끌어내지 않으면 안 되었을 것이다.

"잘 되었네요. 그럼 그 부서는 아무 문제 없군요. 강미영 씨는 우리 회사에 자주 오나요?"

나는 묻고 싶었던 질문을 꺼냈다. 김장미는 선뜻 답하지 않고 뜸을 들였다. 나는 속마음을 들킨 것 같아 공연히 전화기를 옮겨 잡았다.

"오시지는 않아요. 올 필요가 없거든요. 대부분은 전산으로 처리하니까. 그리고…,"

나는 길어지는 통화 때문에 다른 직원들의 눈치를 살폈다.

"미영 언니 성형한 거 아시죠?"

"성형이요? 아, 예, 김 과장님이 그러시더군요."

나는 모르는 척했다.

"그래서 더 못 오시나 봐요. 부끄러워서. 사실 어제 제가 회계 법인 사무실에 갔었어요. 궁금하기도 하고 서류 갖다 줄 것도 있고 해서 겸사겸사. 저, 깜짝 놀랐어요. 미영 언니 얼마나 예뻐졌는지 꼭 연예인 보는 것 같았어요. 언니는 인사치레라고 부끄러워했지만, 저도 보는 눈이 있거든요. 정말이지 자연스럽게 예뻐졌더라고요. 성형했다는 건 거짓말 같았어요. 언니 때문에 저도 뭔가를 바꿔서 예뻐지고 싶다는 욕망이 일더라고요."

나는 김장미의 입으로 미영이 예뻐졌다는 말을 듣는 순간 가슴이 쪼그라드는 아픔을 느꼈다. 마치 그 말은 '너 그 사람 얼마나 예뻐졌는지 모르지? 바보야!'라고 말하는 것 같았다. 그녀가 구태여 미영의 얼굴에 대해 내게 자세하게 논평하려는 말투에는 나에 대한 질타도 깔린 듯 느껴졌다. 모든 것을 자격지심 때문이려니 여기기엔 나의 마음 상태가 침착하지 못했다.

"그리고 한 가지 더 말씀드릴 게 있는데요. 제가 언니한테 비용은 얼마나 드느냐 꼬치꼬치 물으니까 대답은 하지 않고 글쎄 병원비는 우리 김 과장님이 내주셔서 잘 모르겠다고 하더라고요. 퇴직 위로금이라고 하면서. 그게 사실인지는 아무도 모르지만요."

그녀가 속삭이듯 전화기를 가까이에 대고 말하는 소리가 들렸다. 성형비용을 김 과장이? 나는 그 말을 듣는 순간 가뜩이나 복잡한 머릿속이 컴퓨터 자판 위에 뜨거운 커피를 쏟은 듯 황망해졌다.

김장미에게서 들은 정보로도 강미영의 얼굴은 그려지지 않았다. 나는 김장미와 김 과장이 말하는 자연스럽게 바뀐 얼굴을 상상할 수 없었다. 그럼에도 불구하고 나의 관심은 이제 강미영의 새로운 얼굴은 물론 그녀가 성형한 이유로까지 확대되고 있었다. 김 과장이 그렇게 말했었다. '나' 때문에 성형한다고. 그런데 그녀의 병원비를 김 과장이 부담했다는 것은 아무래도 해명이 필요한 부분이었다. 당시의 김 과장 처지에서 본다면 강미영의 갑작스러운 회사 이탈은 여러 가지로 회사에 손해를 끼치는 행위였다. 그런데 그것을 오히려 감싸고 격려해주었다니! 나는 이 두 사람의 관계를 진지하게 생각해보지 않을 수 없었다.

내 작은 머리는 결국, 어떤 결론으로 나를 이끌었는데 떠오르지 않는 미영의 얼굴과 그 얼굴을 보고 싶은 욕망이 빚어낸 것이라 하기엔 너무나 급진적이었다. 결론은 이랬다. 무엇으로 증명할 것인가는 차치하고서라도 적어도 김 과장은 미영에게 남다른 애정을 품고 있었으리라는 것, 일 잘하는 부하직원이기도 했지만, 그녀의 용모와 태도나 심성이 김 과장을 저절로 그렇게 만들었을지도 모른다는 것, 모든 정황을 미루어보건대, '강미영을 사랑한 것은 아니었을까?'라는 것이었다.

이런 생각에 이르자 나는 김 과장이 마치 나의 연적처럼 여겨졌다. 김 과장이 미영을 여자로 생각하고 대했다는 어떤 근거도 정황도 없었지만 무작정 그가 나와 미영의 사이에 연루되어 있다고 판단했다. 그리고 지나간 모든 일들, 말들, 느낌들이 마음먹은 대로 저마다 의미를 만들어냈다. 나는 서둘러 김 과장을 만나야겠다고 생각했다. 만나서 무슨 말을 해야 할지도 모르면서 무작정 그를 만나 아무 말이건 미영에 관계되는 것들을 추궁하고 꿰어 맞추어야 한다는 생각만 맴돌았다.

혼자 병원을 찾았다. 회전문을 열고 로비를 지나 엘리베이터 버튼을 누를 때까지 김 과장에게 물을 단 하나의 문장만 생각했다. '당신은 강미영과 어떤 사이입니까? 사랑하는 사이신가요?' 아무도 머릿속에 들어와 상태를 볼 수 없었기 때문에 나의 판단은 염치를 모르고 유치해질 때로 유치해져 있었다. 나는 내가 유치하게 굴고 있다는 것도 실은 알고 있었다. 주머니에 들어있던 못난 구슬을 다른 아이에게 줘버리고는 그 아이가 예쁘게 닦아

빛이 반짝이자 원래 내 것이었으니 돌려달라고 말하는, 준 게 아니라 빌려주었을 뿐이라고 우기는 뒤틀린 어린아이의 얼굴이 엘리베이터 거울에 비쳤음에도, 그 얼굴에게 말하고 있었다. 너는 잘하고 있다. 자존심을 버린 일도 없고 죄를 지은 일도 없다. 지금 생각하면 오히려 미영과의 그 밤은 지금의 나를 있게 한 결정적인 계기였다. 나는, 지금의 나는, 미영을 다시 만나고 싶어 한다. 왜 그런지는 나도 모른다. 호기심일 수도 있고, 사실에 관한 확인일 수도 있고 혹은…. 문이 열리고 사람들과 함께 복도로 쏟아져 나왔다.

김 과장의 병실이 위치한 복도로 접어들었을 때 어떤 여자가 병실로 걸어가 문을 열고 들어가는 것이 보였다. 나는 직감적으로 미영이라고 확신했다. 그 체형, 그 뒷모습! 짧은 거리였지만 재빨리 그녀를 따라 문을 열고 들어갔다. 침대에 걸터앉아 있던 그녀가 노크도 없이 들어온 낯선 방문객을 돌아보았다. 나는 '미영'이라고 부르려던 이름을 도로 삼켜야 했다. 그녀는 김 과장의 부인이었다. 나는 문간에 서서 이러지도 저러지도 못한 채 서 있었다. 병실에는 김 과장의 부인 외엔 아무도 없었다.

"좀 전에 중환자실로 옮겼어요."

그러더니 고개를 돌려 반대쪽을 바라보았다. 나는 손에 들고 있던 음료수 박스를 문간에 내려놓았다. 여자는 울기 시작했다. 조그만 어깨가 조금씩 흔들렸을 때 나는 그녀의 슬픔에 대해 생각하기보다는 그 모습이 미영과 참 많이 닮았다고 생각했다. 그녀의 뒷모습은 마치 그날 밤 미영이 그랬듯이 많은 것을 포함한 미술작품처럼 방 한가운데를 온전하게 채우고 있었다. 그 후로 한동안 그녀는 슬픔을 주체할 수 없어 손님이 온 것도 잊은 채 어깨를 들썩이며 서럽게 울었다. 나는 다가가 그녀를 위로하고 싶었다. 그럴 수만 있다면 그녀를 안고 진심으로 위로하고 싶었다. 비록 남편을 미워하고 이혼하고자 하였던 사람이었지만 지금 저 뒷모습은 그런 것과 무관하게 자발적인 동정심을 끌어내고 있었다. 그리고 그 슬픔은 미래에 얻게 될 이득이나 자신의 안위를 걱정하는 이기심 따위가 스며들 틈이 없을 정도로 단단해 보였다.

"이겨내실 겁니다. 김 과장님 의지가 강한 분이니까요. 곧 중환자실에서 나오시겠죠. 그때 다시 오겠습니다."

김 과장의 부인은 황급히 눈물을 훔치며 문 앞까지 따라 나와 인사를 했다. 눈물로 얼룩진 그녀의 얼굴은 눈에는 부기가 있었고 머리칼이 눈물에 엉겨 붙어있었지만 한 올도 추하지 않았다.

병원을 나와 일전에 김 과장과 함께 걸었던 산책로로 향했다. 달리 할 일도 없었고, 무엇보다 간곡하게 그를 만나야 한다는 일념으로 왔지만, 막상 김 과장의 병환이 깊어진 것을 확인한 순간 목적의식은 길을 잃고 말았다. 그와 앉았던 벤치에 앉아 저물어 가는 밤하늘을 바라보았다. 별은 보이지 않고 다만 도시의 불빛과 겨울로 향하는 싸늘한 바람이 내가 밖에 나와 있다는 것을 알려주고 있었다. 김 과장을 생각하면 부인의 슬픈 뒷모습이 모든 것을 예고하고 있는 듯했다. 그의 죽음이 코앞에 와 있었다.

김 과장의 죽음이 무엇을 의미하게 될지를 생각해보았다. 그의 부인은 사별함으로써 재혼하면 될 터이다. 강미영도 더 이상은 김 과장의 호의를 받은 일에 부담을 느낄 이유도 없게 될 것이다. 회사는 다시 예전으로 돌아갈 것이고 세상은 그의 죽음을 끝으로 그의 흔적도 서서히 지워갈 것이다. 그리하여 김 과장이 미영을 사랑했는지의 여부도 영원히 미제로 남을 것이다. 김 과장이 미영을 사랑했는지가 왜 그렇게 중요한 일인지 스스로 되물어보았다. 아마도 나는 면죄부를 받고 싶었던 것 같았다. 미영이 내게 보낸 사랑을 저버린 데 대한 면죄부, 미영과의 관계에 있어 내가 행한 태도에 대해 세상이 판결할지도 모를 도덕적인 자책감에 대한 면죄부, 김 과장도 결국 나와 똑같은 남자일 뿐이라는 면죄부.

비밀을 밝힐 기회는 사라졌지만, 한편으로는 김 과장이 중환자실로 간 것은 일견 다행한 일이기도 했다. 직장 상사라고는 하지만 가족이 아닌 이상 여러 차례 병문안하러 가는 일도 경우에 맞지 않았고 무엇보다도 몸져누운 환자를 찾아온 목적이 쾌유를 비는 것이 아니라 '미영을 사랑했는가? 얼굴은 어떻게 달라져 왔던가?'라고 캐묻는 일이라면 더욱 그러했다. 생각해보면 터무니없을뿐더러 오해를 불러오기에 충분한 작태였다. 그리하여 나는 가까스로 제정신으로 돌아오고 있는 듯했다. 단 하나의 사실만 제외한다면 그랬다. 김 과장의 죽음을 기정사실로 해버리자 마치 연적이 사라진 것 같은 해방감을 느꼈고 동시에 새로운 희망, 어쩌면 이제부터는 자유롭게 미영을 만날 수 있을지도 모른다는 희망을 만들어냈다.

나는 피그말리온이 자신이 만든 조각상을 사랑한 것처럼 끊임없이 미영의 얼굴을 상상하고 그 상상에 여러 가지 상황을 배치함으로써 애정을 키워가고 있었다. 그녀를 만나고 얘기하고 커피를 마시는가 하면 사랑을 나누기도 했다. 나의 현실 곳곳에 자리를 잡은 미영의 환영은 그 자체로 부족함이 없다고 느꼈기 때문에 나는 점점 그것이야말로 애정이라고 생각했으며 한순간도 비현실적이라고 느끼지 않았다. 미영이 애정의 대상으로 바뀐 것은 병원 복도에서 마주친 선글라스의 여인을 미영과 동일시함으로써 가능한 일이었다. 그리하여 나의 일상은 짝사랑하는 자의 그것과 하등 다를 바가 없게 되었다. 미영의 전화번호를 다시 찾아 입력하고 회계법인의 위치와 우연히 만나게 될지도 모르는 경우의 수를 계산하고 또 기다렸다. 안경을 벗은 온전한 그녀의 얼굴을 보고야 말겠다는 집념이 일상을 지배했다. 불과 몇 달 전만 하더라도 그녀는 내게 두려운 존재였다. 나에게 집착하는 매력적이지 못한 여자였다. 그런데 이제는 상황이 달라져 버렸다. 단지 바뀐 것은 그녀가 —자신의 얼굴에서 가장 자신 없어 하던 부분을 성형했다는 사실뿐이었지만 나의 마음은 완전히 달라져 버렸다.

　그러던 어느 날 자제력을 잃고 결국 그녀에게 전화하고 말았다. 여자의 목소리가 전화를 받았다. 그 목소리는 내가 익히 알고 있던 목소리와 정확하게 일치하지는 않았다. 이전 같으면 '네, 정 대리님'으로 밝게 시작되어야만 했다. 나는 염려한 대로 전화번호를 바꾸었을지도 모른다는 생각에 '강미영 씨 폰 아닌가요?'라고 되물었다. 대답이 오지 않았다. 다음 준비한 말을 하기 위해서는 그녀가 나를 인지해야 했기 때문에 잠시 기다렸다. 그러다 상대방이 끊었는지 아니면 회선 불량으로 끊어졌는지 모호한 정도의 침묵이 흐른 뒤에 전화가 끊겼다. 전화를 걸고 끊어질 때까지의 짧은 시간 동안 나의 몸과 마음은 처음 겪는 긴장감으로 인해 예민해져 있었다. 전화 걸기 전의 열정대로라면 통화가 될 때까지 시도했을 것이지만 그러지 못했다. 통화 종료음이 피니시라인을 지나온 단거리 주자의 심장처럼 빠르게 울릴 때 소리의 저편 어둠 속에서 이런 목소리가 들렸다. '그래서, 받으면 뭐라고 말할 참이었지?'

　아무리 곱씹어 봐도 만나 달라는 것 외에는 당장에 떠오르는 말이 없었다. 왜 만나야 하는지에 대한 준비가 확실하지 않았다. '당신을 좋아하게 됐다. 그래서 만나고 싶다.'라는 고백을 해야 마땅했지만 아닌 것 같았다. 나는 은연중에 '당신의 얼굴이 많이 달라졌다고 들었다. 그래서 만나고 싶다.'라는 말을 하고 있었다. 전자는 김 과장의 말을 전적으로 신뢰하였을 때의 나였고 후

자는 그 누구에게도 들키고 싶지 않은 일말의 이기심이었다. 이기심은 이런 선택지를 지니고 있었다. '당신이 내가 사랑할 만한 얼굴을 가졌는지를 우선 알고 싶다.' 나는 스스로 구축한 사랑의 민낯이 드러나지 않을까를 또한 불안해하고 있음을 깨달았다. 심연에서는 사랑을 말하다가도 물 밖으로 나올 때는 알몸을 들킬 것 같아 쩔쩔매고 있는 꼴이었다. 그녀의 얼굴에 조건을 내걸었던 이기심이 자리할 수 있었던 것은 결국 아직 정확한 얼굴을 보지 않았다는 사실에서 출발하고 있었다. 이기적인 나를 극복하는 일은 고통스러웠다. 부끄러움과 수치심은 쉬 사라지지 않았다. 애정이 깊어질수록 자책감이 더욱 모질게 채찍질을 하였기 때문에 오히려 통화가 되지 않은 것에 감사할 정도였다.

아이러니하게도 통화실패로 인해 알게 된 이기심에 대한 자각은 미영에 대한 막연한 애정을 구체화하는데 오히려 큰 기폭제가 되었다. 나는 그날 이후 로비에서 만난 그녀와 미영을 일치시켰듯이 내가 곧 김 과장이 되어 그가 말했던 것과 똑같은 눈으로 미영을 바라보기 시작했다. 김 과장의 눈으로 그녀를 보게 되자 아무것도 의심할 것이 없었다. 머릿속에서 미영은 온종일 병원의 로비를 오고 갔다. 흠모의 마음으로 그녀를 생각하기 시작하자 그녀의 얼굴에는 점차 내가 접근할 수 없는 위엄이 쌓여가는 것 같았다. 그래서인지 상상이었음에도 쉽게 그녀에게 다가가 말을 걸지 못하고 주변을 서성거리고 있었다. 그녀는 결코 선글라스를 벗지 않았다.

나는 조바심이 일었고 어떻게든 그녀와 마주칠 기회를 찾아야 한다는 생각에 몰두했다. 어떤 날은 아예 외근을 핑계로 회계법인 근처를 일부러 돌아다니기도 했다. 또 어떤 날은 그 편의점, 그녀가 나를 보았다고 했던 시내 사거리의 편의점에 들러 그녀가 앉았을 것처럼 보이는 자리에 앉아 하염없이 밖을 바라보기도 했다.

나는 분명하게 그녀를 원하고 있었다. 그 말 외에는 달리 나를 표현할 방법이 없었다. 김 과장을 만나고 난 이후 나의 삶은 예기치 않은 방향으로 나아가고 있었다. 이제 그녀를 생각하면 가슴이 뛰고 흥분을 주체할 수가 없었다. 그녀가 내게 했던 모든 일을 곰곰이 생각하는 버릇도 생겨났다. 나는 지난 일들을 재검토하고 재판단하고 재구성해보았다. 그리고 후회와 부끄러움에 시달려야 했다. 그녀가 내 삶 대부분에 있었음에도 나는 그녀를 발견하지 못했다. 잘라버린 내 사원증들을 되찾을 수 있다면 난지도 쓰레기장을 뒤질 용의가 있을 정도에까지 이르렀을 때 나는 비로소 열병에 걸려 앓고 있는 나를 발견했다.

열이 오를 대로 오른 나는 어느 날 밤 그녀가 살던 아파트를 다시 찾아간 적도 있었다. 진즉에 주인이 바뀌어 있었다. 일전의 그 경비원이 근무 중이었으므로 그전에 살던 사람이 어디로 이사 갔는지 아느냐고 물었다. 그는 나를 유심히 보더니 마지못해 대답했다.

"그 아가씨 벌써 지난여름에 이사했어요. 같은 직장에 있는 사람이라고 그러지 않았나요? 그러고 보니까 당신 찾아오고 얼마 뒤에 이사했겠네."

근무일지와 옆에 놓인 탁상달력을 뒤적이며 말했다.

"집 내놓고는 찾아오지도 않고 포장이사로 가버리니 어디로 갔는지 우리로선 알 길이 없죠. 알아도 말해 줄 수도 없는 일이고. 혼자 사는 아가씨라 몹쓸 남자에게 스토킹을 당해 급히 이사 간 게 아닌가 하는 소문도 있었어요. 워낙 인사성 좋은 아가씨라서 설마 그런 식으로 이사 가리라곤 아무도 생각 못 했죠."

스토킹이라는 말을 할 때 나를 쏘아보았다. 나는 그녀가 직장을 그만뒀는데 중요한 일로 급히 찾고 있다고 둘러댔다. 그러나 그는 내 말은 안중에도 없었고 당황한 기색이 역력한 모습을 노려보며 그만 나가라는 경고의 표시로 들고 있던 탁상달력을 책상 위에 아무렇게나 던져버렸다.

그런데 그녀가 스스로 나타났다. 몇 달 동안 그토록 보고 싶어 했던 그녀가 회사를 찾아왔던 것이다. 나는 외근에서 막 돌아와 활동 보고서를 작성하고 있었다. 사람들이 웅성거리는 소리가 났다. 회계팀 김장미가 뛰어와 말했다.

"정 대리님! 강 대리님이요, 지금 왔어요."

나는 일부러 놀라지 않은 척했다. 그리고 그 순간까지 오만하게도 그녀가 내게로 걸어와 먼저 인사할 것이라고 기대하고 또

장담하고 있었다. 그녀가 회사에 나타난다면 그 방문목적의 1순위는 나 정명호를 만나기 위함일 것이라 은연중에 확신하고 있었다. 물론 그것은 속과 겉이 전혀 다른 짝사랑의 미숙한 자존심에 지나지 않았다. 애정의 욕망은 자유롭게 풀어놓았으면서 자존심은 그에 비례해 오히려 겹겹이 방어막을 치는 모순을 만들어내고 있었다.

"강 대리가 옛 회사를 찾아온 걸 그렇게 광고하고 다닐 일은 아니지 않나?"

나는 떨리는 속마음을 들키지 않으려고 사무적으로, 좀은 딱딱하게 말했다. 그녀가 나의 냉소적인 대답이 이해가 안 간다는 듯 눈을 크게 뜨고 입을 오물거리다가 내가 딴청을 부리자 주위에 있던 직원에게 들으라는 듯 얼굴을 쏘아보며 말했다.

"정 대리님!"

나는 적잖이 놀라면서도 우선은 다른 사람들의 관심을 끌지 않으려고 고개를 들지 않았다.

"왜요? 김장미 씨."

떨군 고개 너머로 눈만 올려보며 무관심한 듯 대답했다. 김장미는 고개를 절레절레 흔들더니 한심하다는 듯 파티션을 손바닥으로 '탁' 치면서 한마디 말을 남기고 돌아갔다.

"정 대리님, 정말 여전하시군요…."

나는 시선을 끌지 않으려고 서류를 뒤적거리는 척했다. 하지만 그녀가 파티션을 친 소리가 제법 컸으므로 이미 몇몇 사람들은 고개를 들어 나를 쳐다보고 있었다. 관자놀이가 시큰거리고 등줄기가 따가웠다. 하지만 그 시선들은 김장미가 문을 나서자마자 곧바로 함께 들어선 강미영에게로 일순간 방향이 바뀌었다. 그녀는 김장미 외에도 이미 다른 부서에서 만난 사람들을 수행원처럼 거느리고 들어와 우리 부서 사람들 한 명 한 명과 일일이 인사를 건넸다. 인사를 받은 사람들은 한결같이 그녀의 용모에 놀라 자리에서 일어났고 더 자세히 보기 위해 뒤를 따라다녔다. 나는 그제야 그녀가 나를 보러 온 게 아니라는 것을 알았다.

그녀의 모습에서는 광채가 났다. 그 빛은 그날 저녁 나체로서 있던 그녀에게서 나오던 빛과 같은 것이었다. 하지만 그날의 빛이 오직 나만을 위해 빛나고 있었다면 오늘의 빛은 만인을 향하고 있었다. 나는 사람들에게 둘러싸인 그녀로부터 뿜어져 나오는 광채로부터 점점 멀어져 빛이 아예 미치지 못하는 어둠 저편에 홀로 우두커니 남겨져 있었다.

그 아름다움은 숨이 막혔다. 숭고한 아름다움이 성적性的 매력이 비집고 들어올 여유를 주지 않는 비너스 조각처럼 그녀가 지나는 걸음걸음 사람들을 공손하게 만들고 있었다. 사람들은 대관식에 참석한 듯 그녀를 바라보았고 그녀는 여왕처럼 사람들과 일일이 악수했다. 그러나 오직 나만이, 그 영광스러운 대관식에서 악수를 받지 못한 유일한 사람으로 남아 사무실 한편에 외로이 앉아 있었다.

그녀는 내게 어떠한 눈길도 주지 않았고 어떠한 말도 건네지 않았다. 다만 회사 사람들과 웃고 대화하고 새롭게 만들어진 명함을 주었다. 명함을 받아든 사람들, 특히 남자들은 그 속에 새겨진 내용을 암기라도 할 듯 꼼꼼히 쳐다보았다. 그러나 그 행동들은 그녀를 한 번이라도 더 보려는 꼼수에 지나지 않았다. 남자들은 그녀의 주변을 자석을 따르는 쇳가루처럼 붙어 다녔다. 나는 감히 그녀의 곁으로 가지 못하고 먼발치에서 바라보기만 했다. 나는 그녀의 아름다움에 완전히 압도당해 항복하였으며 포로가 되어 수용소에 갇히고 말았다.

그녀가 회사에 나타난 이후 나의 열병은 절정에 다다랐다. 밥맛은 고사하고 일에 대한 의욕도 사라지는 것 같았다. 사람들과 어울리는 일도 가급적 피해 다녔다. 처음에는 나의 어둡고 피곤한 기운에 대해 걱정하던 동료들도 끝 모를 암울함에 질려 멀어져 갔다. 나의 암울함은 후회로 빚어진 것이었다. 나는 어리석게도 그녀를 나이트클럽에서 만난 하룻밤 상대처럼 대했었다. 그녀의 안위보다는 잃어버린 전화기를 찾는 데 혈안이 된 내가 보였다. 무엇보다 나는, 그녀의 가치를, 그녀의 깊은 곳에서 빛나고 있던 보석을 보지 못했다. 그리고 그 대가는 너무나 컸다. 하루에도 수십 번씩 그녀에게 전화해야겠다고 마음먹었다. 그리고 직원들에게 건네받은 명함에 적힌 새로운 번호로 전화를 걸기도 했다. 하지만 그녀가 받기도 전에 스스로 끊고 말았다. 나는 상사병에 걸려 있었지만 사회적인 신인도를 지켜야 했고 품위와 교양을 버릴 용기까지는 없었다. 머릿속은 온통 그녀를 향해 있었지만 나는 한 걸음도 그녀를 향해 나아가지 못했다.

겨울

나는 스스로 만든 수용소에 갇혀 나날이 남루해져 갔다. 나의 죄목은 오만함이었다. 나만의 애정을 켜켜이 쌓았을 뿐 그녀가 나의 애정을 거절하리라는 생각은 꿈에도 하지 않았던 것이다. 이러다가 죽을 수도 있겠다는 생각이 들던 어느 날 밤 술에 취해 기어코 그녀에게 전화를 걸어 그동안 내가 하고자 했던 말들을 쏟아냈다. 그녀는 다만 듣고 있을 뿐 단 한마디 대답도 하지 않았다. 그 이후로 몇 번인가 나는 술만 마시면 전화를 했었다. 그러면 그녀는 듣고 또 들었으며 나는 말하고 흐느끼고 말하고를 반복했다.

겨울의 수용소 생활은 이전보다 더 고통스럽고 암울했다. 그즈음 그녀는 엄청난 영업력은 물론 미모와 학식까지 갖춘 업계의 아이콘이 되어있었다. 나는 그녀에 대한 소식이 들릴 때마다 조금씩 죽어가고 있었다. 그러나 순서를 기다려야 했다. 김 과장이 먼저였다. 그는 결국 간암과 복잡한 이름의 합병증으로 세상을 등졌다.

나는 미영에 대한 생각에 쫓겨 김 과장에게 자주 가지 못했었다. 내가 다녀간 이후로도 병세는 호전의 기미를 보이지 않았고 줄곧 중환자실에 있었기 때문에 면회가 용이하지 않기도 했다. 그래도 막상 그가 세상을 등졌다는 말을 들었을 때는 자주 찾아가지 못한 것이 후회스러웠다. 미영과의 관계 때문에 복잡한 생각을 하였지만, 어찌 됐건 내게 각별히 대해준 사람이었다. 그리고 무엇보다 그는 미영의 가치를 제대로 알아본 사람이었다. 나의 오늘은 그의 영향이 컸다. 어쩌면 그가 전해준 말들과 충고 덕분에 미영과의 관계를 근근이 견디며 살아가고 있는지도 몰랐다.

나는 노조 간부였으므로 장례식 봉사를 주도해야 했다. 용품을 나르고 밤샘 손님들을 위한 오락거리도 준비했다. 노조원들은 발인을 포함해 나흘간 교대로 장례식장에 나가기로 했다. 나는 나흘 내내 장례식장을 떠나지 않기로 했다. 그의 죽음에 대한 경의를 표하는 방법으로는 그것이 최선이었다. 그러나 진정한 이유는 다른 데 있었다. 나는 미영을 기다리고 있었다. 아무 대책 없이 무작정 그녀를 만나고 싶은 마음뿐이었다. 그녀는 나타날 것이다, 반드시. 그녀의 가치를 익히 알고 현재를 만들어준 은인의 장례식에 나타나지 않을 이유가 없었다. 나는 한편으로는 손님들과 섞이면서도 빈소와 출입구를 주시했다.

장례식장엔 손님이 많았다. 그의 인품이 높았고 무엇보다 중

견기업의 사장 사위인 데다 결제를 담당하던 부서장이었으므로 거래처로부터의 방문도 이어졌다. 나는 새삼 그가 살아있을 때 얼마나 많은 관계의 중심에 있었는지 실감이 났다. 그리고 그 부서의 핵심 직원이었던 미영이 다시 생각났다. 그녀 또한 그의 죽음이 불러 모은 수많은 사람과 거의 대부분 알고 있을 터였다. 그에 비하면 나는, 거대한 기계 속에 끼어있는 부분품에 불과해 보였다.

이틀째 장례식장을 지키고 있었지만, 미영은 보이지 않았다. 행여 졸고 있는 사이에 오지나 않을까 걱정이 되어 쪽잠도 마다했다. 그녀가 다니는 회계법인 사람들이 왔다. 재빨리 그녀를 찾았다. 하지만 오직 그녀만 보이지 않았다. 회계사에게 강미영 씨는 함께 오지 않았느냐 물었다. 며칠 사이 수척해진 나를 걱정스러운 눈으로 바라보았다.

"강미영 씨 부조금만 미리 내달라고 해서 대신 가져왔습니다. 언제 올지는 우리도 모르고요."

실망감에 힘이 빠졌다. 내일 아침이 발인이었으므로 오늘 밤이 조문할 수 있는 마지막 밤이었다. 시계가 11시를 지나고 있었다. 그 뒤로 1시간 동안 막바지 조문 행렬이 이어지더니 12시를 지나자 거짓말처럼 사람들의 발길이 끊겼다. 조문을 마치고 밥을 먹는 사람들 숫자도 급격히 줄어 몇 명인지 단숨에 헤아릴 수 있을 정도였다.

새벽 한 시가 되었다. 그녀는 여전히 오지 않고 있었다. 나는 반드시 올 것이라 확신했다. 친지들은 발인 준비를 위해 쪽잠을 청하거나 삼삼오오 모여 속삭이고 있었다. 빈소에는 김 과장의 부인만이 남아 있었다. 그녀는 비록 이혼을 원했던 남편이었지만 죽음으로써 덕을 베푼 남편을 위해 최선을 다해 자리를 지키고 있었다. 영정 속의 김 과장은 다른 곳을 보고 있었다. 그는 약간 웃고 있었는데 그 얼굴은 죽음과는 전혀 거리가 먼, 말끔하게 면도를 한 밝고 하얀 청년이었다. 아마도 내 나이 정도에 찍은 사진인 듯했다. 피로와 졸음이 몰려왔다. 동료들이 눈 좀 붙이라고 권했지만 나는 이따금 씩 술을 마시며 버텼다.

김 과장이 불쑥 방문을 열더니 성큼성큼 걸어왔다. 그의 얼굴이 매우 가까웠기 때문에 침대에 무방비로 누워 있던 나는 약간 겁이 났다. 그의 얼굴은 피부가 새하얀 것이 푸른 면도 자국만 없다면 고등학생이라고 할 정도로 젊었다. 김 과장이 한 번에 말을 하지 않고 갑자기 뜸을 들이며 우물거렸으므로 그 틈을 이용해 황급히 침대에서 일어나 옆으로 앉았다. 그 순간 그의 몸은 조금 작아져서 비로소 그의 전체 모습을 볼 수가 있었다. 깔끔한 얼굴과는 달리 남루한 점퍼를 입은 모양새가 거리의 행려 환자 같았다. 나는 여전히 그의 출현에 놀라면서도 왠지 그가 무슨 일로 왔는지 알 것도 같았다. 그는 공손하고 또 조금은 심각한 표정으로 말했다. 나는 그가 입을 떼기도 전에 돈을 빌리러 왔다는 것을, 그러면 그것을 거절해야 한다는 생각이 들었다. 아니나 다를까 그가 입을 열었다.

"급히 돈이 좀 필요해서 왔어."

그의 표정과 행색으로 보아 빌리려는 돈의 액수도 맞출 것 같았다. 그리고 그가 액수를 말하기 전에 거절할 명분을 급히 찾았다.

"한 일억 원이면 돼. 부탁하네. 내가 아주 곤란한 일을 당해서 그래. 꼭 좀 부탁해."

그가 고개를 숙여 인사하듯 조아렸다. 다시 그의 몸이 점점 커지더니 시야를 가렸다. 어느새 덥수룩하게 자라난 수염이 얼굴에 닿았다. 나는 온몸으로 그를 밀어내며 거부했다.

"일억이면 내겐 전 재산이고 생명이나 마찬가지요! 절대 안 돼요!"

나는 고함치며 김 과장으로부터 빠져나오려 발버둥 쳤다. 나는 온몸으로 안된다고 외쳤지만 그럴수록 김 과장의 거센 무게에 눌려 목소리는 몸과 함께 침대 속으로 파묻히고 있었다. 완전히 제압을 당한 채 김 과장의 겨드랑이 사이로 겨우 얼굴을 내밀 수 있었을 때 방문 입구 문설주에 속옷 차림의 미영이 서 있는 것이 보였다. 그녀는 오랫동안 그곳에 있었는지 팔짱을 끼고 피곤한 듯 아래를 내려다보고 있었다. 흘러내린 머리칼이 얼굴을 가리고 있었는데 두 손으로 천천히 쓸어 올리며 말했다.

"그 사람 돈 있어요. 전세보증금으로도 충분히 일억 원은 될 거예요."

그리곤 나가버렸다. 김 과장의 거센 눌림을 온 힘을 다해 거부하면서 제발 그녀를 붙잡아야 한다고 말했다. 그러자 김 과장의 몸이 일순간 젖은 빨래처럼 늘어졌다. 그를 밀어내고 미영이 사라진 곳으로 뛰어나갔다. 그러나 거기에는 다만 어둠만이 있었고 다시 침대를 돌아보았을 때 김 과장과 미영이 나란히 앉아 있는 것이 보였다. 나는 미영에게서 김 과장을 떼어내려고 달려들었다. 하지만 오히려 손목이 잡혀 침대 아래로 나뒹굴고 말았다.

나는 손에 들고 있던 핸드폰의 진동에 놀라 잠에서 깨어났다. 전화기 검은 화면 상단에 꿈인지 현실인지 모를 메시지 알림이 나타났다 사라졌다. 새벽 네 시가 넘어가고 있었다. 문자가 와 있었다. 나는 자세를 고쳐 잡고 주변을 둘러보았다. 대부분 잠이 들어 고요했다. 문자의 발신인을 확인했다. 미영이었다. 나는 숨이 멎는 것 같았다. 주변의 모든 것을 어둠 속으로 밀어내며 그녀의 이름이 빛을 발산했다.

나는 기도하듯 문자메시지를 열었다. 긴 문장의 편지였다. 글의 첫머리는 '친애하는 명호 씨에게'로 시작하고 있었다. 순간 불안과 두려움이 어둠을 뚫고 다가왔다. 첫 문장의 다정한 듯 사무적인 어감에 가슴이 아파 왔다. 인사말처럼 결코 다정한 내용이 아닐 것이라는 예감도 들었다. 나도 이제 여자들의 언어를 이해할 나이가 되어있었다. 전혀 반응도 하지 않던 그녀가 이런 다정한 말을 하는 것은 그 속에 무시무시한 반어법이 담겨있다는 것을, 그리고 이렇게 긴 문장의 글이 왔을 때 여자는 이미 그 속에 담긴 내용을 다 끝낸 다음이라는 것을, 말하자면 남자는 이별을 통보할 때 눈앞에서 하지만 여자는 이별 여행지에 도착한 후에 한다는 것을 알고 있었다.

모든 것은 그 여름날 밤에 시작되었어요.
생각해보면 그날 나는 늦게까지 그곳에 있을 이유가 없었어요. 그런데 모든 나쁜 일은 겹쳐서 일어나잖아요. 저한테도 그랬어요. 그날 밤에.
회식이 끝나갈 무렵에 김 과장님 부인이 회식 자리에 찾아 왔더라고요. 많이 취한 듯했는데 김 과장님은 그런 일이 자주 일어나는 것처럼 대수롭지 않게 대했어요. 우리는 최근에 두 사람 사이가 좋지 않다는 것을 알고 있었기 때문에 자리를 파하고 말았어요.
김 과장님이 저한테 그러더군요, 부인이 바람을 피우는데 심각하다고, 부인이 이혼을 원한다고. 두 사람 사이는 자식이 없는 것 때문에 항상 불안했어요.

남은 일행끼리 맥주를 마시고 헤어졌어요.
대리운전을 불렀는데 그날은 대리운전 콜이 많았는지 10분 이상 걸린다고 하더군요. 그래서 맥줏집 옆 편의점에 앉아 인스턴트커피를 마시고 있었는데,

당신이 들어오는 거예요.

나는 너무나 반가운 마음에 자리에서 일어나 인사를 하려고 했죠.

그런데 문을 열고 들어오더니 등을 기대고 서서 누구를 찾는지 옆눈으로 밖을 응시하더군요.

나도 반사적으로 당신이 보고 있는 창밖을 바라보았지요.

한 여자가 지나가더군요. 그리고 당신은 그 여자가 차에 오르자 재빠르게 밖으로 나가서 같은 차에 올랐죠. 당신의 차. 그리고 그 차에 탄 여자는 내가 아는 여자였어요. 오늘 우리 부서 회식 자리에 찾아온 그 여자,

김 과장님의 부인이었어요.

아, 그날 나는 그 자리에 앉아 당신이 그녀를 태우고 떠나는 것을 모두 보고 말았어요. 당신은 그런 순간에도 직장동료처럼 보이려는 기민함도 보였죠. 나는 당신의 그 익숙한 행동에 절망하고 말았어요. 내가 가장 사랑하는 남자가 내가 가장 존경하는 직장 상사의 부인과 바람이 나다니!

나는 그녀의 문장 속에서 그날로 돌아가 있었다. 편의점 창가에 앉아 놀란 눈으로 내가 들어왔다가 나가는 것을 보고 있는 그녀가 보였다. 그랬다. 나는 그때 그녀의 존재도 알지 못한 채 혼자만의 논리에 빠져 스스로를 파멸시키고 있었다. 나는 주체할 수 없는 청춘의 열정을 엉뚱하게도 봉사가 되고 귀머거리가 되는 곳에 사용하고 있었다. 지금이라도 그녀에게 그날의 일들을

말하고 싶었다. 그러나 그녀는 내 목소리가 들리지 않는 먼 곳에
있었다.

　밤새워 생각했죠. 정말이지 김 과장님께 사실대로 말하고
싶었어요. 그분은 그런 시련을 겪을 이유가 없는 분이에요. 내
가 만난 사람 중에 그분만큼 가정적이고 배려 있는 사람이 없
었는데 어떻게 그런 일이 일어날 수 있단 말인가요.
　하지만 그 전에 반드시 해야 할 일이 있었어요. 바로 당신,
아, 내가 당신을 얼마나 사랑했는지 모를 거예요.
　나는 당신을, 그래요, 당신을 처음부터 사랑했어요. 나는 당
신의 무관심한 척하면서도 친절하게 대해주는 태도가 좋았어
요. 나는 당신의 그 유머러스한 제스처, 가끔씩 아주 철학적으
로 말해주는 짧은 말들에 매료되었죠. 그보다 당신은, 내가 사
랑하고 싶은 얼굴을 가졌어요. 누가 뭐래도 당신은 그 자체로
내가 사랑해야 할 사람이었어요. 그건 운명이었죠. 내가 기꺼
이 감내해야 할 운명.
　그래서 나는 내 운명을 되찾아와야겠다고 결심했어요.
　단 한 번의 고백도 없이 사랑을 포기할 수는 없었어요.
　그래서 당신에게 고백하기로 했어요. 제겐 일생을 건 엄청
난 모험이었죠.
　그리고 그건 나를 위한 것일 뿐만 아니라 김 과장님을 위한
일이기도 했죠.
　당신이 내게로 오면 그녀는,
　김 과장님 집으로 돌아가면 될 것이니까요.

그래서 나는 당신의 더러워진 몸을, 받아들이기로 했어요.

그래서 내가 당신을 그녀로부터 빼낼 수만 있다면!

그보다 더한 일도 했을 거예요.

그런데 이상하게 당신이 내 집에 온 그날 이후

모험이 성공할지 그렇지 않을지 불안하기는커녕

나는 점점 더 당신을 사랑하고 있었어요.

김 과장님도 그의 부인도 문제가 되지 않았죠.

그냥 당신을 더 사랑하게 된 거예요. 이전보다 훨씬 더!

이전의 사랑이 당신을 바라보는 것이었다면 이제는 그게
아니었어요.

당신을 만지고, 손을 잡고 달아나지 못하게 하고 싶었어요.

나는 왜 진작 고백하지 않았을까 후회했어요. 당신이 떠난
침대에서 체취를 잃지 않으려고 몸부림쳤어요. 나는 어쩔 수
없이 당신을 사랑할 운명이었던 거죠. 내 모험과는 상관없이.

그날 당신이 내가 부끄러워할까 봐 조심스럽게 나갈 때

사실 나는 온전하게 깨어 있었어요.

그날 밤은 한순간도 잠든 적이 없었어요.

당신이 현관을 나설 때 침대 옆 바닥에 떨어져 있던 당신의
전화기,

나는 건네주려고 나가려다

옷을 입지 않은 채였기 때문에 아주 조금만 문을 열고

당신을 불렀지요.

발가벗은 몸은 부끄러워하고 있었지만
당신의 전화기는
어젯밤 내가 한 일이 부끄럽지 않다고 말해주는 것 같았어
요.
그래서 일부러 작은 소리로 말했어요. 당신이 못 알아듣게.
전화기가 당신이고
전화기가 있다는 것은 당신이 다시 온다는 징표니까.

나는 나의 처녀가 고스란히 담긴 침대 시트와 전날의 옷가
지들을 고이 갰어요. 평생 간직하리라 마음먹었죠.
내 사랑의 증거, 나의 사랑이 결코 부질없는 것은 아니라는
증거, 그것을 그 위에 놓인 당신의 전화기가 말해주고 있었죠.
당신이 반드시 다시 돌아올 것이라는 증거.
당신의 전화기를 그 위에 놓으면서
내가 감내하고 있고 내가 느끼고 있는, 당신의 무게,
사랑의 무게를 보여주고 싶었어요.
나는 어쩌면 당신이 일부러 전화기를 놓고 갔을 거라고도
생각했어요.

그런데 그건 저만의 착각이었어요.
당신은 나의 처녀와 애정의 징표들은 거들떠보지도 않고,
전화기만 가지고 떠나버렸죠.
전화기만!
그제야 알았던 거죠. 사랑이라는 이름으로 지나치게 굴었

다는 것을,

그래요, 당신 말대로 퀸의 그 노래, 바로 제 얘기였어요.

당신에 대한 사랑을 말하던,

당신의 무게를 느끼던,

나의 사랑은 저만의 착각이었죠.

처음부터 나는 당신의 사랑을 받을 여자가 아니었어요.

침대 위에 놓인 내 사랑의 징표들이 너무 부끄러워졌어요.

나의 오만과 착각이 미치도록 싫었어요.

나는 울고 또 울었죠.

그건 당신의 사랑을 상실한 데 대한 슬픔이 아니라

나만의 세계에 틀어박혀 오직 나만 생각했던

내 사랑의 이기심에 대한 자책이었어요.

운명이겠죠. 내 이기심이 구할 수 없는,

당신을 사랑할 수는 있으나 받을 수는 없는 나의 운명.

하지만 나도 사랑을 받지 않고는 살아갈 수 없는 어쩔 수 없는 여자였어요. 언제나 꿈꿔왔던 모습으로 당신 앞에 다시 서고 싶었어요. 그렇게라도 해서 내 운명을 바꾸고 싶었어요. 당신의 사랑을 받기 위해서라면 예뻐지고 싶었어요. 그래요, 너무나 절실하게, 당신의 사랑을!

당신이 언제나 말했잖아요. 코만 예쁘면 참 미인이었을 거라고.

붕대를 풀고 거울을 보던 날이 생각나요. 코 수술을 했는데 얼굴 전체가 퉁퉁 부었더군요. 붕어빵 같은 내 얼굴은 처음엔 낯설었어요. 그리고 그런 생각이 든 거죠. 당신이 성형한 내 얼굴을 좋아할까?

부기가 빠지는 내내 그 생각만 했어요. 어떻게 당신 앞에 나타날까, 어떻게 하면 자연스럽게 나란 것을 말할까. 당신이 나를, 내가 사랑한 것과 같이 사랑할 수 있을까.

나는 한편 내가 저지른 일이 후회스러웠어요. 얼굴을 바꿔가며 당신에게 매달리는 내가 처음으로 싫어졌어요. 그건 마치 이 정도면 나를 사랑해야 하지 않느냐 강요하고 있다는 생각을 비로소 하게 된 거예요.

이미 사직서는 냈지만 퇴원하던 날 당신을 마주칠까 두려워 집을 내놓았어요. 부끄러운 짓을 했다는 생각이 들어 새로 구한 원룸에 틀어박혀 한동안 나가지 않았어요. 당신을 만나기가 점점 두려워졌어요.

그런데 이전과 다른 일들이 생겨났어요. 사람들이,

사람들이 내게 그렇게 친절할 수가 없었어요. 마트에서도, 음식점에서도, 길에서도 사람들이 나를 쳐다봤어요. 그런데 그 눈빛들은 부드럽고 친절했어요. 마치 저를 잘 아는 사람들처럼 대해주는 거예요.

그래서 하루하루 거울 속의 나와 친해졌죠. 당신이 예상한 것처럼 코가 달라진 이후 내가 봐도 얼굴이 예뻐졌어요. 그런데 알아요? 그 얼굴이 이제 전혀 낯설지 않았어요. 시골 부모님들도 나를 보더니 그저 시집갈 나이가 되니 예뻐지는 거라고 말씀하시는 거예요. 내가 달라진 게 없느냐고 여러 번 물었지만 화장한 것 말고는 달라진 걸 모르겠다고 말했어요. 내 부모님조차 말이에요!

나는 비로소 당신이 오래전에 제게 해주었던 그 매미의 우화(羽化) 이야기가 생각났어요. 나는 그저 기념품으로 간직하고 있었는데 그게 그렇게 큰 의미가 있는 줄 까맣게 몰랐던 거죠.

매미는 성충이 되려고 탈피하는 게 아니다. 원래 성충이던 상태가 단지 껍질에 싸여 있을 뿐이다. 때를 기다린 것뿐이다. 그렇기 때문에 매미는 밖으로 나오자마자 이내 날개가 돋고 몸이 굳어져 단번에 성충이 된다···.

그게 바로 저였어요. 거울 속의 나는 원래 나였던 거죠. 나아닌 누구도 될 수 없는 나 자신. 그동안 다만 시간을, 나타날 시간을 기다린 것뿐이었어요.

저는 세상으로 나왔어요. 시간이 흐를수록 사람들이 저를 사랑한다는 것을 알았어요. 나는 당신을 만나고 싶었어요. 만나서 고마움을 전하고 싶었죠.

그런데, 아무리 기다려도 당신은 나를 찾지 않았어요.

심지어 가까운 곳에서 마주쳤는데도 모르는 척 지나쳤지요.

김 과장님을 통해 어떻게든 당신을 만날 이유를 찾으려 했
지만
당신은 여전히 멀리에 있었죠.
그래요, 어쩌면 그건 이미 예상했던 것이기도 해요.
겉모습이 조금 달라진다고 해서 당신의 나에 대한
마음이 달라질 리는 없을 테죠.
당신이 그럴 사람이 아니란 걸 알면서도
미련을 버릴 수가 없었어요.

하지만 이제는 후회하지 않아요. 그리고 감사해요. 당신 덕
분에 나는 남을 사랑하기보다는 나를 사랑하는 법을 터득했으
니까요.
나는 변한 게 없어요. 거울 속의 나는 원래 나예요.
변한 게 있다면 이제 더 이상 당신을 사랑하지 않아도 된다
는 사실뿐이에요.
이제 다시는 당신에게 사랑을 구하지 않을 겁니다. 당신을
위해,
이제 자유를 드릴게요.

메시지는 거기에서 중단되었다. 나는 그녀에게 전화를 걸었
다. 전화를 걸었다기보다는 전화에 매달렸다는 쪽이 옳았다. 짐
작대로 전화를 받지 않았다. 긴 신호음 끝에 '수신자의 요청으로
수신이 차단된 번호'라는 안내문이 들렸다. 잠시 후 다시 문자가

도착했다.

　　기다리지 마세요. 빈소에는 가지 않을 겁니다.
　　이제부턴 정 대리님이라고 정확하게 부를게요. 자주 회사
에도 들르고 거래처 관계자로 인사하고 지내요.
　　우리 서로 미워하며 헤어진 건 아니잖아요.
　　저는 자신 있어요. 그리고 잘하고 있기도 하고요.

　　전화기를 내려놓다 땅바닥에 떨어뜨리고 말았다. 그녀의 메
시지는 쌀알처럼 유연했지만 하얗고 담백하게 만들기 위해 여러
번 도정한 흔적이 행간에 숨어 있었다. 그녀는 마침내 작별을 고
하고 있었다. 나는 후회와 절망감에 빠져 조문객들이 남기고 간
술을 마셨다. 그녀는 나에게 자유를 허용했지만 나는 수용소에
서 석방된 것이 아니었다. 그녀는 나를 위해 떠난다고 했지만 버
림받고 채찍질을 당한 후 오히려 독방에 갇히고 말았다.

　　새벽이 밝아올 무렵 나는 마지막으로 김 과장에게 갔다. 그리
고 미영과의 인연도 종말을 고할 때가 된 것을 알았다. 슬픔과
후회, 그리고 원망과 자책이 뒤섞인 나의 발길은 흔들렸다. 김
과장의 얼굴은 여전히 다른 곳을 응시하고 있었다. 그리고 그가
바라보는 곳은 아무리 정확하게 따라가도 대상을 특정할 수가
없었다. 영정 아래 웅크려 잠을 자던 그의 부인이 깨어나 매무새

를 고쳤다. 그녀의 얼굴을 보자 갑자기 미영이 말한 편의점과 그
날 밤이 생각이 났다. 나와 정분이 나서 돌아다닌 사실은 꿈에도
모르는 그녀가 공손하게 자세를 고쳤을 때 왈칵 눈물이 났다. 나
는 꿇어앉아 그녀의 손을 잡았다.

"형수님 죄송해요."

그녀가 좀은 놀라운 듯 움찔하였다. 하지만 김 과장과의 인연
때문에 슬퍼하는 것으로 생각하였는지 오히려 두 손으로 내 손
을 감싸주었다. 나는 눈물이 앞을 가려 말을 이을 수가 없었다.
고개를 들어 김 과장의 영정을 보았다. 그의 얼굴이 점점 커져
윤곽이 분명해지지 않더니 꿈에서 본 얼굴로 되살아났다. 나는
방언이 터진 사람처럼 말이 새어 나왔다.

"제가, 제가 얼마나 나쁜 놈인 줄 아세요?"

그녀가 나를 바라보았다. 그 눈은 고백을 시작하려는 사람을
바라보며 오히려 자기가 할 말이 있다는 듯 떨렸다.

"김 과장님이 꼭 필요한 데가 있다고 일억 원만 빌려달라고
사정하는 것을 매정하게 거절했어요. 이유도 안 물어보고 무시
했어요. 꿈이었는데, 꿈이었는데! 그냥 빌려주면 될 걸, 꿈인데,
바보같이, 뭐가 두려워서, 꿈인데!"

눈물이 주체할 수 없이 흘렀다. 그녀는 내용은 고사하고 잘
알지도 못하는 사람이 남의 손을 붙잡고 우는 것을 의아해하면
서도 고인에 대한 애정과 기억 때문에 울고 있다고 이해하였다.
그녀는 내 손을 더 꼭 잡으며 울음을 달래다가 그녀 역시 울음이

전이되었는지 눈물을 글썽였다. 점차 내 눈물이 흐르고 넘쳐 그녀에게 마중물이 되었고 그에 따라 그녀의 슬픔도 거세져 갔다. 울음소리에 잠을 깬 유족들이 일어나 이 기묘한 광경을 바라보았다. 나는 그녀의 손을 붙잡고 고개를 숙인 채 지칠 때까지 울었다. 그리고 같은 말만 중얼거렸다.

"꿈인데, 꿈이었는데…."

에필로그

다음날 나는 사표를 냈다. 회사에서 그녀를 마주칠 용기가 없었다. 전세금 반환을 요청하고 가진 돈들을 그러모아 무작정 제주도로 내려가기로 했다. 그녀와 달리 나는 아무렇지도 않은 듯 태연하게 같은 공간에서 살아갈 자신이 없었다. 수용소 독방에서 형기를 마감한다 해도 희망을 용서받을 가능성은 희박해 보였고 더 머무르면 곧 죽을 것만 같았다. 어쩌면 다행하게도−내가 이것을 다행이라고 말할 정도로 고통스러운 마음의 감옥에서 가까스로 걸어 나왔을 때, 오래전에 내가 꽂아놓았으나 아직도 새것처럼 선명한 그 표지판을 읽을 수 있었다. 〈지나친 사랑은 언제든 당신을 죽이고 말 것이다〉.

딱따구리의 죽음

그것은 분명 딱따구리였다. 검은 몸체와 검은 눈, 그리고 닭 벼슬처럼 정수리를 중심으로 나 있는 붉은 털. 누가 뭐라 해도 머리 위의 바로 그 붉은 머리털이 자신이 딱따구리임을 말해주고 있었다. 한 번도 본 적도 없고 고학년생들의 책에서나 사진으로 볼 수 있을 뿐이었던 그 희귀한 새가 지금 개울가 작은 모래톱 언저리에 긴 부리를 가로로 누인 채 죽어 있었던 것이다.

몸체와 깃털은 까마귀보다 오히려 더 검어 보였지만 까마귀의 몸통이 머릿기름을 바른 듯 번지르르한 반면 딱따구리의 그것은 투박하면서도 제 몸에 꼭 맞게 두른 것이 잉여라고는 한 오라기도 없는 병풍의 자수 같았다. 나는 책가방을 길가에 내던지고 조심스럽고도 재빠르게 개울가로 내려가 죽은 딱따구리가 있는 건너편으로 훌쩍 뛰어넘었다.

가까이에서 보자 검은 깃털과 머리 위의 붉은 머리털은 훨씬 더 촘촘했고 접힌 날개의 깃 역시 미세한 실을 팽팽히 잡아당겨 만든 듯 가지런했다. 나는 새를 온전하게 볼 수 있도록 양손을 둥근 모양으로 만들어 모래와 함께 떠 올렸다. 실로 말로만 듣던 희귀한 새가 손안에 놓여있다는 사실 때문에 호기심은 어느새 흥분으로 바뀌었다. 간간이 나무를 부리로 찍는 소리를 들었던 적은 있지만, 그것이 딱따구리였다는 확신도 없었고 실제로 보았다는 아이들도 없었다. 그도 그럴 것이 소리를 따라가다 보면 우리가 제아무리 가벼운 발걸음으로 다가가도 어떻게 알아차렸는지 소리를 멈춰버리고 놀리기라도 하는 듯 반대편 먼 숲에서 딱딱 소리를 내곤 하였다. 그 때문에 우리는 때때로 그 소리의 주인공을 보기만 하여도 좋을 것이라는 생각을 했고 경쟁적으로 그 새의 모습을 쫓아다니곤 했다. 요전만 하더라도 우리가 숲속의 아지트라고 부르는 오래된 무덤 근처에서 나무를 쪼아대는 소리가 났으므로 소리를 따라 들어갔다가 허탕을 친 일이 한두 번이 아니었다. 그런데 바야흐로 우리 사이에서 전설처럼 여겨졌던 그 새가 지금 내 손안에 고스란히 놓여있는 것이다.

나는 흥분과 호기심으로 머리부터 발끝까지 하나하나 살펴보면서 서리한 풋사과를 닦듯 번갈아 새를 옮겨 잡으며 모래가 묻은 손을 바지에다 대고 문질러 털었다. 맨손으로 새의 몸통을 감싸자 죽은 새라기보다는 아직도 심장이 뛰는 듯 미약하나마 온기가 손바닥으로 전해져 오는 것이 마치 살아있는 새를 막 잡아 쥔 듯한 착각이 들었다. 막상 그런 착각이 들자 기분이 훨씬 들 떠서 입가에 웃음이 절로 새어 나왔다.

늦봄의, 그러나 항시 응달져 여전히 차가운 개울물이 졸졸 흐 르는 소리를 들으며 혼자서 비밀스러운 흥분에 싸여 있었던 그 순간에, 문득 무덤가는 길 쪽으로 난 숲속에서 마른 낙엽을 밟으 며 다가오는 발소리가 들렸다. 처음에는 그 소리가 멀고 작아 다 만 토끼거니 생각하기로 했다. 그런데 소리가 가까워지면서 점 차 사람의 발소리로 바뀌고 있었다. 나는 무서워졌다. 산에서는 낯선 짐승보다 낯선 사람이 더 무서운 법이다. 바로 그때 지금 까지 온전하게 죽어있던 그 새가 작은 몸짓이었지만 일순간 몸 을 파닥거리는 것 같았고 이 갑작스러운 진동 때문에 새를 떨어 뜨리고 말았다. 낯선 인기척보다는 죽었다고 생각했던 새의, 나 약하지만 갑작스러운 움직임이 더 큰 당혹감을 주었다. 그러나 무엇보다 더 당황스러운 것은 경황없이 움찔하며 놓았기 때문에 방금 건너뛴 그 개울물에 새를 빠뜨려버린 것이었다. 물에 빠진 새는 그러나 더 이상의 미동도 없이 잠시 물속에 잠기는가 싶더 니 이내 떠올라 물살을 타고 떠내려가기 시작했다. 나는 급히 물 속에 뛰어들어 재빨리 새를 건진 후 반대편 길로 뛰어 올라갔다. 어쩌면 그것은 새를 구한다기보다 낯선 존재에 대한 두려움에서 벗어나려는 본능 같은 것이었다. 그렇게 길가로 나갔을 때 때마 침 뒤늦게 하교하던 친구 녀석 둘이 개울에서 젖은 새를 붙잡고 물에 빠진 발을 질퍽대며 불쑥 나온 나와 마주쳤다.

"깜짝이야! 혼자서 뭐 하다가 갑자기 나타났노?"

"어?, 손에 들고 있는 거 새 아이가? 새 잡았나?"

"와! 새 잡았데이. 어? 가만, 가만, 이거 딱따구리 아이가?"

녀석들은 나를 주위로 모여들어 내가 처음 보았을 때의 흥분이나 호기심과 조금도 다를 바 없는 눈으로 새와 나를 번갈아 보며 이 신기한 새가 별로 재빠르지도 그렇다고 새총쏘기라던지 돌팔매라던지 하는, 새를 잡는데 무슨 특별한 재주가 있지도 않은 나의 손에 잡혀 있는 것이 믿기지 않는다는 듯 쑤군거렸다.

"진짜 머리털이 빨가네! 그런데 주디는 생각보다 안 기네. 나는 딱따구리 입이 지 몸보다 길다고 생각했는데."

앞집 사는 뚱보 녀석이 말했다. 그러자 키 크고 농담 잘하는 껑다리 녀석이 거들고 나섰다.

"맞다 그래. 좀 짧은 거 같다. 나무를 하도 많이 쪼아가 닳았다 아이가. 이 정도 닳은 거로 보이 나이는…"

"야, 싱거운 소리 고마해라. 그런데 동우야, 니 어떻게 잡았노? 우리는 맨날 소리만 좇다가 날 새삐고 했는데, 알고 보이 재주 있데이."

뚱보가 부러움과 의심이 섞인 미소를 지으며 새를 넘겨달라고 양손을 뻗으며 말했다.

"웅?, 어…, 아이다, 사실은 좀 전에 개울가에 죽어있는 거를 내가 주웠다."

"그래? 우리도 함 만지 보자."

나는 꺽다리에게 물이 흠뻑 젖어 아직도 한두 방울씩 가느다란 다리 아래로 물이 흐르는 새를 넘겨주었다. 두 녀석이 워낙 새에게 집중하는 바람에 나는 자동으로 그 무리에서 떨어져 나가게 되었다. 그러자 아이들을 만나는 바람에 잠시 잊고 있던, 급히 개울로부터 뛰쳐나온 원인을 제공했던 예의 그 인기척이 불현듯 생각났다. 나는 매우 조심스럽게, 그러나 아이들이 있었으므로 약간은 용기를 얻어 숲속을 바라보았다. 그러나 거기에는 더는 인간의 흔적은 보이지 않았고 숲이 지닌 비밀스러운 아스라함만이 나무들 뒤편으로 사라지고 있었다. 그 숲은 우리가 잘 아는 곳이었으며 동시에 온 마을 사람들이 우리가 그 숲을 그만큼 잘 안다는 사실을 까맣게 모를 정도로 비밀스러운 은신처였다. 무엇보다 그 숲이 우리에게 각별했던 것은 윗동네 패거리들과 총싸움이나 연탄재 던지기를 할 때 우리가 불리해지면 항복하기보다는 잽싸게 싸움터에서 이곳으로 도망 나와 제풀에 지쳐 상대편 아이들이 돌아갈 때까지 죽치기만 하면 되는 곳이었다. 우리 이외의 아이들이 이곳을 잘 찾지 못한 것은 약간의 계곡을 이룬 개울을 건너고 나서야 본격적으로 산이 시작되는 곳이어서 마을로부터 가장 멀리 떨어진 곳이기도 했고 무엇보다도 그 숲속에는 오래된 무덤들이 즐비하게 있었기 때문이기도 했다. 아이들은—사실 우리도 처음에는 그랬지만 무덤을 무서워했다. 특히나 숲으로 둘러싸인 한 가운데에 무덤이, 그것도 서너 개씩 짝을 이뤄 수십 기나 되는 무덤들이 숲 전체에 듬성듬성 모여 있다는 사실은 아이들에게 두려움을 주기에 충분했다. 일단 그 무덤들 사이에 있으면 바깥과는 전혀 동떨어져서 마치 우물 속에 들어앉은 것 같았다. 우리는 요 근래 이 근처에서 딱따구리 소리를 듣고 무덤이 있는 그 숲으로 몇 번인가 들어가곤 했었다.

"봐봐라, 날개 바로 밑에 갈비뼈 있는 데 피멍 보이제. 돌에 맞아 죽은 거 같다. 안 글나?"

"그렇네! 그라고 죽은 지도 얼마 안 되는 거 같다. 가만 잡고 있으니까 아직 따뜻하네."

꺽다리가 몸통을 잡은 손을 흔들자 새의 모가지가 젖은 수건처럼 맥없이 떨렁거렸다. 그러자 이번에는 알 수 없는 죄책감이 말려왔다. 나는 분명히 조금 전까지 거의 죽은 줄로만 알았던 새가—비록 그 이후로는 미동도 없었지만—일순간 파닥거렸던 것을 기억해냈다. 그리고 놀라서 물에 빠뜨린 일도 연이어 떠올랐다. 만일 꺽다리가 날개 죽지 밑을 살펴보지 않았다면 그 새가 물에 빠져 죽은 것이라고 실토해야 할지도 몰랐다.

"누가 돌 던지 가꼬 잡았는 갑따. 실력 좋데이."

"그런 갑다, 다른 데서 돌 맞아 가꼬 날아가다가 여 떨어져 죽은 거겠지."

나는 뚱보의 말이 끝나기가 무섭게 물에 빠져 숨을 깔딱거리는 새의 형상이 떠오르는 것을 억누르며 말했다. 그리고 이 복잡한 상황에서 벗어나기 위해 꺽다리에게서 새를 빼앗다시피 옮겨 쥔 다음 가방 한쪽에 책을 밀어 생긴 공간에 물에 젖고 축 늘어진 딱따구리를 집어넣고 일어섰다. 이제 이 귀한 새의 존재를 동네 아이들에게 공개함으로써 얻게 될 관심과 부러움에 대한 기대가 밀려오는 것을 막을 수 없었으므로 나는 아이들을 재촉하여 서둘러 산등성이를 넘었다. 걷는 내내 물에 빠진 신발이 질퍽거려 불편했지만, 범행현장을 황급히 떠나는 범인처럼 오로지 앞만 보며 걸었기 때문에 아이들로부터 몇 번이나 천천히 가자는 하소연을 들어야만 했다.

마을에 오자 내가 딱따구리를 잡았다는 사실은 당연 화제의 중심이었다. 두 녀석은 마을에 도착하자마자 우선 입소문을 내기에 적당한 얘들에게 이 사실을 말하였는데 소문이 퍼지기가 무섭게 동네 아이들이 삼삼오오 공터로 모여들었다. 나는 될 수 있는 대로 천천히, 그리고 한층 더 큰 호기심을 유발할 수 있도록 딱따구리란 놈이 얼마나 멋진 새인지, 너희들은 한 번도 보지 못한 신비한 새이며 아마도 이것이 너희들이 살아가면서 딱따구리의 실물을 볼 수 있는 마지막 기회라는 둥 설레발을 치면서 가방을 열었다. 그리곤 머리의 붉은 볏이 돋보일 수 있도록 머리를 앞으로 들이밀며 차례차례 아이들의 눈앞으로 가져갔다.

우리는 언제나 새를 잡아보기를 희망했다. 돌을 던지건 망태기에 나뭇가지를 고우고 그 밑에 콩 몇 알 놓아서 참새를 잡건 어떤 식으로든 새를 잡으려고 애썼다. 사실 그 무렵 아이들에게 있어 새는, 막상 잡는다 해도 그다음에 무엇을 할지, 예를 들어 어른들처럼 박제하거나 구워 먹거나 하는 등의 용도를 정한 것이 아니라 막연히 새를 잡고 싶다는 욕망만이 존재했다. 그리고 우리의 새잡이는 늘 실패했다. 앞집에 살던 동창생 녀석은 요행히 망태기로 참새를 생포하는 데 성공한 적이 있었지만, 새가 손등을 쪼는 것을 두려워한 나머지 며칠이고 망태기 속에 열어보지 못하고 끙끙대다가 결국 죽어있는 새를 발견한 일도 있었다. 참새는 우리의 관심을 끌지 못했다. 우리가 잡으려 한 새는 말 그대로 산속의 새를 말하는 것이었다. 그랬기 때문에 우리 중 제아무리 날쌔고 새총을 잘 쏘는 아이도 산새를 잡을 정도의 재주를 지닌 이는 없었다.

"와, 진짜 예쁘장하이 생깄네."

"원래 딱따구리는 이리 까맸나?"

"까만 거도 있고 아인 거도 있다. 사람도 깜둥이 흰둥이 다 있다 아이가."

"조디 진짜 뾰족하네. 나무 잘 쪼게 생깄다."

아이들은 새를 사이에 두고 조잘거렸다. 좀 안다는 녀석들은 서식지가 어떻고 먹이는 어떻고 설명을 해댔다. 나는 알 수 없는 우쭐함에 사로잡혀 마치 전쟁에서 이겨 전리품을 가져온 듯한 착각에 빠지기도 했다. 그런데 나의 그런 허황된 공상은 옆집 사는 동창 녀석의 말에 의해 산산이 조각나고 말았다.

뒤늦게 딱따구리 구경에 합류한 녀석은 뭐 별거 아니라는 듯 태연하게 뒷줄에 서 있다가 아이들의 수다가 끝나기를 기다렸다는 듯 손사래로 시선을 집중시킨 다음 한껏 어깨를 부풀리곤 담아놓은 말을 내뱉었다.

"그란데, 딱따구리라 카모 천연기념물일 낀데… 그거 잡으면 안 되는 새 아이가? 학교에서 안 배웠나? 천연기념물 잡으면 경찰서에 붙잡혀간다 카더라 아이가?"

아이들의 시선이 집중된 상태에서 흘러나온 녀석의 말은 숨소리 하나까지 모조리 전달되는 듯했다. 녀석은 자기 말에 대한 아이들의 반응이 너무 작아 실망했는지 말과는 별도로 안 됐다는 듯이, 뭘 모르고 그런 짓을 했냐는 듯이, 새와 나를 번갈아 쳐다보며 쌍심지를 세우고 고개를 까딱거리기까지 했다.

"야, 니 뭔 소리고? 우리 동네에 천연기념물 뭐, 그런 거 있다 캐서 경찰들이 무슨 할 일이 없어가꼬 여까지 감시하러 오겠노. 걱정하지 마라." 딱따구리 때문에 여러 차례 숲을 뒤적거리고 다녔던 방앗간 집 녀석이 어색해진 상황을 무마해 볼 심산으로 한마디 거들었다.

"아이다. 천연기념물은 나라가 직접 관리하는 기라 누가 신고만 하모 바로 잡아간다 카더라."

신고라는 말이 나오자 아이들은 바야흐로 동요하기 시작했다. 녀석의 목소리는 너무나 엄중하고 반듯해서 내뱉은 말끝이 뾰족하게 들렸고 내뱉은 단어들이 귓속을 이리저리 찌르고 들어가 마침내 가슴에 박히는 것 같았다. 몰려 있던 아이들이 점점 녀석의 말에 제각각 반응을 보이기 시작했는데 결과적으로는 신빙성이 있다고 결론 내린 것 같았다. 그런 것을 가능하게 한 이유로 말한다면 사실 우리 동네에서 공부 잘하기로는 녀석을 따를 아이가 없었다는 사실이 크게 일조했다. 녀석은 소위 샌님이었는데 우리가 반에서 중간 어쩌고 신빙성 없는 성적을 말할 때 녀석은 전교 1, 2등 운운하던 수재였다. 눈빛이며 행동이며 어느 한 가지 우리와 닮은 점이 없었지만, 산동네에 함께 산다는 이유로 가끔 우리와 어울렸다. 그런 녀석이 내뱉은 말이었기 때문에 아이들은 순식간에 혼란에 빠져버렸다. 그중 나이 어린 녀석이 갑작스럽게, 아니 먼저 말함으로써 혐의를 벗고자 하는 열망에 찬 비굴한 목소리로 외쳤다.

"나는 안 만짔데이. 그냥 보기만 했지. 동우 행님이 보여줘서 본 것뿐이다….."

녀석의 목소리는 순간적으로 너무 높은 음을 잡은 나머지 '안 만졌다'를 강조할 때 끝 음이 갈라졌다. 그러면서 슬금슬금 무리에서 빠져 손을 호주머니에 찔러 넣곤 원래 여기 없었던 사람이라고 말하려는 듯 고개를 곳곳이 세우고 제집 쪽으로 걸어가기 시작했다. 그것이 아이들에게는 기다리던 물꼬를 트는 계기가 되었다. 아이들은 갑자기 자신들이 범죄의 현장에 서 있는 듯한 불안에 휩싸였고 딱따구리를 만졌던 녀석들은 일부러 얼굴을 긴

장시키며 너도나도 딱따구리하고는 관련 없다는 것을 서로에게 확인시키면서 하나둘씩 사라지기 시작했다. 이 느닷없는 상황에 기름을 부은 것은 내 동생 녀석이었다. 녀석은 갑자기 눈물이 그렁해지며 자기 형이 실로 엄청난 범죄를 저지른 것을 하소연하듯 나를 쳐다보며 울먹였기 때문이었다.

"아이다, 내가 죽인 기 아이다. 아까 전에 산길에서 느그들도 봤다 아이가?"

나는 하굣길에 마주쳤던 두 녀석을 쳐다보며 딱따구리를 든 손을 들어 보였다. 그러자 좀 전까지 교인처럼 예찬해대던 녀석들이 내 눈을 피해 몸을 움찔거리며 우물쭈물 말했다.

"하모, 봤지. 그런데 우리는 니가 보여 줘가 본 거고…"

"우리는 그냥 가고 있는데 동우 니가 보여줬지. 그래, 설마 니가 잡았겠나 만은…"

순간적으로 나는 이 두 녀석이 내 손에 들려진 종교로부터 확실하게 개종하기로 마음먹은 것을 알아차렸다. 왜냐하면, 말을 할 때 나를 쳐다보지 않고 그 녀석, 천연기념물 어쩌고 하며 이 상황을 만든 장본인인 샘님을 쳐다보고 있었기 때문이었다. 나는 순간 너무 당황하여 울먹이는 동생을 윽박질렀다.

"길가다가 죽은 거 주워온 기다, 이 바보야. 와 울고 난리고. 내가 잡은 게 아니라는데."

나의 진심은 그러나 무리에서 빠져나간 아이들이 남긴 틈 사이로 빠져나가 들판으로 사라져 보이지 않았다. 그러한 잠시 아이들은 더는 이 상황을 견딜 수가 없다고 판단했는지 일제히 해산하기 시작했다. 동생 녀석도 울면서 집으로 들어가 버리고 샌님도 어느샌가 사라졌다. 하굣길에 만난 두 녀석은 어깨를 맞대고 가면서 간간이 나를 돌아보았는데 내 눈이 그 표정을 좇으면 이내 고개를 돌려버리곤 했다.

폭격을 맞은 듯 아이들이 사라져버리자 나는 그 전쟁터 한가운데에 지뢰를 밟아 움직일 수 없게 된 듯 딱따구리와 함께 남겨지게 되었다. 나는 갑자기 벌어진 이 상황으로부터 달아날 방법이 무엇인지, 어떻게 하면 내가 딱따구리를 죽인 것이 아니라는 것을 알릴 수 있을지 걱정이 밀려왔다. 그러기를 한참 동안 망설이다가 이 새는 애초에 내가 잡은 것이 아니니 버리면 될 것이 아닌가 하는 생각에 이르렀다. 나는 급히 손으로 발밑의 땅을 파고 딱따구리 사체를 묻고는 흙을 싹 덮어버렸다.

집에 와서 해야 할 일은 우선 동생 녀석이 오늘 일을 어른들께 말하지 않는 것이었으므로 단단히 일러두었다. 생각해보면 그리 큰일도 아니었다. 나는 분명히 죽은 새를 주워온 것뿐이었으므로. 나는 계속해서 너는 아무 잘못이 없다고 자위하며 태연하게 숙제를 하곤 저녁밥을 먹었다. 밤이 되어 잠자리에 눕자 하루 일이 영화처럼 흘러갔다. 딱따구리를 땅에 묻은 것은 잘한 일이다. 동물이건 사람이건 죽으면 땅속에 묻어 줘야 하니까. 하지만 딱따구리를 주웠을 때 마지막 몸을 떨던 일이 자꾸만 맘에 걸렸다.

그런 생각이 꼬리를 물자 쉽게 잠이 오지 않은 것은 물론이고 그 샌님 녀석 얼굴이 자꾸 떠오르는 것을 떨칠 수가 없었다. 천연기념물, 범죄, 신고… 이러한 일련의 장면들이 몰려오더니 엮어놓은 사슬처럼 줄줄이 꿰어져 마침내 내가 수갑에 채여 경찰들의 손에 잡혀가는 장면에까지 이르렀다. 저절로 몸서리가 쳐졌다. 건넛마을 절 법당 벽에 그려진 지옥의 모습도 떠올랐다. 나의 몸은 내 의사와는 관계없이 뒤척이고 있었고 옆에 누운 동생 녀석이 자고 있지 않았다면 무의식적으로 기어 나오는 나의 엷은 신음 소리를 들을 수 있었을 것이다.

그 후로도 나의 잠은 계속되지 않다가 문득 내가 불안해하는 것이라는 것이 잡지도 않은 딱따구리를 주워온 것밖에 없다는 원래의 고민으로 돌아가기에 이르렀다. 따라서 해답은 어떻게 하면 나의 결백을 사람들에게 알릴 수 있을까에 집중되었다. 나는 딱따구리를 묻어놓은 자리를 생각했다. 내가 비록 주워왔지만 내 손으로 아무 땅에나 묻었으니 그것은 오해를 받을 수 있다. 그리고 딱따구리를 공터에 묻을 때 어쩌면 그 장면을 본 녀석이 있을 수도 있다. 바보같이! 놀이터 귀퉁이에 아무도 몰래 묻을걸. 아니야, 그래도 애들이 딱따구리를 보았지 않은가! 내가 죽이지 않은 것을 알아줄 사람이 아무도 없다니…, 그러니까…, 그렇다! 원래 주운 자리에 되돌려 놓으면 되는 일 아닌가!

밤새 한잠도 자지 않고 날이 밝기만 기다리다 아직은 어둠이

가시지 않은 새벽이 되어 조용히 일어나 밖으로 나왔다. 닭도 일어나지 않은 시간에, 나는 낮에 딱따구리를 묻었던 공터로 한걸음에 달려갔다. 주위는 어둡고 새벽안개가 숨을 낮춰 공중에 떠 있었다. 어둠도 어둠이지만 낮에 황급히 자리를 떠났기 때문에 딱따구리를 묻었던 곳을 찾기가 쉽지 않았다. 한 번 파낸 흙은 표시가 날 터였으므로 낮이었으면 그런 표식이 있는 곳을 찾아내면 되었겠지만, 지금은 어디가 어딘지 구분할 수가 없었다. 쉽게 찾을 수 있으리라 생각했으므로 무슨 도구를 가져올 생각도 하지 못했고 그 때문에 모든 일을 맨손으로 해야만 했다. 나는 다급한 마음이 들어 눈에 띄는 대로 흙을 헤집기 시작했다. 누군가 어두운 새벽녘에 맨손으로 땅을 파고 있는 모습을 보았다면 괴이하다 못해 무서운 생각을 했을 것이다. 더군다나 주변을 두리번거리며 손으로 땅을 파내 찾아내려고 하는 것이 새의 사체라니! 무덤을 파내고 있다니! 생각하자면 오싹한 모양새였다.

묻혀 있던 딱따구리를 발굴하는데 예상외로 시간을 많이 허비한 나는 냉기가 들어차기 시작한 딱따구리를 들고 뛰기 시작했다. 산길은 동네보다 어두웠고 물을 뿌린 듯 맺힌 이슬 때문에 신발이 점점 무거워졌다. 낮에도 혼자 지나가면 무서운 산길이었지만 나의 발은 그런 무서움이 따라붙을 수 없을 정도로 빨리 움직였다. 이윽고 예의 그 범죄의 발단이 된 개울가에 이르러 주위를 둘러본 다음 조용히 반대편으로 건너갔다. 물이 흐르다 쌓아놓은 작은 모래톱 위에 새를 내려놓으며 최대한 자연스럽게 원래 모습으로 돌려놓으려고 흙 묻은 깃털을 털고 다리를 씻었다. 나는 아주 조심스럽게 죽은 딱따구리를 처음 발견했던 모양대로 내려놓았다. 그렇게 하여 온밤을 기다린 나의 임무는 끝이 났다. 땀이 들어가 따끔거린 눈이며 손톱 사이 피와 흙이 엉겨붙은 손을 씻을 때는 긴장이 풀려 한숨이 절로 나왔다.

개울둑 위로 올라왔을 때는 날이 밝아오고 있었다. 나는 마지막으로, 사실은 누군가에게 들킨 것은 아닌지 확인하기 위해 딱따구리를 놓고 온 개울가 근처를 바라보았다. 새벽녘의 숲은 축축하고 고요했다. 산 쪽으로 조금 벗어난 곳으로 눈을 돌리자 우리가 아지트로 삼고 놀곤 하는 무덤 많은 숲이 보였다. 그런데, 분명한 것은 무덤들이, 무슨 이유에서인지는 몰라도 옆구리가 파헤쳐진 것이 보였다. 비석들도 넘어져 있는 것이 보였는데 여러 가지 그릇이며 항아리 따위가 그 주변에 널브러져 있어 그것이 집이었으면 누군가 이사를 오거나 혹은 이삿짐을 급히 싸고 있는 것처럼 보였을 것이었다.

그때였다. 갑자기 어제 이 근처에서 들었던 발자국 소리가 이제 완전한 사람의 형체로 변해 나뭇가지를 헤치며 내 쪽으로 걸어오고 있었다. 나는 본능적으로 나를 체포하기 위해 나타난 사람이라 생각했다. 그러고 보면 어제의 인기척도 모두 나를 잡기 위한 감시였던 것이다! 아주 짧은 순간이었지만 나는 억울하기도 하고 무섭기도 하였기 때문에 그의 출현이 무엇을 의미하건 무조건 도망치기로 마음먹었다. 나는 엉겁결에,

"딱따구리 제자리에 돌려놨어요!"

라고 외치며 뒷걸음치던 발을 바꿔 산길로 달아나기 시작했다. 그와 동시에 그 검은 형체도 나를 쫓아오며 뭐라 말하는 것이 들렸다. 그러나 그 목소리는 소리를 만들어낸 형체만큼이나 검고 어두워 의미를 알 길이 없었다. 나는 죽어라 뛰고 있었다. 그러한 도중에 머리가 너무 갑작스럽게 달릴 것을 명령한 나머지 그렇지 않아도 이슬에 젖어 몸이 무거워진 오른쪽 신발이 그만 주인을 놓치고 말았다. 그것을 주워 신기 위해 돌아설 정도로 나의 다리는 바보가 아니었다. 그도 그럴 것이 달리기 시작한 순간과 거의 때를 같이하여 또다시 그 검은 형상이 이번에는 더 큰 목소리로 나를 불러 세우는 소리가 들렸기 때문이었다. 하지만 이미 시작된 달리기가 가속도를 붙이기 직전까지 와버렸으므로 뒤늦게 출발한 그 검고 어두운 목소리는 내 귓가에 도착하지도 못하고 뒤에 남겨진 신발 위에 떨어져 뒤처지고 말았다.

두려움과 무서움이 목을 조여 왔으며 사방에 널린 나무와 풀들이 검은 형상의 명령에 따라 발목을 붙잡기 위해 일제히 길로 모여들고 있는 것 같았다. 발이 빨리 달리도록, 호흡이 석탄 넣은 증기기관처럼 계속해서 움직였고 그 소리가 산허리를 돌아 절정에 이르렀을 때 나의 귀는, 증기기관차의 엔진소리에 짓눌려 외부로부터의 소리가 차단된 채, 심장 한가운데로부터 울려 나오는 둔탁한 북소리만을 듣고 있었다. 단 하나의 예외적인 소리가 섞여 있었다면 좀 전에 나를 잡아챌 듯 내밀던 그 검은 형체의 손이, 몸과 떨어져 유령처럼 계속 귀밑머리를 잡아당기는 소리였다. 그렇게 보이지 않는 유령의 손을 피해 몸부림을 치며 고개를 넘어가다 묶음 풀에 걸려 넘어졌을 때는 짧은 순간이었음에도 결국 잡히고 만 것이 아닌가 하는 절망감 때문에 가슴이며 팔꿈치가 깨어질 듯 아픈 것도 잊을 지경이었다. 사실 그 묶음 풀들은 내가 때때로 산길을 정처 없이 지나는 아이들을 골탕 먹이기 위해 아치 모양으로 여기저기 묶어놓았던 것이었기 때문에 조금만 정신이 있었더라면 피해갈 수도 있는 길이었다. 하지만 내 정신은 내가 판 함정조차 피할 수 없을 정도로 온전하지 못했다.

숲을 벗어나자 아침이 확 펼쳐졌다. 나는 온몸을 이용해 숨을 쉬며 뒤를 돌아다보았다. 인기척은 없었다. 마당에 이르러 바가지 물로 조심조심 발을 씻으면서도 시선은 여전히 산에서 내려오지 못하고 있었다. 식구들도 일어난 사람이 없었다. 돌에 찍히고 풀에 베어 생채기 난 발은 쑤시고 아팠다. 마루 위에 올라섰을 때 마지막으로 뒤를 돌아다보았다. 아침이 시작될 순간에 오는 짧은 고요가 마당 한가득 들어찼다. 이른 새벽에 빠져나갔던 동생 옆자리에 고양이처럼 기어들어 가 눈을 감았다. 심장 소리가 어제와 오늘 하룻밤 사이에 일어난 일들을 절구 속에 집어넣고는 가루가 될 때까지 찧어대고 있었다. 그 소리는 시간이 갈수록 점점 커져 옆에 자고 있는 동생을 깨울 수도 있을 것 같았다. 나는 심장을 바닥에 대고 엎드리듯 누워 소리가 바닥으로 사라지게 하려고 애썼다. 그러나 소리는 작아질 줄 모르고 방바닥을 두들겨댔고 불안과 공포가 피곤한 어깨를 내리누르자 마침내 구들장이 내려앉으며 나의 몸은 고대의 무덤 터에서 발견된 미라처럼 구덩이 속으로 빨려 들어가 묻혀버렸다.

"동우야, 민우야 일어나라, 나와서 씻고 학교 갈 준비해라. 어제 얼마나 놀았길래 늦잠이고?"

어머니 목소리에 눈을 떴을 때 나는 다시 지상의 방바닥에 웅크리고 누운 채로 동생에게 발견되었다. 가까스로 몸을 추스르고 부어오른 발을 절룩거리며, 그러나 태연한 척 툇마루에 걸터앉아 신발을 신으려 할 때 비로소 나는 지난 새벽에 잃어버린 신발 한 짝이 기억이 났다. 퉁퉁 부어오르기 시작한 오른발에는 죽은 딱따구리와 파헤쳐진 무덤, 검은 형상의 무서운 시간이 고스란히 새겨져 있어 족쇄를 채운 듯 무겁고 고통스러웠다. 열린 사립 문간 너머로는 아침거리 된장찌개에 넣을 참인지 광주리에 고추를 따 담은 아버지가 밭쪽에서 걸어오는 것이 보였다. 나는 한 짝뿐인 신발을 들키지 않으려고 깨금발로 마당으로 나와 아무에게도 눈에 띄지 않도록 고양이 세수를 하곤 곧장 방으로 들어가려 했다.

바로 그때 아버지의 뒤편에서 나타난 검은 점이 눈덩이 구르듯 산에서 내려오며 점점 커지고 있는 것을 보았다. 믿고 싶지 않았지만 올 것이 오고 있었다. 산 아래에서 시작된 점이 우리 집 문간에 사람의 형상으로 다가오는데 걸린 시간은 아버지의 걸음걸이와는 다른 시간 속에서 진행되는 별개의 사건인 듯 빠르게 진행되었다. 나는 움직일 수 없었다. 나는 그것이 점일 때부터 이미 체포되어 있었다. 사내가 시야에 들어와 문간에 설 때까지는 비록 짧은 순간이었지만, 새벽녘에 나를 좇던 검은 인기척과 저절로 중복되면서 사내가 주연하는 영화 속으로 빨려 들어가는 착각을 일으켰다. 아침 장만 중인 엄마에게 고추를 건네주고 부엌을 나서던 아버지가 사내의 묵직한 목소리에 놀라 마당과 부엌 각각에 한 발씩을 지탱한 채 놀라 우뚝 섰다.

"실례합니다."

내가 극도의 긴장과 두려움으로 말미암아 거의 기절 직전까지 간 것도 당연한 일이었지만 더욱이 그 자리를 도망치지 못하고 얼어붙게 만든 것은 사내가 나를 잡으러 왔다는 확신을 주는 징표를 손에 쥐고 있었기 때문이었는데 그의 손에는 놀랍게도 내가 도망치다 벗겨져서 버리고 온 운동화 한 짝이 들려있었다. 그것은 나의 간밤의 노력은 아무 성과도 없었다는 것을, 예컨대 범죄현장에 흔적을 남기고 온 실수로 말미암아 덜미가 잡힌 것을 뜻했다. 나는 너무 놀라고 무서워 도대체 한 발자국도 움직일 수가 없었다. 돌덩이처럼 굳은 몸뚱이 위에 올라앉은 내 얼굴에는 두려움과 놀라움이 제멋대로 착색되어 '당신이 잡으러 온 사람이 나요'라고 말해주는 꼴이었다. 사내의 날카로운 눈과 곧은 콧날이 그의 검은 가죽 잠바와 검은 바지, 그리고 검은색 구두와 함께 자기의 신분이 예사롭지 않다는 것을 말하고 있었는데, 그래서인지 그의 손에 들린 나의 운동화 한 짝은 누가 보아도 고양이에게 붙잡혀 삶을 포기한 생쥐 같았다.

"누구신지?"

아버지는 검은 차림새의 이 갑작스러운 방문자에 대해 위협을 느꼈지만, 가족들이 보고 있었기 때문에 자기의 영역을 함부로 들어오려고 하는 상대를 향해 경계의 눈길을 보냈다.

"아, 이른 아침부터 죄송합니다. 놀라지 마십시오. 저는 군 경찰서에 근무하는 형사입니다."

사내는 말과 동시에 익숙한 손놀림으로 윗옷 안주머니에서 신분증을 꺼내 아버지에게 보여주었다.

"형사요? 형사님이 새벽에 우리 집엔 무슨 일로?"

그러면서 아버지의 시선은 그의 손에 든 낯익은 신발에 잠시 머물렀는데 차림새와 달리 초라한 신발 한 짝을 든 사내와 형사라는 직업 간의 연관성 사이에서 길을 잃고 두리번거렸다. 나로 말하자면 그가 '형사'라고 말했을 때 그 말이 너무나 엄청난 무게로 나를 눌렀으므로 몸이 땅속에 반 이상 박혀 이제 누군가가 캐내 주지 않으면 빼낼 수 없는 지경에 이르렀다.

"다름이 아니라…"

그러면서 그가 장독대 옆 물통 옆에 서 있는 나를 바라보았는데 운동화 한 짝만을 신은 아이의 모습에서 마지막으로 범인을 확인하는 것 같았다. 나는 일순간 엄마가 유치장 창살을 붙들고 울부짖는 소리, 동생이 따라오며 우는 소리, 아버지가 눈을 부라리며 달려오는 환상이 지나가는 것을 보았다. 때를 같이해 고통으로 딱딱하게 굳어진 울음이 가슴이며 목구멍에 상처를 내며 올라왔다. 그것은 나의 결백을 몰라주는 세상에 대한 서러운 눈물이었다기보다는 더 큰 벌을 면하려는 초라한 고백처럼 보였다. 이렇게 자포자기로 수갑을 기다리며 울음을 터뜨리려는 찰나에 사내가 갑자기 시선을 아버지에게로 돌리고, 마치 나를 보지 못했다는 듯이, 어떤 부드럽고, 친절하게 느껴지기까지 하는 목소리로 말했다.

　"실은, 오늘 새벽에 저기 뒷산 너머에 있는 공동묘지 터에서 도굴꾼들을 잡았습니다."

　"도굴? 무덤 판 놈이 또 있었던교? 작년에도 파 뒤지고 가서 난리가 아니었는데. 또? 거, 같은 놈들 아잉교?"

　"확실한 것은 더 조사해봐야 알겠습니다만, 제 생각엔 같은 놈들인 것 같습니다. 수법도 비슷하고, 더군다나 작년에 턴 무덤 주변 기들을 또 팠어요. 아마 그때 미처 꺼내지 못한 대단한 뭐가 있었던 거겠죠. 도자기 몇 점하고 오래된 옷이며 장신구를 잔뜩 갖고 나왔더군요."

　"애 많이 쓰셨네. 그런데 어떻게 잡았능교? 그런 놈들은 도둑

고양이처럼 잘 보이지도 않는다 카던데"

"며칠 전에 제보가 들어와서 잠복하다가 오늘 새벽에 현장에서 검거했습니다. 이 마을 주민께서…, 김 씨던가요? 묘지기 하신다던데, 암튼 그분이 며칠 전부터 이상한 놈들이 마을 주변에 나타나는데 아무래도 작년 도굴사건이 있기 며칠 전에 산속에서 마주친 놈들 같다고 신고를 했습니다. 그러잖아도 우리 경찰서는 작년의 일로 문중의 비난을 받고 있던 터라 서장님의 특별지시로 전담반을 구성하고 수사를 다시 시작했었습니다. 이놈들 잡으려고 며칠 산속에서 숨어 살았죠."

"김 씨 맞겠네요! 그 양반 작년에 엄청나게 시달렸지요. 문중에서 주는 쥐꼬리만 한 수당 받은 죄로 파출소 왔다 갔다 한 거, 말도 마세요. 그래도 그만한 사람 없어요. 오죽하면 다시 일을 맡겼을까. 두루두루 잘됐네요."

아버지와 거의 동시에 부엌을 나서던 어머니가 상황파악을 끝내고 거들었다.

"현행범으로 체포하려고 물건 가지고 나올 때까지 기다렸다가 오늘 새벽에 덮쳤습니다. 지금 이리로 호송 중인데, 그건 그렇고 제가 들른 건 다름이 아니라,"

향사가 말을 이었다.

"실은 어려운 부탁 하나 드리려고 왔습니다. 잠시 뒤면 지난밤에 합류한 저희 동료들과 범인들이 이리로 내려올 참인데, 매우 죄송한 말씀입니다만 경운기로 저희를 요 앞 읍내 입구까지만 태워주시면 안 되겠는지요. 지름길로 가려면 아무래도 신세를 져야겠습니다."

사내가 공손히 말했다. 말이 끝나기 무섭게 아버지는 손사래를 치며,

"태워드리다마다요. 그런 부탁이라면 열두 번도 더 들어줘야 지죠. 국가를 위해 일하시는 분들한테 그 정도는 신세도 아이지!"

그러면서 그에게 악수를 청했는데 사내가 오른손에 쥐고 있는 예의 그 신발이 눈에 들어오자 아버지가 물었다.

"그런데 그 신발은 뭔교?

"아, 예, 요 앞에 떨어져 있기에 이 집 아이 건가 싶어서 주워 왔습니다. 네 거 맞지?"

그러면서 그가 다시 한번, 이번에는 정면으로 나를 쳐다보며 신발을 쥔 손을 뻗어 보였는데 놀랍게도 그 눈은 범인을 쫓는 날카로운 맹수의 눈이 아니었다. 나는 아픈 발의 여부와 상관없이, 그의 크고 두꺼운 손을 향해 허겁지겁 달려가 전교 조례시간에 상장 넘겨받듯 최대한 공손하게 신발을 넘겨받았다. 하지만 그 상장을 받기가 너무 부담되었는지 아니면 상의 무게가 너무 무거웠던지 그만 떨어뜨리고 말았다. 그리곤 땅에 떨어진 김에 그저 발을 넣어 신기만 하면 될 것을, 왠지 반드시 손으로 잡아야 할 것 같은 의무감이 들어 몸을 구부렸을 때 갑자기, 무서움과 죄책감에 북받쳐 진작부터 나갈 길을 찾으려고 대기 중이

216

던 눈물이 쏟아지기 시작했다. 그것은 아마도 어제부터 진행되어온 고통스러운 일들이 일순간에 해결된 데 대한 허탈감이거나 이 낯선 사내가 가지고 온 뜻밖의 이야기에 대한 경외감 때문일 터였다. 참을수록 어깨가 들썩였으므로 아버지는 아들의 갑작스러운 울음의 의미를 이해하지 못해 다만 겸연쩍은 눈길로 사내와 아들을 번갈아 보며 어색함에 헛기침했다.

그러한 때마침 산길 아래로, 고개를 숙이고 손에 수갑이 채워진 흙투성이의 남자 둘이 형사로 보이는 사람 서너 명의 손에 이끌려 내려오는 것이 보였다. 한편으로는 특유의 걸음걸이로 보아 묘지기 김 씨 아저씨인 사람과 마을 아저씨 몇몇도 들길을 따라 우리 집을 향해 걸어오고 있었다. 아버지는 사람들 모이면 갈 길 멀어지니 얼른 출발하자며 경운기에 시동을 걸고는 이제 막 도착한 사람들과 사내를 네모난 짐칸에 태우고 마을 길을 내려가기 시작했다. 나는 눈물과 콧물이 범벅이 된 얼굴을 아무렇게나 훔치며 털털거리며 내려가는 경운기를 하염없이 바라보았다. 어느덧 경운기는 논길 쪽으로 구부러져서 사라질 참이었는데 눈물 때문에 시야가 왜곡되어 모든 풍경이 뿌옇고 어지러웠지만, 경운기 뒤 칸에 앉아 있던 형사가 문득 나를 보고 손을 흔드는 것이 보였다. 나는 엉겁결에 답례한답시고 하필이면 이슬에 젖고 흙이 묻어 더러워진 운동화를 잡고 흔들어댔다.

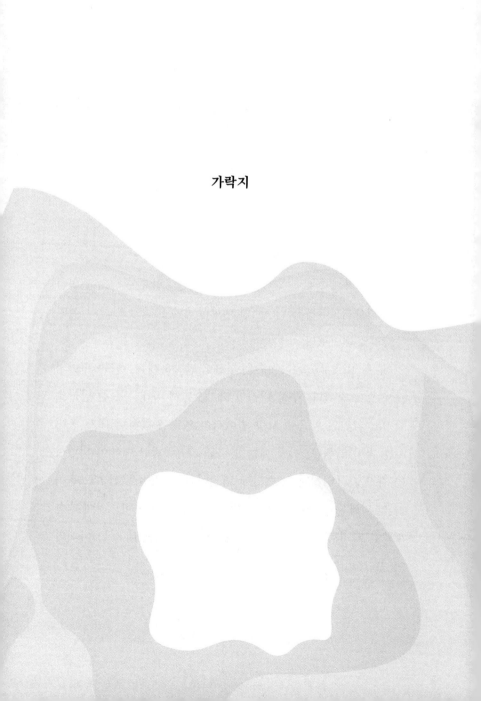

가락지

"엄마다. 네 처 좀 바꿔라."

꼭두새벽에 전화를 건 어머니는 언제나처럼 간단하고 무덤덤하게 말했다. 나는 잠이 덜 깬 어깨를 늘어뜨리고 짜증이 섞인 목소리로 대답했다.

"무슨 일이에요. 이 새벽에. 저한테 말씀하세요." 나는 수화기를 손으로 감쌌다. 추석 명절이 다가오면서 아내는 요즘 날카로워지고 있었기 때문에 고향 집에서의 일은 웬만하면 내가 응대하는 것이 편했다. 어릴 때는 명절을 기다렸지만 어른이 되면서는 가장 기다려지지 않는 날이 명절이었다. 명절을 전후로 우리는 늘 말다툼을 했다. 말다툼 대부분은 어머니의 며느리에 대한 부족한 배려심이거나 나의 우유부단한 태도였는데 나는 아내와 어머니 사이에서 길을 잃고 헤매기 일쑤였다.

"너는 알 거 없고 애기 엄마 바꿔라. 아직 안 일어났냐?"

끝말이 가파르게 올라가는 것이 나의 대꾸에 화가 난 모양이었다. 그때 아내가 일어나 앉으며 냉큼 수화기를 낚아채 갔다.

"네, 어머니 제가 잘 찾아볼게요. 찾아서 다음 주말 벌초 갈 때 갖다 드릴게요."

나는 알면서도 짐짓 모르는 척 물 한 컵을 손에 들고 들어오며 막 대화를 끝낸 아내의 과장된 마지막 목소리를 겨우 알아듣고는 뭘 찾느냐고 물었다.

"어머니가 가락지를 잃어버리셨대요. 그 왜 있잖아요, 어머니가 큰며느리 주시려고 보관해왔다던 쌍가락지…."

그녀는 큰며느리라는 말이 익숙하지 않은 듯 '큰'을 '큼'으로 빨리 발음했다. 나는 이 일이 언제나처럼 야속한 시댁에 대한 말다툼으로 번지지 않게 하려고 사무적으로 말했다.

"그래? 그런데 왜 그 가락지를 당신한테 찾아달라는 거지?"

"어머니가 가락지를 건넌방 콩 자루에 넣어서 보관하셨나 봐요. 당신만이 아는 비밀 장소였겠죠. 그런데 그 콩 자루 지난번 아버님 제사 마치고 올라올 때 우리한테 주셨대요. 자루를 헷갈리셨대요. 다용도실 어딘가 있을 거예요. 출근하기 전에 제가 찾아볼게요."

그리곤 다시 이불 속으로 들어가 버렸다. 나는 처의 행동이 야속했다. 어머니가 새벽에 전화할 때는 그만큼 다급한 마음이 있었을 텐데 그냥 지금 찾아보면 될 것을. 나는 거실을 지나 부엌 옆에 딸린 다용도실 불을 켜고 안으로 들어갔다. 다용도실은 알 수 없는 물건들로 가득했다. 나는 대충대충 콩 자루 비슷한 것을 찾았지만 택배 차량처럼 산적한 물건들에 압도되어 입구에 있는 세탁기 뚜껑만 만지작거릴 뿐 조금도 앞으로 나아갈 수가 없었다. 멀리 보이는 것 중에는 몇 년 전인가 회사 야유회 때 받은 프라이팬이며 고기 굽는 불판 따위가 있었고 언제 샀는지도 모를 두유 박스가 유통기한을 들키지 않으려고 고개를 처박고 있었다. 아내와 딸은 두유를 먹지 않았다. 어머니는 내 가족의 기호 따위는 안중에도 없다는 듯이 막무가내로 물건들을 싸주고 보내왔다. 곡식이나 과일과 같은 식품은 물론이고 화장지 묶음 같은 공산품도 즐비했다. 아내는 시골 어머니가 주시는 물품들을 달가워하지 않았다. 어떻게 요리를 해야 하는지도 몰랐고 설사 요리를 한다 해도 특별할 것이 없었기 때문에 오히려 짐만 되었다. 시골 장터에서 산 값싼 생필품은 더 골치였다. 어머니가 주시는 대부분은 아파트 근처의 슈퍼마켓에서도 쉽게 살 수 있는 것들이었다. 무말랭이를 만들 필요도 없고 잡곡밥에 들어갈 콩을 말릴 일도 없었다. 하지만 어머니는 부지런히 며느리에게 수고하여 싸주기를 마다하지 않았다. 아버지가 돌아가신 후로는 싸주는 종류도 더 늘어났지만 아내는 시골에서 온 것들을 거의 사용하지 않았다. 그녀가 그 물건들을 가장 많이 소비하는 때는 친구들이나 직장 동료들에게 나눠줄 때뿐이었다. 나는 나대로 게으른 가장이어서 어머니가 주신 식품으로 요리하는 일은 거의 없었다. 아내에게 그것으로 어떤 요리를 해달라는 요청도 하지 않았다. 그녀는 오히려 나보다 바빴다. 여상을 나와 회계사무소에 다녔던 아내는 결혼과 함께 회사를 그만뒀다가 딸을 출산하고 3년 전 복직했다. 나는 아르바이트 삼아 시작한 음료 회사 배달기사 일이 천직이 되었다. 목표는 대리점 사장이 되는 것이지만 엄청난 자본과 운이 따르지 않으면 안 된다는 것을 알고 난 후 그 목표는 먼 미래의 불확실한 꿈으로 바뀌어버렸다. 아내의 복직으로 우리의 삶은 딸을 돌보는 시간에 맞추어야 했다. 그러는 동안 다용도실은 물건을 보관하는 창고의 기능을 상실하고 말았다. 아내의 성향으로 볼 때 이사를 하지 않는 이상 정리는 꿈도 꿀 수 없을 것처럼 보였다. 그런 이유 때문인지 아내는 내가 다용도실에 들어오는 것 자체를 싫어했다. 다용도실이 아내의 구역이라면 그곳은 그녀의 치부이기도 했다.

아내는 콩 자루를 찾기는커녕 아침밥을 준비하곤 나보다 먼저 출근해버렸다. 유치원에 아이를 보내고 출근하기 무섭게 어머니에게서 전화가 왔다. 집안에서 콩 자루 하나 찾는 게 뭐가 그리 힘드냐고 면박을 주곤 부서져라, 전화를 끊었다. 퇴근 후에 또다시 전화가 왔다. 나는 유치원을 마친 이후부터 저녁까지 다니는 학원에서 딸을 데리고 와 엉성한 저녁을 준비하느라 정신이 없었다.

"어머니, 찾아볼게요. 집에 있는 콩 자루가 어디 가겠습니까? 네, 어머니, 어머니 며느리 많이 바쁜 사람이에요. 그만 좀 하세요. 지금 찾아보고 전화 드릴게요!"

나는 우는 아이와 어머니와 늦은 아내 모두에게 화를 내며 다용도실에 들어가 그놈의 콩 자루를 찾기 시작했다. 세탁기를 비틀고 통로를 낸 뒤 쌓여있는 것들을 이리저리 치워가며 오직 자루처럼 생긴 것을 찾았다. 세탁기 너머 물건 중에는 물에 젖어 냄새가 나는 것도 있었고 곰팡이가 잔뜩 핀 과일 봉지도 보였다. 문드러진 고추며 마늘, 양파가 바닥에 즐비했다. 도대체 아내는 무슨 생각으로 이 많은 물건을 이렇게 방치하고 있는지 화가 치밀었다. 그렇게 간수하기 힘들면 차라리 버리던지! 나는 아내의 살림살이에 질려 콩 자루 찾기는 엄두도 내지 못하고 문을 닫아 버렸다.

아내는 야근으로 그날 저녁 11시가 넘어 귀가했다. 나는 세수하고 나오는 처를 화장실 앞에서 기다렸다가 콩 자루 찾았냐고 어머니가 두 번이나 전화했었고 성화에 못 이겨 다용도실을 뒤졌지만 내 눈으로는 찾을 수가 없더라 말했다.

"어머니 참 너무하시네요. 오늘 찾으나 내일 찾으나 어차피 다음 주말에 갖다 드릴 텐데. 그리고 당신도 어머님께 잘 말씀드리면 될 것을 다용도실에는 왜 들어가고 그래요, 내가 어련히 찾을까! 그리고 이 일로 당신이 그렇게 화낼 건 또 뭐예요? 내가 놀면서 일부러 안 찾는 거예요? 이럴 때 당신이 내 편을 들어줘야 하는 거 아닌가요?"

아내는 수건을 내팽개치듯 식탁에 던지고는 다용도실로 들어갔다.

생각해보면 아내의 역정도 일리가 있는 말이다. 하지만 콩 자루에 숨겨 보관했다는 그 가락지 역시 이렇게 닦달하는 것만큼이나 어머니에게는 매우 특별한 것이었다. 어머니는 물욕이 있는 분이 아니었지만 본인의 쌍가락지에 대한 애착은 남달랐다. 특별한 날에만 꼈는데 보통의 경우는 하나만 반지로 꼈고 친지 간의 결혼식과 같은 중요한 행사 때는 쌍가락지로 꼈다. 작은 손가락에 두툼한 가락지는 언제나 두드러져 보였으며 양장이든 한복이든 가리지 않고 꼈기 때문에 남들에게는 어색한 느낌마저 들었다. 그래도 어머니의 가락지는 그녀가 결코 호락호락한 집안의 사람이 아니라는 자존심의 징표와 같았다. 사람들은 그녀가 한때 매우 지체 높은 집안의 자손이었을지도 모른다는 생각을 할 수도 있었다. 왜냐하면, 누구든지 가락지에 관심을 보이면 일단 그 사람은 한때 유수한 가문이었던 어머니의 집안 내력을 듣지 않고서는 잠시나마도 구경할 수가 없었기 때문이었다. 하지만 같은 이야기라도 그 이야기가 외가 친지들과 있을 때는 많이 달랐다. 어머니의 가락지에는 집안의 비밀이 숨어 있었는데 그것은 반지의 전 주인이 내 친할머니가 아니라 외할머니였다는 사실이었다. 어머니는 딸만 셋인 집안의 장녀였다. 아버지가 돌아가시고 몇 해 지난 어느 해 외가 친척 결혼식에 어머니를 모시고 참석한 적이 있었다. 잔치가 끝나고 집으로 돌아오는 길에 차 안에서 환갑을 앞둔 막내 이모가 어머니에게 가락지를 빌려달라고 조르고 있었다.

"이 사람이 다 늙어서 웬 투정이야. 이건 빌려주고 그러는 게 아녀. 부잣집 며느님께서 왜 이러시나, 더 좋은 걸 물려받았으면서."

"받았지. 그런데 우리 시집은 그런 사연 있는 물건은 없더구먼. 언니, 그러지 말고 한 달 만 빌려주쇼. 내 환갑잔치 때 껴보게 응? 내가, 빌리는 값도 쳐줄게, 어때요? 아닌 말로 울 엄니가 끼던 거니까 나도 권리가 좀 있는 거 아녀?"

"천금을 갖다 줘봐라, 내가 빌려주나. 아무리 부탁해도 안 돼."

"에그 울 언니는 이게 탈이야. 그냥 이럴 때 빌려주고 이자도 받고 하면 좋을걸. 그깟 낡은 가락지에서 쌀이 나와 밥이 나와."

막내 이모가 팽 코웃음을 쳤다. 막내 이모의 장난기 섞인 말에 의하면 어머니에게 반지를 빌려 달라 조른 것이 이번이 처음은 아닌 듯했다. 어머니는 허공에 손을 뻗어 손가락 다섯 개를 단풍잎처럼 펼치고 약지를 호위하며 둥글게 붙어 있는 가락지 한 쌍을 바라보았다. 막내 이모는 높은 나뭇가지에 걸린 홍시를 바라보듯 동시에 어머니의 반지 낀 손을 바라보며 중얼거렸다.

"에그, 언니네 시어머니가 저런 거 물려줬으면 저건 내 건데,

울 엄니가 날 얼마나 예뻐하셨다고. 언니는 아마 죽을 때도 가락지 끼고 갈 양반이여."

막내 이모의 이 말은 그러나 가볍게 시작한 농담으로 끝나지 못했다. 환갑이 되어도 철이 없었던 막내 이모는 어머니에게는 가락지를 물려줄 큰며느리가 없다는 아픈 상처를 찔러버렸기 때문이었다. 사태를 뒤늦게 알아차린 막내 이모는 다른 말로 대화를 바꾸려 했지만 더 이상의 대화는 없었다. 어머니의 눈빛은 대체 그런 말이 그나마 믿을 만한 동생에게서 나왔다는 게 어이가 없다는 표정으로 바뀌고 있었다. 그 이후로 어머니는 관광버스에서 내릴 때까지 창 쪽으로 돌아앉아 입을 꼭 다문 채 지나가는 풍경만 하염없이 바라보았다. 막내 이모는 종국에는 내가 잘못 말했다 사과하기도 했지만 어머니의 노여움의 끈은 풀리지 않았다. 그녀가 작게 숨을 쉬는 사이사이 바람을 따라 슬픔이 귀밑머리를 타고 관자놀이를 지나 창밖으로 사라지는 것이 보였다. 작고 단련된 한숨 소리가 숨을 쉴 때마다 따라 나왔다. 그녀는 울지 않았지만 또한 울고 있었다. 나는 내 어머니가 그렇게 슬픈 옆모습을 지니고 있는 분이란 것을 그때 처음 알았다.

어머니는 언제나 당신이 아는 모든 사람에게 반지 자랑이 끝나면 큰며느리에게 줄 거라고 말을 맺었었다. 그것은 내 형에 대한 자랑과 무한신뢰를 표현하는 한 방법이기도 했다. 어머니는 내 나이 또래의 어머니들과 마찬가지로 일제강점기와 한국전쟁을 지나온 불행한 사람 중 한 명이었다. 언제나 가난했지만 결코 익숙해지고자 하지 않았으며 강인하고 억척스럽게 살았다. 그녀에게 작으나마 죄가 있다면 가난한 집안에 시집온 것이 전부였다. 물려줄 재산이 없는 집안에서 부모가 할 일은 공부 잘하는 자식을 잘 길러 출세를 시키는 방법밖에는 없었다. 삼신할머니는 그 가난한 부부에게 형을 주셨다. 다섯 살 손위 형은 어릴 때부터 집안의 자랑이었다. 신동으로 어른들의 사랑을 독차지 한데다 중학교에 들어가서는 전교 1등 자리를 내 논 적이 없었다. 다만 대부분의 일반적인 천재와 마찬가지로 나름의 수재들이 이곳저곳에서 몰려들어 구성된 고등학교에서는 이야기가 달랐다. 그래도 그는 열심히 공부했고 서울에 있는 대학의 법학과에 진학했다. 그리하여 가족의 이름으로 그에게는 사법고시를 통해 가문을 영광스럽게 만들어야 하는 의무가 주어졌다. 그 의무는 용감하게도 형이 스스로 짊어진 것이었다. 그러나 형은 불행했다. 더욱이 그 불행이 마흔이 될 때까지 이어질 줄은 아무도 상상하지 못했다. 형이 고시 공부를 하던 동안 어머니와 아버지는 아낌없이 자식을 위해 헌신했다. 그들은 오직 큰아들을 위해 태어난 사람들이었다. 소작농이 평생의 직업이었던 아버지는 아들을 위해 농사를 짓고 아들을 위해 밭을 갈았다. 대학이나 사법고시, 혹은 법관 따위의 단어가 무엇을 의미하는지는 몰라도 아버지에게는 큰아들이 생활의 신조였다. 아버지는 가슴에 사무친 출세에 대한 막연한 기대를 자식에게 부여했던, 순진한 농사꾼이었다. 그러나 형의 실패가 계속되면서 그의 신조는 술의 힘이 없이는 유지되기가 힘들어져 갔다. 아버지는 칠순을 넘기지 못했다. 지병이었던 당뇨와 고혈압이 그가 마신 술과 버무려지면서 몸을 축내더니 돌아가실 때는 마른 장작처럼 여위었다. 아버지의 임종은 조용히 이루어졌다. 어머니는 울지 않으셨다. 내가 아버지의 손을 잡았을 때 오히려 우는 쪽은 아버지였다. 의식이 사라진 그의 눈가에 언제 흘렸는지 탁한 눈물이 흘러 관자놀이 앞에 멈춰 있었다. 마른 몸과 대비해 보았을 때 그것은 그에게 남은 마지막 수분 같았다. 어머니는 끝내 울지 않았다. 남편의 손을 잡기보다는 내 손을 잡으며 아버지를 용서하라고 말했다. 나는 용서할 것이 없었다. 나는 고등학교를 졸업한 후 내 가족이 내게 그러했듯이 가족에게 무관심했기 때문에 용서할 일도 없었다.

부모님은 작은아들의 존재를 잘 알지 못했다. 나는 나대로 고등학교를 졸업한 이후 도시로 나와 일자리를 전전했고 가끔 명절에나 들렀다. 어머니의 권고와 자식 된 도리로서 월급을 타면 상당 부분을 부쳐드렸지만, 결혼하면서부터는 용돈 수준으로 낮아질 수밖에 없었다. 아버지가 돌아가신 뒤로 어머니는 더욱 가난해졌고 그래서 그 가락지는 더 소중하고 더 값어치 나가는 것이 되었다. 날이 갈수록 둥근 반지 두 개에 각각 들어있던 자존심과 형에 대한 기대는 생채기가 나고 거칠어져 갔지만 어머니는 결코 그 두 개를 포기하지 않았다.

30분이 넘도록 아내는 다용도실에서 나오지 않았다. 나는 쓰레기통 같은 다용도실에서 코를 잡고 발로 이리저리 물건들을 뒤적거리는 아내를 상상해 보았다. 내심 쌤통이라는 생각도 들었다. 이것이 어머니의 정성을 쓰레기 취급한 아내에 대한 분풀이라고 생각하자 화도 조금은 풀리는 듯했다.

"왜, 못 찾겠어?"

나는 다용도실로 다가가며 물었다.

"그러네요. 어머니가 주신 보자기며 비닐봉지가 하도 많아서 어느 게 콩 자루인지 모르겠어요. 콩도 여러 종류고, 아무래도 죄다 꺼내 봐야겠어요. 잘됐네요. 이참에 시골에서 받은 것들 정리도 좀 하고요. 내일 일찍 퇴근해서 다시 찾아볼게요."

아내는 얼굴이 상기되어 내가 다용도실을 보지 못하도록 재빨리 문을 닫았다. 나는 생각했다. 그러시겠지. 남의 정성을 그렇게 홀대했는데 콩 자루도 화가 나서 제 발로 꼭꼭 숨었겠지.

다음날도 어머니는 전화했다. 나는 더는 둘러댈 말도 없고 결국은 찾을 것이기 때문에 그냥 찾았다고 대답했다. 어머니는 잊지 말고 벌초 올 때 가져오라 당부했다. 그제야 나는 식사는 잘하시는지, 건강은 어떤지 물었다.

"웬일로 그런 걱정을 다 하셔? 일 없으면 전화 한 통 없는 사람이?"

어머니는 퉁명스럽게 나무랐다.

"자주 전화할게요. 그리고 애 엄마가 빨리 찾아드려야 하는데 늦어서 죄송하다고 전해드리라 하네요."

나는 어머니와 화해하기 위해 선의의 거짓말을 부풀렸다.

"그리고 명절 지나고 우리 집에 오셔서 건강검진 한 번 받아 보시자 하네요. 요즘은 보험이 잘 돼 있어서 돈도 얼마 안 들어요."

그러나 어머니는 괜찮다는 말을 되풀이했고 아들이 졸라대자 결국엔 역정을 냈다.

"그럴 돈 있으면 네 형이나 한번 찾아봐라! 소식 끊긴 지 벌써 삼 년이다. 너는 네 형 살았는지 죽었는지 궁금하지도 않냐?"

어머니는 하고 싶었던 말을 끝내자마자 전화를 끊었다.

형의 소식은 들리지 않았다. 어머니나 나나 삼 년 전 그를 본 것이 마지막이었다. 태어나서 책만 보고 살아온 그는 지치고 피폐해져 갔다. 불규칙한 생활은 결정적으로 그의 건강을 위협했고 급기야 급성간염과 간 경화로 쓰러졌다. 나는 야근 중 어머니의 다급한 전화를 받고 서울로 차를 몰았다. 하지만 나는 급하게 차를 몰지도 않았고 급하게 서두를 이유도 없었다. 119에 실려 갔다고는 하는데 지금은 중환자실에서 일반병실로 옮겼다 했다. 나는 그의 인생에 관심이 없었다. 어머니의 권고에 못 이겨 그에게 찾아갈 뿐 나에게는 나만의 인생이 있었다. 내가 걱정한 것은 형의 안위가 아니라 내일 직장에 늦지 않게 갈 수 있어야 한다는 생각뿐이었다. 한 시 반에 도착하고 세 시까지 병문안을 한 후 집으로 돌아온다. 그러면 여섯 시 반. 사우나에서 잠깐 쉬고 일곱 시 반에 회사로 가면 된다. 실제로 그렇게 하고 새벽에 전화를 걸자 어머니는 무슨 인정머리가 그러냐고 윽박지르며 제 어미가 쓰러져도 그럴 놈이라는 욕설을 쏟아냈다. 어머니는 2주일이 넘게 병시중을 한 뒤에 내려왔다.

그의 오랜 고시촌 생활은 친구들과 선후배들을 달아나게 했다. 무슨 특별한 해를 끼친 것도 아니고 귀찮게 하거나 돈을 빌려댄 것도 아니지만 모두가 멀어질 뿐 단 한 명도 가까워지는 법이 없었다. 판사나 변호사가 된 친구들도 있었지만 축하 인사를 겸한 파티가 끝나고 나면 서로가 다른 세상 사람이 되어 있었다. 그런 한편 고시촌 학원가에서 형은 여러 가지로 유명하기도 했다. 언제나 합격후보생으로 통할 정도였고 학원 강사가 도리어 형에게 질문할 때도 많았다. 실제로 고시학원에서 형에게 강사를 제안한 일도 많았는데 그때마다 그는 거절했다. 그런 곳은 그가 머무를 수 있는 자리가 아니었다. 그가 살고 있는 세상에는 시험이라는 경계만이 존재할 뿐 중간지대라는 것이 없었다. 합격이 아니면 불합격이었다. 그 세상은 지상과 지하의 세계, 천당과 지옥의 세계, 삶과 죽음의 세계가 양쪽으로 붙어 있는 동전과 같아서 언제나 하나의 면만 나와야 했다. 그러므로 형은 평범한 삶으로 돌아갈 수 없었고 중학교 시절로 되돌아가지 않는 이상 고향으로 돌아갈 수도 없었다.

　어머니가 형을 퇴원시킨 그 날 오후에 형은 서울을 떠났다. 들리는 말로는 울산이나 부산으로 갔다 했다. 법무사 선배의 일을 도와주러 잠시 갔다 온다고 나간 것이 석 달이 넘도록 오지 않자 고시원 주인이 어머니에게 전화를 걸어왔다. 나는 어머니의 성화에 떠밀려 서울로 와 형이 살았던 좁고 긴 방을 둘러보았다. 출입문을 못으로 박아버린다면 그 방은 일종의 큰 관처럼 어둡고 습기 찼다. 주인은 이미 오래전에 다른 사람에게 방을 세놓았고 물건을 찾아가라는 핑계로 남은 방세를 받으려고 연락한 듯 보였다. 주인이 형의 물건이라고 건네준 것이라곤 낡은 전화번호부와 필기구 세트가 담긴 조그만 가방, 그리고 그 안에 들어있는 노트 몇 권과 메모지가 전부였다. 가방 속에는 먹다 만 약봉지들이 여러 개 들어있었다. 바닥에는 어느 봉지에서 나왔는지 모를 알약들이 뒹굴고 있었고 몇몇 터진 캡슐에서 새 나온 가루가 먼지처럼 가라앉아 있었다. 책이며 이불 가지, 가재도구들은 떠나기 전에 주변 사람들에게 줘버렸다고 했다.

　"사실 제가 전화를 드린 건 이것 때문입니다."
　고시원 주인이 서랍에서 꺼내 건네준 것은 보기에도 익숙한 어머니의 가락지 두 개였다.
　"선생 형님이 떠나면서 한두 달 내로 돌아오지 않으면 아예 안 올참이니 그리 알라 하더군요. 그 사람 참 강직하고 성실한 양반이었지. 누구보다 먼저 합격해서 고시원 나가야 할 사람이 었는데…. 법무사? 그런 건 안중에도 없었어. 대쪽 같은 사람이 었지. 운이 없어서….”

주인은 밀린 방값이 얼마냐 묻자 고개를 저었다.

“방값 받으려고 연락드린 거 아닙니다.”

그는 정색했다.

“선생 형님과 저는 오래된 사이예요. 형님이 걱정돼서 드리는 말씀입니다. 그날 가락지를 제게 주며 그러더군요. 어머니가 약봉지에 몰래 넣어 주신 거라고. 불효자식도 저 같은 불효자식이 없다더군요. 결혼하면 자기 부인에게 물려주시려고 간직하던 반지마저 팔아야 하는 인간이 무슨 낯짝으로 다시 어머니를 볼 수 있겠냐고 울먹였지요. 그 양반 찔러도 피 한 방울 나지 않을 만큼 냉정하고 의지가 곧은 사람이었는데 그날은 달랐어요. 본인이 약속한 기일 내 돌아오지 않으면 고향 어머님께 전화를 드리고, 그러면 반드시 찾아오실 것이니 그때 이 가락지 돌려드리라 합디다. 여기 다시 돌아오지 않으면 취직했으니 어머님께 손 벌릴 일도 없을 거라는 말도 전해 달라더군요. 나는 불안한 마음에 가는 곳은 알려 달라 했더니 불효자식이지만 절대 어리석은 자식은 아니니 걱정하지 말랍디다.”

나는 돌아와 자초지종을 어머니께 고하고 가락지를 돌려드렸다. 그리고 지금 그 가락지를 또다시 찾고 있는 것이다.

그날 저녁 아내는 일찍 퇴근했다. 그러나 다용도실로 가지 않고 식탁에 앉아 무엇인가 골똘히 생각하고 있었다. 나는 화해도 하고 다용도실 정리도 할 겸 도와줄 테니 같이 찾아보자고 말했다. 그러나 아내는 고개를 저었다.

"어떡하죠."

불안한 얼굴로 두 손을 꼭 쥐었다.

"그 콩 자루 말이에요. 제가 지난주에 버린 것 같아요. 아, 어떡하죠?"

나는 맞은편 의자에 털썩 주저앉았다.

"버리다니, 콩을? 왜?"

나는 쓰레기장이 된 다용도실을 떠올렸다.

"다용도실 음식물쓰레기 냄새 나가라고 가끔 창문을 열어두곤 했는데 비가 오는 줄도 모르고 열어둔 것 같아요. 지난주인가 들어갔다가 창가에 쌓아둔 쌀이며 콩들이 곰팡이가 피어 있어 버렸어요. 음식물쓰레기 버릴 때, 그때 가락지가 들어있던 콩 자루도 버린 것 같아요. 생각이 나요. 땅콩 같은 것 담는 자루. 물도 나고 더러워져서 열어보지도 않고 버렸어요. 어쩌죠. 가락지. 어머님. 아, 난들 거기에 가락지가 있을 거라 상상이나 했겠어요!"

"그러니까 평소에 곡식 같은 건 관리를 잘했어야지!"

나는 아내의 마지막 말이 어머니가 왜 하필이면 콩 자루에 그 귀중한 가락지를 넣어두었느냐 책망하는 것으로 들려 짜증을 냈다. 아내도 화를 냈다.

"지금 그게 저한테 할 말이에요? 어머님이 주시는 것들 당신은 관심이나 있었나요? 당신 밥에 콩 들어가면 싫어하잖아요. 쌀은 넘쳐나는데 계속 주시고, 생각해봐요, 우리 식구 집에서 밥 먹는 게 일주일에 몇 번이나 돼요? 어머님이 그런 것 주실 때마다 집에 가져가면 결국 안 먹고 버릴 때가 많다고 만류하면 어머님 맘 상하신다고 오히려 저한테 화내지 않았나요? 우리가 그런 일로 다투지 않은 적이 있나요? 남자랍시고 미역국도 한 번 끓여준 적도 없는 사람이 살림에 대해 뭘 안다고 짜증을 내죠?"

아내의 눈가가 붉어졌다. 나는 생각했다. 어떻게 명절만 가까워져 오면 이런 다툼이 생기는 것일까? 참 기막힌 타이밍이다. 나는 물러나기로 했다. 중요한 것은 지금 당장 가락지가 없다는 사실이다. 나는 목소리를 낮췄다.

"그만합시다. 그냥 답답해서 한 말이요. 그나저나 콩 자루가 아니라 가락지를 찾아야 하는데 낭패로군. 사실은 오늘 아침에도 전화하셨기에 찾았다 말씀드렸는데. 당연히 찾을 거로 생각했으니까…."

아내는 한심하다는 듯 나를 쳐다보다가 이내 새로운 결심을 했는지 고개를 숙이고 말했다.

"아니요. 잘했어요. 없어졌다고 말씀드릴 물건이 아니잖아요. 더군다나 실수로 버렸다는 걸 알면 얼마나 속상해하시겠어요. 제 잘못이에요. 하지만 어머님이 주신 것들 함부로 버린 적

은 없어요. 내가 안 먹고 사람들에게 나눠준 건 맞지만. 사람들
이 부러워하죠. 시어머니가 자상하시다고. 빗물 단속만 했더라
면 이런 일이 없었을 텐데…. 당신이 들으면 언제부터 그렇게 어
머님 챙겼냐고 욕할지 모르지만, 사실은 나는 누구보다도 어머
님 편이에요. 아마도 내가 당신보다 더 어머님을 잘 알고 있을
거예요. 당신 알다시피 어릴 때 엄마가 돌아가셔서 우리 어머님
내 친엄마면 좋겠다고 많이 생각했어요. 가난이 힘들다고 하는
말 들어본 적이 없어요. 함부로 남의 동정을 구하지 않는 사람,
그게 여자고 그게 어머니예요. 아주버님 때문에 평생을 고생하
시고도 그 아들을 자랑하지도 원망하지도 않죠. 심지어는 우리
더러 용돈 더 달라는 말씀도 안 하시잖아요. 우리가 드린 돈으로
결국 우리에게 보내주시는 물건 사시는 거예요. 그래서 더 답답
한데, 그래서 더 안타까운데…. 그게 엄마인 거예요. 내가 아직
도 못 가진….”

　아내의 고백 같은 말에 나는 약간 숙연해졌다. 생각해보면 나
는 내 어머니를 깊이 생각해본 적이 없었다. 내게 있어 그녀는
그저 불행한 사람일 뿐이었다, 어머니이기 때문에 돌봐야 하는.
그런데 아내는 그 어머니가 불쌍한 사람이 아니라 불행을 힘들
어하지 않는 사람이라고 말하고 있었다.

　“그래서 생각한 건데, 가락지를 만들어 드리는 방법밖에 없어
요. 우리 어머님 칠순이신데 잔치도 안 하시겠다, 여행도 안 가
시겠다 하시잖아요. 우리만 아는 선물로 드렸다고 생각하기로

해요. 모양이나 문양은 내가 잘 아니까 요즘 같은 기술이면 골동품 도감 참고해서 얼마든지 비슷하게 만들 수 있을 거예요."

"그럽시다!"

나는 마치 내가 생각해 낸 아이디어인 양 격앙되어 말했다. 그리고 기특하게도 아내에게 도움이 되는 생각도 해냈다.

"문양이나 색이라면 몇 년 전에 외숙모 아들 결혼식 갔다 와서 고향 집 배경으로 어머니 독사진 찍은 게 있어. 그때 어머니 가락지 끼고 계셨거든. 확대하면 정확히 알 수 있겠네!"

아내가 대견하다는 듯 고개를 끄덕였다.

주말 휴일에 우리는 벌초를 위해 고향 집에 들렀다. 방에 들어가자마자 아내는 금방에 들러 묵은 때도 닦고 보관함도 하나 얻어왔다며 가락지가 들어있는 작은 함을 내려놓았다. 어머니는 돌아온 가락지 두 개를 반갑게 바라보더니 한번 껴보라는 아내의 권유에도 불구하고 말없이 뚜껑을 도로 닫았다. 아내와 나는 순간 서로의 얼굴을 바라보았다. 결국, 우리의 노력은 수포가 된 것이 아닌가 생각되었던 것이다. 어젯밤 우리는 가락지에 일부러 긁힌 상처를 내고 매직펜으로 상처를 메워 마치 오래된 물건처럼 보이려 했었다. 작업이 완성된 후에는 누가 봐도 낡은 가락지라는 생각이 들 정도로 감쪽같다고 자위하기도 했었다. 그러나 그 정도의 기술로는 어머니의 눈을 속일 수가 없었던 것일까? 어머니가 눈치채고 난 이후의 일에 대해서는 준비된 바가 없었다. 아니, 감히 의논하지 못했다는 쪽이 옳았다. 내가 알고 있는 아내는 결코 콩 자루를 잃어버린 경위를 어머니에게 고백할 사람이 아니었다. 그랬다면 아예 처음부터 다른 변명을 대며 잃어버린 대신 새것을 사드리겠다 했을 것이다. 그러나 아내에게는 어머니에 대한, 어쩌면 그 가락지처럼 오래되고 상처가 났지만 결코 떨쳐버릴 수 없는 자존심이 있었다. 그녀는 잃어버린 경위를 둘러대느니 시치미를 떼는 쪽을 택함으로써 본인이 어머니의 자식이기보다는 한 가정의 주인임을 분명히 하고 싶었을 것이다.

아내에게 있어 나는 남편이기 이전에 내 어머니의 철모르는 아들이었다. 나는 말하자면 두 여인이 각각 자신이 꾸려가고 있는 가정에 대해 서로 다른 의미로 귀속된 존재였다. 아내는 어머니의 아들로서의 내가 자신의 집으로 들어설 때는 오로지 한 가정의 남편으로 바뀌어 들어오기를 요구했다. 신혼 초에는 어머니와 시골집에 대한 아내의 불평과 무관심에 대한 이유를 이해할 수 없었다. 내게는 그저 불평을 위한 불평으로 느껴졌었다. 그렇지만 시간이 흐르면서 그녀가 지닌 서운함이나 불만의 근원이 내게서 왔다는 것을 알게 되었다. 나는 스무 살에도 서른 살에도 어머니의 아들이었고 결혼하기 전이나 결혼 후에도 변함없이 어머니의 아들로 아내를 대했던 것이다. 남자는 그가 한 가정의 가장이라는 사실을 자각함으로써 비로소 여자의 남자가 된다. 나는 어리석게도 그것을 늦게 깨달았다.

그러나 어머니는 아들 내외의 이런 고민은 상관이 없다는 듯이 반지 함을 손에 들고 생각에 잠긴 듯 아래를 내려다보고 있었다. 나는 이제 찾았으니 잘 보관하세요라고 말할 것인가 아니면 이제 콩 주머니 같은 데 보관하지 말고 찾기 쉬운데 두시라고 너스레를 떨 것인가 망설이고 있었다. 아내는 무엇이 잘못되었는지를 알아보기 위해 어머니를 유심히 쳐다보았다. 이윽고 불안한 눈동자를 숨기려고 애쓰는 며느리를 올려다보며 말했다.

"아가, 이 가락지는 이제부터는 네가 잘 간수해 주면 좋겠다."

그리곤 반지 함을 아내의 손에 쥐여주고 두 손으로 감싸 안았다. 어머니의 갑작스러운 제안에 아내의 눈이 불안에서 놀라움으로 바뀌고 있었는데 그러기는 나도 마찬가지였다.

"진작 네게 주어야 했는데 내가 너무 오래 가지고 있다가 이제야 내놓는구나. 미안하다….."

어머니의 목소리는 낮게 그러나 조금씩 떨리고 있었다.

"너희 아버지 제사 지내고 나서 이번 명절에는 반드시 네게 줘야겠다고 생각했다. 우리 며느리, 남들 다 받는 예물 하나 제대로 받은 적 없어도 불평 없이 잘 지내줘서 정말 미안하고 고맙다."

"어머님 그게 무슨 말씀이세요. 이 가락지는….."

아내가 잡혔던 손을 빼 반대로 어머니의 손을 포개 잡으며 말했다. 어머니는 고개를 저었다.

"네 거다. 아가야. 누가 뭐래도 이제는 네 거다. 더는 내가 가지고 있을 이유가 없다. 사실 이제는 반지 끼고 마실 다닐 일도 별로 없단다. 그동안 내가 너무 무심하게….."

어머니는 그다음 말을 잇지 못하고 며느리의 손 등을 두드리며 마른침을 삼켰다. 아내는 작고 주름진 어머니의 손에 두 손을 잡힌 채 동상처럼 굳어버렸다. 내 딸은 저 혼자 얌전한 척 앉아 있다가 어른들의 까닭 모를 대화와 엄숙함 때문인지 제 엄마의 얼굴을 이리저리 바라보며 고개를 갸우뚱거리고 있었다.

"글쎄 너희들 올 때는 다 돼 가는데 가락지 넣어둔 콩 자루를 어디에다 뒀는지 통 생각이 나야 말이지."

숙연해진 분위기를 깬 것은 어머니가 먼저였다. 재빨리 아내의 손을 반지 함 위에 눌러 놓고는 아무 일도 없었다는 듯이 옆머리를 쓸어 넘기며 말했다.

"할망구가 치매가 왔나 했다. 찾느라고 온 집을 뒤적거렸지 뭐냐. 덕분에 청소는 잘했다만….."

어머니의 목소리는 갑자기 높은 음으로 터져 나왔기 때문에 끝이 떨렸다. 그녀는 이제야 보릿자루처럼 앉아 있는 아들과 토끼 눈을 하고 있는 손녀를 발견하곤 여느 때처럼 말했다.

"쫌만 있어라, 고구마 쪄 놓았다. 햇고구마가 참 맛있더라, 먹고 출발하자, 응?"

어머니는 손녀의 머리를 쓰다듬더니 어찌할 바를 몰라 엉거주춤 앉아 있는 우리를 남겨 두고 부엌으로 사라졌다. 어머니가 보이지 않자 아내는 붉어진 눈시울을 보이지 않으려 고개를 돌렸고 나는 헛기침을 하며 고구마를 기다렸다. 어머니는 삶은 고구마를 건네준 뒤 벌초 제사상 차릴 간단한 음식 싸는 동안 쉬고 있으라 말하곤 다시 부엌으로 횡 하니 가버렸다. 아내가 딸을 안은 채 먹지는 않고 물기 어린 눈으로 물끄러미 고구마가 담긴 접시를 바라보고만 있었으므로 나는 어색함을 피하려고 도망치듯 마당으로 나왔다. 하필 고구마일 게 뭐람.

가을이라기엔 아직도 더위가 완연했다. 인간은 괴로울지 몰라도 지금이 과일과 곡식에겐 천금의 시간이다. 포도는 마지막 당분을 만들고 벼는 고개를 들 수 없을 만큼 살을 찌운다. 먼 산에는 한여름의 에너지가 견고하게 지켜내던 푸른 나뭇잎들이 가을을 만나 붉은색으로 예의를 갖추는 것이 보였다. 나는 잠시나마 어머니가 가락지를 아내에게 물려준 의미를 되뇌어보았다. 그녀는 이제 형에 대한 미련을 버린 것일까? 평생의 신념이었던 형에 대한 애착을 아무 준비도 없이 끝낼 만큼 약해지신 것인가? 불현듯 그녀가 칠순을 넘긴 노인이란 사실을 상기해 냈다. 결국, 세월의 힘이었던 것일까? 하지만 지난주만 해도 내게 형을 찾아보지 않는다고 면박을 주지 않았던가. 정말 모를 일이다. 그러나 결과적으로는 아내가 함부로 버림으로써 잃어버렸던 가락지에 대한 사연은 이로써 영원히 덮을 수 있게 되었다. 내게는 그것이 무엇보다 다행이라는 생각이 들었다. 가락지 자체로 보자면 그 소유가 아내에게로 이동된 것은 아내가 집안의 큰며느리가 되었음을 의미하는 것이기 때문에 아내가 가락지의 분실에 대해 구태여 자학할 필요가 없어진 것도 마찬가지로 반가운 일이었다. 하지만 어느 틈엔가 마음 한편에서 솟아나고 있는 어머니에 대한 연민은 가을 산의 붉은 기운처럼 점점 커지고 있었다. 어머니에게 가락지는 형에 대한 인연의 끈이자 자신을 지탱하고 있는 유일하고도 견고한 자존심이었다. 그녀는 가족을 대변하면서 동시에 본인임을 증명하는 하나의 징표로서 가락지를 대했다. 가락지와 어머니 사이에는 떼어놓을 수 없는 불가분의 관계가 있었다. 그녀에게서 가락지가 없어진다는 것은 그러므로 생명이 빠져나가는 것과 같은 의미였다. 덜컥 겁이 났다. 그녀의 결심 동기가 무엇이건 나는 갑자기 위험한 생각이 들었다. 황급히 몸을 돌려 부엌 쪽으로 뛰어갔다.

어머니는 부엌 선반에서 그릇들을 꺼내고 있었다. 나는 호흡을 가다듬고 조심스럽게 다가갔다. 어머니는 그릇 하나를 들고 부뚜막에 앉았는데 아무래도 내가 근처에 온 것을 아직 모르는 눈치였다. 그녀는 고개를 숙이고 무엇인가 깊은 생각에 잠긴 듯 그릇을 품에 안고 조용히 앉아 있었다. 나는 어머니가 놀라거나 무안해하지 않도록 인기척을 내려고 걸음을 크게 내디디며 몇 걸음 더 다가갔다. 하지만 더는 다가갈 수가 없었다. 어머니는 울고 계셨다. 소리를 감추기 위해 작은 어깨가 들썩이지 않도록 애썼지만 새 나오는 신음까지는 막지 못하고 있었다. 어머니가 안고 있는 그릇은 복福자가 새겨진 형의 사기 밥그릇이었다. 그 복기福器는 형이 태어났을 때 아버지가 장에서 사 온 이후 언제나 우리 집 부엌 선반 중앙에 놓여 있던 것이었다. 나는 어머니에게 있어서의 형의 의미를 다시 한번 반추해 보았다. 그리고 그를 위해 준비하고 간직했던 징표를 방금 작은 며느리에게 주고 온, 신념과도 같았던 둥근 연결고리를 떠나보내고 돌아와 혼자서 울고 있는 어머니의 눈물의 의미를 이해해보려고 애썼다. 그러나 나의 작은 머리는 이미 시작된 무서움으로 가득 차 생각은커녕 지금 벌어지고 있는 어머니의 슬픔을 위로할 수 있을지의 여부도 결정하지 못한 채 그녀의 흔들리는 작은 어깨를 따라 시선을 옮기기에 바빴다. 그러던 중 나는 놀라운 광경 하나 때문에 얼어붙고 말았다. 어머니가 잠시 눈물을 거두고 복기의 뚜껑을 열더니 그 속에서 가락지 하나를 꺼내고 있는 것이 아닌가!

어머니는 손을 바꿔가며 꼈다 뺐다를 몇 번 하더니 능숙한 손놀림으로 형의 복기 속에 가락지를 도로 넣은 후 정화수 쪽으로 돌아섰다. 희미하게 어머니의 기도 소리가 들렸다. 나는 다리에 힘이 풀려 그만 그 자리에 털썩 주저앉고 말았다. 소리가 나는 쪽으로 고개를 돌린 어머니가 땅바닥에 앉아 있는 아들을 쳐다보았다. 갑자기 헛웃음이 났다. 그런데도 어머니는 가을바람 귀밑머리 지나가듯 무심하게 나를 지나 며느리와 손녀가 있는 방쪽으로 걸어갔다.

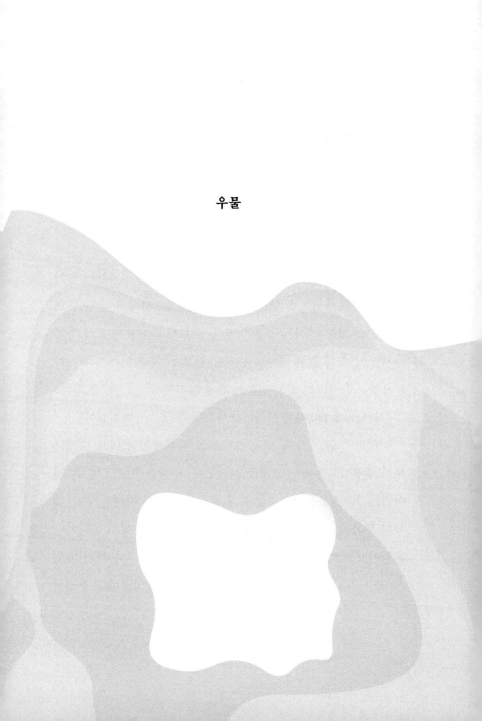

우물

9시. 아직 세 시간은 족히 더 기다려야 한다. 초저녁부터 숨어 있다가 목표지점으로 살금살금 내려오던 두 사내가 숲길 중간에 쪼그려 앉아 잠시 옷깃을 여몄다. 외투에 방한모까지 챙겨 입었지만, 산속에 있을 때부터 온기를 잃고 난 후라 어깨며 무릎이 딱딱해지고 쪼그려 걷는 걸음이 한층 불편했다.

"집터가 평평해져서 가까이에서는 잠복하기가 어렵겠어."

두칠이 마을 입구에 있는 오래되고 황폐해진 집터를 내려다보며 말했다. 종삼이 고개를 끄덕였다. 한때는 어떤 모습의 집이었는지는 모르지만, 지금은 불에 타 허물어진 잔해들 위에 잡목이 우거지고 날려온 흙먼지로 다져져서 그곳에 집이 있었다는 흔적이라고 해봐야 불에 타다 남은 기둥목이나 기와 파편 따위가 전부였다. 그나마도 증언대에 세워 한때 집이었음을 증명해

246

보라 한들 자신이 과거에 집의 어느 곳에 붙어 있었는지를 기억해 낼 수 있을 정도로 온전한 모양새를 가진 조각이 드물었다.

"매복하기에는 저기가 적당한데 말이야. 몸을 숨길 장소가 없어. 일단 저기 집터 뒤편 대숲으로 내려가 보자."

두칠이 앞장섰다. 대숲은 폐가의 잔해가 을씨년스러운 터의 뒤편으로 이어져 산기슭을 이루고 있었는데 제법 울창한 모양이 병풍처럼 마을을 굽어보고 있었다.

"형님, 여기는 매복하기 좋은 곳은 아닌 것 같소. 길태 놈 집이 잘 안 보이잖소."

막상 가까이에서 보니 대숲은 생각만큼 촘촘하지 못했다. 거기에다 안으로 들어서자 누군가 광주리 따위를 만들 요량으로 큰 대나무들을 듬성듬성 베고 작업을 하였는지 숲 한가운데에는 넓은 공터까지 조성되어 있었다.

"여기에 숨어서 앞을 보고 있다가 그놈이 산에서 내려오면 어쩌겠소. 우리가 오히려 그놈 앞에 있는 격이지 않겠소?"

종삼이 불안하다며 닦달했다.

"아무래도 그렇겠지…. 길태 놈 집이 잘 보이는 곳으로 이동하세."

"저기 앞쪽에 솟아오른 등성이 보입니까? 거기 엎드려 숨읍시다. 저기에 누워서 위장하면 아래를 잘 볼 수 있겠어요. 어두워서 눈에 띄지도 않을 겁니다."

"좋아. 그러자. 조용히 움직여."

두 사람은 수풀을 헤치고 다른 곳보다 솟아오른 지점을 향했다. 얼마간 게걸음을 걷던 두칠은 집터를 가로지르다가 불현듯 생각난 것이 있어 걸음을 멈추고 엎드렸다. 뒤따라오던 종삼도 급히 몸을 낮췄다.

"잠깐! 내가 먼저 가서 신호할 때까지 여기서 잠시 기다려."

두칠은 갑작스럽게 걸음을 저지당한 이유를 알 길 없어 엉거주춤 주저앉은 종삼을 남겨두곤 곧장 앞으로 나갔다.

등성이 근처에 이르러보니 위에서 본 대로 길태의 집이 한눈에 내려다보이는 것이 매복하기에 그만이었다. 두칠이 종삼을 기다리라 한 것은 무엇인가 확인할 것이 생각났기 때문이었다. 그 등성이 정상은 본인의 기억이 맞다면 분명 우물이 있던 곳이었다. 그곳에 우물이었던 공간이 있다면 별도로 위장을 하고 엎드려 있지 않아도 되리라 생각되었다. 두칠은 행여나 오래된 우물이 함정처럼 변해있지 않을까 확인해보기 위해 앞장선 것이었다. 곳곳에 잡목이 우거져 방향을 가늠하기 어렵긴 했지만, 그렇다고 어린 시절부터 보아온 우물의 위치를 잊어버릴 만큼은 아니었다. 그리고 우물이 있던 자리 쪽으로는 약간의 고랑이 형성되어 있어서 마치 우물을 향해 잘 가도록 인도하는 듯하였다. 우물은 오랜 세월 동안 잡풀과 흙먼지의 공격에 시달려 입구가 지면보다 한 뼘가량 솟아 있을 뿐 거의 주변과 수평을 이루었으므로 멀리에서 보면 얕은 등성이처럼 변해있었다. 칡넝쿨과 잔풀들을 헤치고 나자 나무 뚜껑이 나타났다. 세월이 지났어도 뚜껑으로 쓰인 나무는 비교적 썩음이 덜한 듯 강도가 있었다. 두칠은 나무 가닥 몇 개를 들춰내고 틈을 만든 다음 돌 하나를 던져 넣었다. 퐁당 소리가 났다. 뚜껑이 덮였던 터라 우물 안에 이물질이 거의 들어가지 않은 듯했다. 혹은 세월이 흐르면서 이 고랑을 타고 빗물이 고여 들었는지도 모르는 일이었다.

"그래, 마르지 않기로 유명한 우물이었지. 유명한 값을 하는구먼."

두칠은 숨소리만큼 작은 말로 중얼대며 우물의 깊이를 기억해보았다. 두레박을 묶었던 끈의 길이를 생각해보니 물에 닿는데까지 두어 길 남짓 했던 깊이였으리라 생각도 났다. 우물 주변을 정리하고 다시 한번 작은 돌멩이를 던져 넣어 보았다. 바닥의 물은 얕아 보였지만 역시 입구에서 수면까지의 깊이는 만만하지 않았다. '더 깊어졌을 리는 없을 테지만 아직도 이렇게 건재하다니, 신통한 우물이군.' 물이 마르고 흙이 들어차 그 속에 몸을 숨길 수 있으리라 기대했던 바가 수포가 된 것을 알고는 두칠은 적잖은 실망감에 혼잣말을 중얼거렸다.

자정이 되려면 아직 세 시간이 남아 있었다. 그동안 여기에 엎드려 위장하고 있다가는 칼바람에 온몸이 얼어버릴 수도 있겠다는 생각이 들었다. 어떻게든 우물 안에 몸을 숨기고 감시할 수 있다면 금상첨화인데···. '둘이 들어갈 만큼의 공간은 있는데 말이야.' 두칠은 손짓으로 종삼을 불렀다. 종삼이 가까이 와서 엎드리며 속삭였다.

"형님, 이게 뭐요? 여기에 웬 웅덩이가 다 있소."

"우물이야. 예전에 이 집에서 쓰던. 그나저나 우물이 여직 마르지 않고 물이 들어있다. 그리고 생각보다 깊어. 우물 안에 몸을 숨기고 감시하면 좋을 텐데 말이다. 그렇다고 몸을 반만 걸칠 수도 없고···."

두칠이 종삼의 작고 수척한 얼굴을 마주 보며 말했다.

"깊이가 얼마나 될까요?"

"글쎄, 바닥까지 사람 키 두 길 반이나 되려나."

"그러면 그리 깊지 않지 않소? 대충 저 넝쿨을 붙잡고 버티면 안 될까요?"

"야 이 미친놈아, 세 시간 동안이나 그렇게 매달려 있자는 말이야?"

혀를 끌끌 찼다. 그러자 새초롬한 얼굴에 특징이라고는 날카로운 눈빛만이 전부인 종삼이 예의 그 눈을 반짝이며 말했다.

"형님, 잠시 기다리시오. 내게 생각이 있소."

그리곤 이내 뒷걸음으로 사라졌다. 찬바람이 한차례 마을 쪽에서 불어와 두칠의 얼굴을 할퀴고 난 후 대숲 쪽으로 사라졌다. 바람에 약간의 습기가 전해졌는데 아무래도 눈이 내릴 것 같았다. 아닌 게 아니라 얼마 전까지 맑았던 하늘이 어둑해지기 시작했다. 잠시 후 종삼이 무언가를 등에 지고 낮은 자세로 다가왔다. 놀랍게도 그가 가지고 온 것은 대나무로 만든 기다란 사다리였다.

"제가 좀 전에 대숲에 이게 있는 걸 봤지요. 아마도 대나무 작업하는 사람들이 내다 팔 요량으로 만들다 만 것 같소. 그래도 이 정도면 우물 바닥에 걸치기 딱 알맞지 않겠소?"

종삼은 우쭐하며 이마에 흐르는 땀을 닦았다. 두칠은 흐뭇한 마음이 들었다.

"짜식, 그래도 딴에는 머리가 있긴 있구먼. 얼른 밀어 넣어봐."

종삼이 우물 바닥으로 대나무로 만든 사다리를 조심스레 집어넣었다. 우물 바닥에 닿은 사다리는 입구에서 사람 허리춤 정도 아래에까지 걸쳐졌다. 두칠이 볼 때, 한 명은 우물 수면 가까이 내려가고 그 위에 한 명이 들어가도 충분할 것 같았다. 마치 미리 알고 만들어 놓은 듯 적당했다. '일이 풀리려니까 뭘 해도 되는구나!' 두칠은 내심 미소를 지었다.

"밑으로 내려가라. 나는 위에서 망을 볼 테니."

종삼이 물이 찬 아래까지 내려가 자리를 잡고 신호를 하자 그 위로 두칠이 내려와 걸터앉았다. 생각대로 충분한 공간이 확보되었다.

"아이고, 형님이 위에 앉아버리니까 하늘이 안 보이네요."

"엄살은, 조금만 참아라, 그래도 밖에서 얼어 죽는 것보다는 낫지 않냐?"

"아무렴 그렇다마다요. 형님 참 신통하시오. 실은 말은 못 했지만, 여태껏 추워서 혼났어요. 대단하시오. 이런 좋은 곳을 다 알고 계시다니. 생각해보니까 아까부터 형님은 여기에 우물이 있는 것을 전부터 알고 계신 거 같소. 그런 거요?"

"허허, 쓸데없는…. 그냥 둥근 게 있길래 우물인 줄 알았지. 그리고 내가 이 고장 출신 아니냐. 그런 덕을 본 거겠지…."

두칠과 종삼은 얼굴은 볼 수 없었지만, 우물 안이 주는 포근한 느낌 때문에 기분이 좋아져 한동안 이런 매복이면 매일 하겠다며 농담을 주고받았다. 그러나 두칠은 이내 본연의 임무를 자각하곤 사다리 밖으로 고개를 내밀어 정면을 바라보았다. 서서히 눈발이 날리기 시작했다. 길태의 집이 손에 잡힐 듯 한길 건너에 있었다. 우물 앞 허물어진 돌담의 자취를 지나면 길을 따라 소작농의 집들이 몇 채 줄지어 있고 그곳에서부터 마을이 시작되었던…. 어린 시절부터 보아왔던 기억들이 어둠에 색을 입히며 지나갔다. 두칠은 길태의 집을 잘 알고 있었다. 집안 구조를 잘 알고 있었던 길태로서는 그 집에 비밀스러운 공간이 있어서 놈이 그곳을 통해 내왕한다는 첩보를 듣고는 의아해하지 않을 수 없었다.

시간이 지나면 의문은 저절로 해결될 것이다. 그는 머릿속으로 다음 일들을 그려보았다. 자정 무렵이 되어 길태가 집으로 온다. 십중팔구 변장을 하고 마을 쪽에서 올라올 것이다. 종삼이 녀석이 말하는 것처럼 산에서 내려올 일은 거의 없다. 예전에 내가 알던 길태가 아니다. 나카무라 형사처럼 매서운 자도 냄새를 못 맡았지 않은가 말이다. 미루어 짐작건대 대단한 조직원은 아닐 것이다. 심부름 정도. 하지만 일단 잡아서 족치면 뒤로 줄줄이 엮는 것은 시간문제다. 그러면 된다. 이번 일만 잘되면 분명히 순사 자리 하나는 떼어 놓은 당상이다. 그놈이 제집 안방 바닥을 파고 숨어 살았을 줄 누가 알았겠냐 말이다!

"그런데 종삼아."

두칠은 마지막 마무리에 조금이라도 방해되는 일은 없어야 한다는 생각이 들어 정색했다.

"네가 진짜로 길태 놈이 제집 굴뚝 밑에서 거적을 들치고 나오는 걸 봤단 말이지?"

"예, 형님. 분명히 보았습니다. 순사들이 집을 뒤지고 난 며칠 뒤였지요. 그날은 형님이 저를 부르지도 않고 딱히 갈 데도 없어서 길태 놈 여편네 겁 좀 주고 재미 좀 볼까 해서 요 근처에 숨어 있었지요. 아까 그 대숲 있잖아요. 거기에서 분명히 봤어요. 그놈이 거기서 기어 나오더라고요. 변장했지만 단번에 알아봤지요. 그래서 그길로 냅다 형님한테 알려드린 거고요."

"그래, 여러 번 말해서 알고 있다. 그리고 말야…."

두칠이 아래를 내려다보며 말했다.

"너, 솔직히 말해야 된다. 만에 하나 거짓말이 있거나 근거 없는 정보 가지고 장난질 치는 거면 쥐도 새도 모르게 내 손에 죽는다.”

두칠이 목소리를 깔면서 큰 손으로 종삼의 머리통을 움켜쥐었다. 그의 손은 종삼이 느끼기에 큰 문어 같았다. 두칠은 180센티가 넘는 키에 몸무게도 100킬로를 넘는 거구였다. 반면 종삼은 지극히 평범하거니와 몸이 말라 볼품이 없었고 무슨 고생을 하였는지 얼굴 곳곳이 데고 찢어진 상처투성이였다. 그에 비하면 이미 악랄한 것으로는 전국적으로 명성이 자자한 두칠의 반질반질한 얼굴은 그의 배경을 모르는 사람들이 보면 훌륭한 사윗감이라 할 만큼 용모가 수려했다.

“왜 이러시오, 형님. 형님이나 나나 의지할 데 없는 고아들 아니요. 나는 형님과 함께 살고 형님과 함께 죽을 거라 맹세했잖소.”

“맹세야 누군들 못하냐, 짜식아.”

두칠이 팽이 돌리듯 종삼의 머리를 휘돌리며 말했다.

“내 말은 오늘 밤에 길태가 온다는 정보가 정말 믿을만하냐 이거다.”

“걱정 붙들어 매시오, 형님. 그년하고 나하고 살 섞은 지 벌써 2년이요. 나도 그동안 형님처럼 되려고 남몰래 공작도 하고 그럽니다. 모은 돈이 좀 있는데 듣자니 비밀리에 좋은 곳에 쓸 수 있도록 주선한다 들었다고 밑밥을 던졌더니 이제야 길태 여편네가 마음을 연 거 아니요. 대단합디다. 그 연놈들. 워낙 비밀스러워서 도통 알 수가 없었어요.”

"네놈에게 그런 재주가 있는지 나도 몰랐다. 이놈아."

두칠이 다시 밖을 둘러본 후 말을 이었다.

"비쩍 마른 데다 볼기짝에 화상 자국 얼기설기한 놈이 계집을 부려서 공작을 다 하다니 말이야."

"왜 이러시오, 형님. 굼벵이도 기는 재주가 있다 하잖소."

"알았다. 알았어. 아무튼, 조금 있으면 다 밝혀지는 것이라 한 번 확인해 봤다."

두칠이 또다시 종삼의 머리통을 잡았는데 이번에는 강아지 쓰다듬듯 손길이 부드러웠다.

"이번 일이 잘 마무리되면 너나 나나 출셋길이 열리는 거다. 나카무라 형사님이 평소에 나한테 한 말이 있다. 큰 건 하나를 건져오면 반드시 순사 자리 떼어준다고 말이야. 알고 보니 그분 경시청 인맥이 상당하더라고. 그렇게 되면 너는 내가 키워 준다. 내 분명히 약속하마."

종삼의 첩보를 듣자마자 두칠은 천금의 기회가 찾아온 것을 직감했다. 나카무라가 입버릇처럼 말하던 금의환향할 큰 건이 될 것이라는 확신이 들었기 때문에 그에게조차 비밀에 부쳤다. 혼자 해결하고 당당히 경찰서로 향하고 싶었던 것이다. 종삼에게는 일절 함구시킨 후 기회를 엿보다가 드디어 오늘 거사를 앞두게 되었다. 두 사내는 만일의 하나라도 비밀이 새나가지 않도록 인적 드문 아침부터 산속에 숨어 있었다.

두칠이 다시 고개를 내밀고 밖을 주시했다. 바람 소리, 대숲이 머리를 풀어헤치는 소리. 바람이 더 차가워졌다. 눈발이 굵어지기 시작한다. 잘됐다. 길태가 집에 들른다면 눈밭을 되돌아가기는 어려우리라. 제집 지하에 숨을 테지. 그때 덮치면 된다. 종삼이가 홀치고 나는 굴뚝 앞에 있다가 잡으면 된다. 반항하면 죽여도 되리라. 안주머니에 넣어두었던 권총을 잡았다. 손바닥 가득 들어찬 차갑고 묵직한 기계의 감촉이 어깨를 지나 척추를 타고 발아래로 떨어졌다. 그리고 그 충격으로 사다리를 밟은 신발에서 떨어진 작은 흙덩이들이 우물 위로 떨어지는 소리가 간장 따르는 소리처럼 정갈하게 들려왔다.

눈이 머리 위에 쌓이기 시작했다. 두칠은 우물 밖 손 닿는 대로 나뭇가지와 마른 잡풀들을 그러모아 얼기설기 입구를 덮어가렸다. 높은 위치에다 시야가 뚫려 있어 눈만 내밀어도 전경을 감시하는 데 부족함이 없었다. 내민 머리 위로 세찬 겨울바람이 거친 소리를 내며 지나갔다. 바람이 머리 위로 지나가는 우물 안은 바깥과는 전혀 다른 세상이었다. 아늑하고 따스한 것이 그대로 잠이 들어도 될 지경이었다. 길태는 분명히 올 것이다. 아니 분명히 와야 한다. 길태의 집 지붕도 조용히 하얀 이불을 덮고 있었다. 오늘 자정 무렵이라? 그렇다면 정말 기민한 놈이다. 오늘 밤 자정이 되면 그동안 가열차게 몰아붙이던 반일본주의자들에 대한 일제 소탕도 한고비를 넘기게 된다. 내일부터는 실적을 가지고 검열받을 준비로 바쁠 것이다. 말하자면 경찰서며 각 지서는 손님맞이로 바빠 경계가 느슨해지는 것이다. 만일 길태가 이런 사실을 알고 오늘 밤 제집으로 숨어든다면 그는 생각보다 훨씬 고위의 누군가와 내통하고 있는 셈이다. 그렇다. 길태는 별 인물이 아닐지 몰라도 그 배후는 기대할만한 수준이 될 것이다. 분명해! 두칠은 희망 섞인 확신을 해보았다. 일생에 이런 기회는 좀처럼 오지 않는다. 일망타진하고 표창받고 정식으로 순사가 되는 것이다. 새 출발을 미리 축하하기 위한 새하얀 눈이 속마음을 들킬까 조용히 쌓이고 있었다.

눈발이 다소 약해지면서 바람도 덩달아 잠잠해졌다. 두칠은 삿갓처럼 만든 우물 입구로 눈만 내밀고 하얗게 경계를 이루고 있는 풍경들을 바라보았다. 이 정도면 어둠 속이라 할지라도 인기척은 물론 토끼가 지나가도 쉽게 눈에 띌 것 같았다. 일진이 좋다. 두칠은 긴장 속에서도 계속해서 행복한 결말을 그려보며 간간이 시계를 바라보았다. 우물 아랫단에 있는 종삼은 아무 말이 없었다. 숨소리도 제대로 들리지 않았으므로 두칠이 문득 아래를 내려 보았을 때 그곳은 검고 깊은 땅의 끝자락처럼 보였다.

"어이 종삼이, 자고 있는 건 아니지?"

대답 대신 옷이 부스럭대는 소리가 났다.

"아니요, 형님. 그냥 눈을 감고 있었을 뿐이요. 너무 어두워서 그런지 눈을 감고 있는 게 오히려 더 잘 보이는 것 같소."

"새끼, 잠이 오기도 하겠지."

두칠도 슬슬 졸리기는 마찬가지였다. 아침부터 추위와 배고 픔을 감수하며 버텨오지 않았던가. 긴장감만 빼낸다면 몸은 그 대로 파김치가 되어도 이상하지 않을 지경이었다. 오로지 보이 는 것이라고는 어둠과 가볍게 쌓여가는 눈뿐인 바깥 풍경의 지 루함이 아늑한 우물 안 공기와 만나 계속해서 다리의 힘을 풀리 게 했다. 두칠은 고개를 가로저으며 정신을 가다듬었다. 시계를 보았다. 두칠은 우물을 발견하고 들어와 매복한 것이 한참 전이 라 생각했지만 소요된 시간은 한 시간도 채 흐르지 않았다는 것 을 알았다.

"몇 시나 됐소? 형님."

"응, 10시경 되었다. 이제 진짜 좀만 기다리면 되겠다."

"아직 멀었수다. 자정이라고 꼭 자정에 오겠소. 그리고 왔다 해도 들이닥치려면 길태가 의심을 풀기까지는 기다려야 하지 않 겠어요?"

맞는 말이었다. 자정에 집에 들어왔다 해도 길태가 상황을 확 인하고 안심하기까지는 기다려야 한다. 자칫 서두르다가는 오히 려 우리 쪽이 총알 세례를 맞게 될 수도 있다. 처음에는 아예 그 의 처와 자식놈들을 잡아서 끌고 가버리고 집 안에서 매복하려 고 했었지만 그런 작업은 위험부담이 컸기 때문에 가장 자연스 럽게 관찰하다가 급습하기로 했었다. 그렇다. 조급해지지 말자. 권총을 잡은 손에 힘을 주었다.

"형님, 이제 제가 망 좀 볼 테니 내려와 좀 쉬시오."

종삼의 얼굴이 어둠 속에서 허리춤 사이로 나타나며 말했다. 두칠은 본격적인 작전을 주도하기 전에 몸을 추스르는 것도 좋겠다는 생각이 들었다. 그런 생각을 말하기도 전에 날렵한 종삼의 몸이 두칠을 지나쳤다. 두칠은 서너 칸 대나무 사다리를 타고 내려가 앉았다. 종삼의 작은 몸이 우물 벽 한쪽에 기대어 밖을 내다보려고 고개를 갸웃거리는 것이 보였다. 띄엄띄엄 뚫려 있는 천정이 둥근 하늘을 만들고 있었다. 아래는 위보다 훨씬 아늑했다. 수면 근처의 돌들은 이끼가 끼어 반질거렸다. 바닥의 물은 미동도 없이 검은 데다 냉기조차 느껴지지 않아서 물이 있다는 사실을 망각하게 만들었다.

어둡고 조용한 침묵이 계속되었다. 두칠은 급격히 몰려오는 졸음을 이기려고 총을 관자놀이에다 대고 눈을 감았다. 그러나 계속해서 밀려오는 침묵과 고요를 졸음이 이길 수는 없었다. 두칠은 고개를 흔들었다.

"종삼아…, 졸면 안 된다."

그러면서 권총으로 종삼의 허벅지를 두드렸다.

"예, 형님."

종삼이 무심히 대답했다. 다시 고요가 찾아 왔다. 귀가 멍해질 정도로 조용한 우물 속에서는 천천히 눈이 쌓이는 소리가 들릴 정도였고 가끔 두 사내가 움직일 때마다 나는 옷자락 부대끼는 소리가 시끄럽게 느껴졌다.

"졸면 안 된다. 졸면 안 돼…. 내가 얘기하나 해 줄 테니 귀는 들으면서 눈으로는 밖을 잘 봐라. 곧 교대해줄게."

"그러시오. 형님. 졸음도 깰 겸. 기왕이면 졸음이 확 깨는 재미난 이야기 하나 해주쇼."

"그래. 졸음도 깰 겸. 졸음이 확 깨는? 그렇다면 지금부터 하는 이야기를 잘 들어라. 그리고 지금부터 내가 하는 이야기는 너한테 처음으로 하는 이야기다. 그리고 이 이야기는 다른 사람한테는 절대로 발설해서는 안 된다. 알았지? 너를 믿고 말하는 것이지만 만일 누군가가 이 이야기를 알고 있을 경우엔 네가 누설한 것으로 간주하겠다. 알았지?"

두칠은 권총을 만지작거리며 말했다.

"무슨 이야기인데 그렇게 겁을 주시고 난리요? 알았으니 해보시오. 그리고 무슨 이야기인지는 모르겠지만 형님이 그렇게 말씀하시니 혼자만 알고 있겠소."

오직 너무 조용해서, 큰일을 앞두었는데 단지 졸음이 와서, 그런 이유 때문에 두칠은 평생 숨기고 싶었던 것을 이야기하기 시작했다.

"이 우물을 알고 있느냐고 물었지? 그래. 잘 알지. 이 우물. 내가 어릴 때부터 길어 먹던 우물이었으니까. 나는 말이야, 사실은 이 집에 살았었다…."

회한에 잠긴 듯 잠시 뜸을 들였다. 종삼은 아무런 말이나 대답도 없이 오직 밖을 바라보며 귀를 열고 그의 이야기를 들었다.

"내 아버지는 이 집 머슴이었다. 그래, 나의 아버지의 아버지도 이런 집에 붙어살던 지지리 궁상맞은 집안 자식이었다. 그건 네놈도 마찬가지겠지? 그렇지 않냐? 망할 놈의 세상!"

권총 자루를 다른 손으로 옮겨 쥐는 소리가 났다. 종삼은 기척 하지 않았다. 눈발이 다시 굵어지기 시작했다. 이따금 종삼은 코앞에 올라선 눈을 손으로 치워 시야를 확보하였을 뿐 충실히 망을 보았다.

"벌써 칠 년 전이다. 그날 밤도 오늘처럼 추운 겨울이었지. 바람도 많이 불고 말이야. 주인집 딸이 마음만 독하게 먹었어도 내 인생은 달라졌을 거야. 그런데 그년이 마지막 순간에 배반할 줄 누가 알았겠냐고! 저도 분명히 나를 좋아했으면서 그런 말 한 적이 없다고 펄쩍 뛰면서 고래고래 소리를 질러댔지. 나는 참 어이도 없고 겁이 나서 문을 박차고 도망쳤지. 그런데 이건 뭔가. 벌써 마당에는 사람들이 버티고 서서 나를 붙잡아 무작정 두들겨 패기 시작하는 거잖아. 정말 죽도록 맞았지. 그리고 가장 지독한 게 뭐였는지 아나? 몽둥이를 든 사람 중에는 내 아버지도 있었다는 사실이야. 내 아버지가!"

두칠이 권총 자루로 벽을 쳤다. 이끼 낀 바위가 소리를 다 흡수하지 못하고 강하게 버티는 소리가 났다. 두칠은 본격적으로 얘기를 시작하기 전에 자기가 살아온 경험을 늘어놓았는데 종삼이 이해하기로는 대략 다음과 같았다.

그는 주인집 딸을 사모했다. 같이 성장하면서 깊은 정이 들어

경모의 마음을 주체할 수 없었던 그는, 그러나 신분이 만든 한계를 극복할 수 없는 것을 알고 좌절할 수밖에 없었다. 그런데 어느 날 일본이 한반도를 침략하면서 세상은 그에게 기묘한 기회를 주었다. 그는 집을 나와 건달이 되었다. 큰 덩치와 수려한 용모를 가진 데다 불행을 저주하면서 차곡차곡 쌓아온 거친 성격까지 겸비한 두칠은 폭력이 있는 모든 곳에서 요청이 왔다. 그러한 요청 중에는 일본인들의 요청도 많았는데 시간이 갈수록 그의 발길은 일본인들 쪽으로 향했다. 일본은 사려 깊게도 그의 과거와 신분을 문제 삼지 않았다. 오히려 그를 우대하고 생각지도 못한 지위와 부를 안겨주었다. 일본이 그에게 친질을 베풀면 베풀수록 그의 마음속에서 조선은 멀어져갔다. 그리고 조선이 그에게 가혹한 현실을 주었던 만큼 이를 딛고 일어서기 위해서는 세상에 대해 더욱 가혹하게 굴어야 한다고 믿었다. 일본은 그에게 구원을 안겨준 종교였다. 열심히 그 종교를 믿은 그의 결실이 세상에 알려지는 데는 몇 년이면 충분했다. 이름도 쓰키야마 도시치月山斗七로 바꿨다. 종삼도 처음 알게 되었을 때 '두칠이 형'이라고 불렀다가 사정없이 뺨을 얻어터진 경험이 있었다. 두칠은 공이건 사건 철저하게 일본인으로 살고, 일본인으로 성공하고 싶었다. '두칠'로 불리는 것은 용서할 수가 없었다.

"그런데 말이야,"
두칠은 밖으로 소리가 새나가지 않을 거라 확신했는지 속삭이던 톤을 버리고 좀은 분명한 어조로 말하기 시작했다.

"내가 경찰서 일을 하게 되고 얼마 있지 않아서 첩보가 들어왔어. 바로 이 집 주인에 관한 거였지. 독립운동하는 놈들의 돈줄일 거라는 거야. 그렇지만 증거가 없어서 전전긍긍하고 있다고 했지. 그 말을 들으니까 그 옛날 일이 생각이 나지 뭔가. 특히 그 여자. 사실 말이지만 여전히 마음 한편에는 아직도 그 여자를 품에 넣고 싶은 욕망이 있었던 거야. 그래서 그날 밤에 몰래 이 집에 찾아 왔었지. 한밤중에. 아직 자지 않고 있더군. 나는 잽싸게 들어가서 그녀의 입을 틀어막고 그녀와 그 집안이 처한 사실에 대해 말해주었지. 오래전에는 너 때문에 내가 죽을 뻔했지만, 이번에는 내가 죽는 것이 아니라 네 아비가 죽는다고. 그러니까 내 말을 들어라. 나만 믿으면 너는 물론이고 네 아비도 잘 돌봐줄 수 있다. 아비에게 이런 사실을 말하고 경찰에 자수하라 해라, 그러면 뒷일은 내가 책임진다고 말이야. 진심이었어. 물론 자수한다고 살려줄지는 아무도 모르는 일이긴 하지만…, 너도 알다시피 경찰에서 점찍은 이상 결국 그녀의 아버지는 물론이고 가족들 전부 죽은 목숨이었어. 그렇지만 그녀는, 적어도 그 여자만큼은 빼내서 내가 돌봐줄 수 있을 거로 생각했지. 그런데 그녀가, 그 앙큼한 년이, 알아듣기 쉽게 그렇게 타일렀는데도 어디에 숨겨뒀었는지 은장도를 꺼내 내 팔을 찌르고 속치마 바람으로 달아나면서 제 아비를 부르는 거야. 나는 저 여자가 또 나를 죽이려 드는구나 화가 치밀어 뒤쫓아 가 목덜미를 낚아채 번

쩍 들어서 마당으로 던져 버렸지. 한 방에 끝난 것 같았어. 안방 문이 열리면서 영감 씨 내외가 뛰어나오더군. 영감은 그 와중에 칼을 들고 있었지. 나를 알아보았는지 뭐라 소리를 지르며 달려 왔는데 하마터면 칼에 맞을 뻔했어. 정말이지 일이 꼬이니까 한 정이 없더라고. 외투를 벗어서 둘둘 말아 쥔 권총으로 쏴버렸지. 영감이 고꾸라지니까 이번엔 할멈이 달려드는 거야. 어차피 벌 어진 일이라고 생각이 들더군. 할멈도 죽이고 난 뒤에 보니 그녀 가 신음하며 꿈틀거리는 거야. 그렇지만 목뼈가 부러져서 어차 피 살기는 힘들 거란 걸 알았지. 그런 상태는 워낙 많이 봐서 단 번에 알아챘지. 참 기분 더러운 밤이었어. 옷으로 감싸고 쏘기 는 했지만 아무래도 밤이었기 때문에 행여 총소리에 마을 사람 들이 달려오지 않을까 걱정되더군. 몸을 피해야겠다고 생각했는 데 막상 이대로 달아나면 다음 상황이 여의치 않은 거야. 가족이 총 맞아 죽은 것이 밝혀지면 경찰이 뭐라 하겠냐 말이야. 그래! 불을 질러버리자! 경황 중에 정말 기특한 생각이었지. 나는 시체 들을 한 방에 몰아넣고 이불을 덮어 불을 붙인 다음 닥치는 대로 탈 것들을 던져 넣었지. 순식간에 불길이 거세지더군. 그리고 나 머지 방이며 광에도 불을 붙였어. 불을 지르느라고 이리저리 뛰 어다니다 보니 이 큰 집에 이전과는 달리 그 세 사람이 전부라는 게 참 기묘하기도 하고 또 한편으로는 다행이다 싶더군. 겨울밤 에 바람도 적당히 부는 데다가 문짝까지 떼어 위에 던졌더니 순 식간에 불이 번지더구먼. 나는 사람들이 들이닥치기 전에 재빨리 뒷담을 넘어 산으로 달아났지. 아무도 본 사람도 따라오는 사람도 없었어. 아까 그 대숲에 숨어서 한동안 불타는 집을 구경했지. 오래된 집인 데다 부잣집이라 이것저것 탈 게 많았기 때문인지 불길이 정말 컸어. 주변을 훤하게 비췄지. 그런 다음에야 동네 사람들이 죄다 나왔는지 시끄럽더군, 그 사람들도 결국 나처럼 구경만 했을 뿐이었지만 말이야. 히히."

이야기를 마친 두칠이 눈을 감고 고개를 쳐든 다음 큰 한숨을 내쉬었다.

"그 일을 후회하느냐고? 웃기는 소리. 그때는 정신이 없었지만 집에 돌아와 생각하니 오히려 기분이 좋아지더군. 뭔가 가슴을 짓누르고 있던 것이 빠져나간 느낌이랄까. 그 여자. 내가 불을 붙일 때 그 속에서 신음 소리가 났지만 이미 늦은 거 아니겠나. 그래도 차마 그냥 올 수는 없었지. 그래서 남은 총알 몇 방 선물했어…."

종삼은 말이 없었다. 우물 속 정적이 갈라지기 직전의 얼음처럼, 파열이 시작될 곳을 찾기 위해 긴장으로 팽팽해졌다. 무시무시한 고백에 대해 종삼이 신음이라도 할 줄 알았던 두칠은 약간 실망감이 들었다.

"그런데 세상일이 잘 풀리려니 일이 기막히게 돌아가더군. 글쎄 며칠 뒤에 서에 갔더니 이 씨 종택의 그 주인 된 자가 발각된 것을 눈치채고 제집에 불을 지르고 가족과 함께 야반도주했다는 거야! 얼마나 철저하게 불을 질렀는지 흔적도 없이 다 타버렸다면서 말이야. 하하하! 그것으로 끝이었지. 저절로 말이야! 끝!"

두칠은 거친 너털웃음을 내뱉다 사레 걸린 잔기침까지 이어진 후에야 겨우 진정했다. 그러나 그의 웃음이 끝나자마자 우물 안은 원래 그 속에 들어와 오랫동안 살고 있던 침묵으로 가득 찼다. 두칠은 이야기의 여운이 가시지 않은 듯 넋을 잃고 아래를 내려다보며 동면을 시작한 곰처럼 한동안 움직이지 않았다. 종삼은 언젠가부터 아무 말도 없이 다만 조용히 제 역할에 충실했다. 두칠이 좀 전에 내뱉은 웃음 끄트머리에 남아 있던 마른기침을 함으로써 다시 우물 안에는 인기척이 되살아났다.

"조금만 위로 올라가라. 오줌 좀 눠야겠나." 말이 끝나기가 무섭게 두칠은 사다리에 올라서서 한 손으로는 우물 벽을 버티고 다른 한 손으로는 주섬주섬 바지춤을 열기 시작했다. 종삼이 공간을 내어주기 위해 위로 몇 계단 올랐다.

"한 번 더 말하지만 방금 들은 이야기는 듣고 잊어먹어라. 알겠지?"

종삼은 대답이 없었다. 두칠은 이야기가 녀석을 질리게 했나 생각되어 피식 웃음이 났다.

"큰일 앞두고는 미리미리 물을 빼야 한다. 안 그러면 낭패 보는 일이 있어. 나도 초년 때 검거 작전 나갔다가 오줌을 지렸지 않겠냐. 얼마나 창피를 당했는지. 그러니까 너도 미리미리 싸 둬라. 거사 치르기 전에."

우물 아래로 소변이 떨어지는 소리가 나기 시작하더니 이윽

고 굵은 물줄기로 변해 쏴 소리가 났다. 큰 덩치만큼 소변의 양
도 많았다.

소변 줄기가 막 중반을 지나 수압을 높이려 할 때 갑자기 대나
무 사다리가 반대편으로 기울었으므로 엉거주춤한 자세로 서 있
던 두칠은 그대로 우물 속으로 첨벙 떨어지고 말았다. 너무나 갑
작스럽게 벌어진 일이라 사내는 미처 비명을 지를 겨를도 없었
다. 더군다나 지리던 소변을 채 끝내지 못하여 말 그대로 무장해
제 상태였던 터인지라 놀라고 말고 할 경황조차 없었다.

"뭐야? 무슨 일이야?"

우물은 두칠의 가슴까지 물이 차 있었다. 얼굴을 비벼 정신을
차리고 우물 위를 쳐다보았는데 방금까지 두 사내를 지탱하던
대나무 사다리가 긴급히 하늘 위로 사라지고 있었다.

"무슨 일이야? 사다리는 왜?"

두칠이 우물 밖을 막 나서는 사다리의 밑둥치에 대고 소리를
질렀다. 사다리는 순식간에 지상으로 사라져버렸다. 두칠은 소
변을 보기 위해 외투 주머니에 잠시 넣어 두었던 권총을 찾았다.
하지만 물에 빠진 옷에서 권총을 빼내는 일은 쉽지 않았다. 냉기
가 온몸을 쑤시고 들어오기 시작했다. 두칠은 가까스로 권총을
빼내 둥근 하늘을 향해 겨누며 소리쳤다.

"야! 무슨 일이야? 사다리 내려!"

우물 속에서 그의 목소리는 아랫단을 이루고 있는 돌들을 하

나하나 거치고 윗단의 둥글고 매끄러운 벽면을 여기저기 튕기다가 허공으로 사라졌다. 그때 얼굴 하나가 나타나 아래를 내려다보는 것이 보였다. 역광으로 비치는 그림자로는 그것이 종삼인지 아닌지 분간하기 힘들었다.

"야, 종삼아, 무슨 일이야?"

두칠은 총을 겨누었다.

"사다리 내려! 빨리!"

얼굴은 말이 없었다. 순간 그는 계획이 틀어진 것이 아닌가 의심해보았다. 그러면 저 얼굴은 종삼이 아닐 것이다. 두칠은 방아쇠를 당겼다. 물을 먹은 총은 그러나 격발이 되지 않았다. 철컥대는 방아쇠 소리가 이어지자 이제야 불안이 엄습해왔다. 두칠은 몸을 니은자로 만들어 기어 올라가려고 해보았다. 하지만 돌로 괴어져 아랫단을 이루고 있는 벽은 이끼가 끼어 미끄러운데다가 돌출된 곳이 많지 않아 위로 올라가려 해도 진전이 없었다. 우물 밖의 얼굴은 여전히 아래를 내려다보고 있었다.

"야, 너 종삼이지? 그렇지? 너 왜 그러니? 빨리 사다리 좀 다시 가져와라 이 망할 놈아!"

이번에는 엎드린 자세로 기어올라 보기로 했다. 하지만 이것 역시 종삼의 덩치 때문에 그런 자세 자체를 만들기에 우물은 비좁았다. 이게 무슨 일인가? 내가 뭘 잘못 계산한 건가? 두칠은 갑자기 우물에 갇힌 이유를 찾으려고 애썼다. 계획이 틀켰다면 다른 놈이라도 얼굴을 내밀어야 하지 않는가 말이다. 그런데 내려다보고 있는 저 얼굴은 당최 말이 없었다. 그렇다면 종삼이 놈이 나를 배반한 것인가? 그런 건가? 그럴 리가, 그럴 리가, 나카무라와 잘 알고 지내는 놈이라고 하지 않았는가? 아니었던가? 내가 나카무라에게 저놈 얘기를 했던가? 생각이 두서없이 머릿속을 돌아다녔다.

몸이 차가워지면서 등이 시리고 턱 감각이 무뎌지기 시작했다. 두칠은 최대한 물 밖으로 몸을 내밀기 위해 양발을 벌려 지탱하고 섰다. 물이 배꼽 정도에 걸렸다. 견딜만하다. 다시 권총을 겨누고 소리쳤다.

"종삼아! 장난 그만치고 사다리 내려라. 얼른!"

그때 얼굴이 사라지더니 공중에서 긴 장대가 우물 안으로 들어왔다. 그리고 그 장대는 여기저기 구멍 안을 쑤셔대고 있었다. 두칠은 우물 바닥으로 떨어져 장대를 막기 위해 손으로 얼굴을 가렸다. 쑤셔대던 장대가 그의 손을 찌르고 그대로 관통했다.

"으악!" 죽창에 찔린 손에서 나온 피가 물과 함께 공중으로 튀었다.

"야 이놈아!"

두칠은 욕을 하며 죽창을 피했다. 하지만 어깻죽지와 등을 찔리면서 들고 있던 총마저 떨어뜨리고 말았다. 그제야 두칠은 우물 속에서 공격받고 있는 자신의 처지를 똑바로 알아차렸다. 다시 얼굴이 나타나 아래를 내려다보았다. 두칠은 흐르는 피 냄새를 맡으며 벽에 바싹 붙어 섰다. 그래? 한 번 해보자 이거지. 이를 으드득 갈았다.

"이놈, 죽여버리겠다!"

분노와 두려움으로 피범벅이 된 사내는 초인적인 힘으로 우물을 기어오르려 해보았다. 하지만 그의 몸은 잠시 위로 올랐다 떨어지기를 반복할 뿐 물이끼로 반질반질해진 돌을 의지해서 위로 올라가는 일은 불가능했다. 두칠은 떨어뜨린 권총을 발로 더듬어 찾았다. 총 안에 들어찬 물을 빼고 탄창을 다시 꼽았다. 그리곤 여전히 아래를 내려다보고 있는 그 얼굴을 향해 방아쇠를 당겼다. 이번에는 권총이 작동했다. 탕! 우물 안은 총소리가 메아리치며 두칠의 귀를 일순간 멀게 했다. 그러나 그 얼굴은 여전히 그대로였다. 두칠은 화약 연기가 안개처럼 가로막고 있는 공중을 바라보았다.

고통이 밀려오는 몸뚱어리를 다시 정돈하며 손아귀에 힘을 주었다. 그러한 잠시 이번에도 죽창이 들어와 곳곳을 쑤셔댔다. 두칠은 몇 발 더 격발하며 저항하다가 들어온 죽창을 잡아챘다.

"이놈!"

우물 아래를 죽창으로 위협하였던 얼굴은 무기를 빼앗겼음에도 여전히 아래를 내려다보고 있었다. 때를 놓칠세라 빼앗은 죽창 끝으로 그놈의 얼굴을 가격했다. 퍽하고 우물 안으로 떨어진 그 얼굴은 사람이 아니라 헝겊 조각으로 만든 허수아비였다. 두칠은 소스라치게 놀랐다. 어떻게 대처해야 할지 몰라 물속을 서

성였다. 그러다 불현듯 생각이 났는지 장대를 비스듬히 걸치고 위로 오르기 시작했다. 피가 흐르고 물이 묻어 미끄러워진 손이 고통스러웠다. 무거워진 몸을 들어 올리며 장대 위쪽을 잡았다. 찐득한 것이 손에 잡히더니 그대로 미끄러져 떨어졌다. 우물 위에는 다시 얼굴 하나가 내려다보고 있었다. 두칠은 목이 터질 듯 고함을 질렀다. 허수아비 얼굴을 비틀어 부수고 걸리적거리는 코트도 벗어 내동댕이쳤다. 그러는 사이 죽창이 우물 밖으로 사라졌다.

"야 이 자식아, 비겁하게 그러지 말고 정정당당하게 붙자! 나한테 왜 이래!"

두칠은 우물 입구를 향해 주먹을 쥐고 흔들었는데 문득 죽창을 잡고 애쓰는 통에 권총을 잃어버린 것을 알았다. 발로 디디며 권총을 찾았다. 이번에는 쉽게 발견되지 않았다. 신발도 벗어버리고 발바닥 감각으로 총을 찾고 있는 사이에 이번에는 돌이 날아들었다. 돌들은 우물 벽에 부딪혀 파편을 만들어 냈고 곧장 떨어진 것들은 무자비하게 상체를 공격했다. 머리며 어깨에 뭇매를 맞아 피를 흘리던 두칠은 젖은 외투를 방패 삼아 위를 가리고 물속으로 피신했다. 극심한 통증과 숨이 차는 고통이 뒤따랐다. 잠깐 사이 잠잠해진 틈에 물 밖으로 나온 두칠은 총을 찾는 것만이 유일한 길이라고 판단했다. 그때 우물 입구에 다시 나타난 얼굴이 무언가 매캐한 액체를 우물 속으로 쏟아부었다. 석유? 그의 예상은 적중했다. 곧이어 불이 붙은 볏짚 뭉텅이들이 하나둘 떨어졌다. 물속으로 들어간 두칠은 머리 위가 밝게 빛나는 것을 보았다.

숨을 참지 못해 물 밖으로 나온 두칠은 비명을 지르며 불구덩이를 진화하려 애썼다. 잠수와 숨쉬기를 오가며 허우적대기를 몇 차례, 마침내 불은 꺼졌다. 불은 오래가지 않았지만 두칠의 얼굴과 몸통에 화상을 입히기에는 충분했다. 우물 안은 석유와 두칠의 옷가지, 그리고 불에 타다 만 볏짚들이 층을 이루었다. 두칠은 화상으로 화끈거리는 얼굴과 몸을 가누고 가까스로 숨을 쪼개 쉬며 남은 힘으로 소리쳤다.

"살려줘! 이만하면 됐잖아! 그만히자. 종삼아! 너 종삼이 맞잖아."

그의 목소리는 오염된 공기 탓에 쇳소리가 났다. 후드득 볏짚이 떨어져 들어왔다. 이번에는 하늘이 보이지 않을 만큼 많은 양이었다. 두칠은 불굴의 의지로 볏짚을 물아래로 끌어당겨 혹시 모를 불을 대비하면서 이것을 딛고 서보려고 했다. 양이 많다면 밟고 올라설 수 있을 것이었지만 그의 수고는 그러나 헛되이 끝났다. 물에 젖은 볏짚은 만만하게 올라설 수 있을 만큼 견고하지 못했다. 이번에는 돌덩어리들이 떨어져 들어왔다. 떨어진 돌은 사정없이 그의 몸통을 유린했다. 몸을 벽 쪽으로 최대한 밀착시키고 외투로 위를 가린 채 우물 입구를 응시했다. 돌의 크기가 점점 커지고 있었다. 옷을 치켜든 팔에 떨어진 돌은 그대로 팔꿈치를 부러뜨려버렸다. 이제는 비명을 지르는 것조차 힘들어졌다. 두칠은 자포자기하여 돌쩌귀를 피해 물속으로 들어갔다. 물 밖에는 다시 볏단이 떨어졌다. 이번 것은 아름드리로 꽁꽁 묶여 있는 것이어서 물 위에 떨어진 후 떠다녔다. 두칠은 이것이 마지막 기회라는 것을 직감하고 떨어지는 볏단을 이용해 위로 올라가려 양손에 힘을 주었다. 그러나 이미 부러지고 피가 흐르는 그의 팔에는 그것을 잡을 힘이 남아 있지 않았다. 더군다나 볏단을 오르기 위해 움직이는 속도보다 떨어지는 볏단의 양이 너무 많은 것도 의지를 주저앉게 만들었다. 그의 몸은 이제 생각과 분리되어 따로따로 볏단을 바라보고 있었다. 볏단은 속절없이 차곡차곡 우물 안을 채워나갔다. 이제 우물의 아랫단에는 숨 쉴 공간도 부족해졌다. 두칠은 죽음을 생각했다. 사람이 죽음에 임할라치면 과거사가 주마등처럼 지나간다고 했다. 하지만 그의 머릿속에서는 왜 자기가 여기에서 이런 일을 당하고 있는지를 알고 싶은 궁금증만이 부풀어 오르고 있었다. 이놈이 누구기에 나를 이렇게 죽이려 드는가?

"대체 누구냐, 너는? 누구냐고…, 내가 누군 줄 알고 지금…."

볏단을 쌓던 손길은 이번에는 대답 대신 그 위에 다시 돌을 던져 넣기 시작했다. 간간이 잔돌이며 흙무더기도 쏟아져 들어왔다. 두칠은 비좁은 틈새를 지나 간헐적으로 부스러져 들어오는 흙냄새를 맡을 수 있었다. 호흡이 가빠왔다. 온몸에 힘을 주어 밀치려 해보았지만, 그것은 생각에 불과했다. 볏단 위에 흙과 돌덩어리를 쏟아붓던 발길이 낮아진 우물 안으로 걸어 들어와 그 위를 밟아 다지는 소리가 났다. 소리는 두칠의 머리와 귀, 심장을 차례로 지나 우물 바닥 미지의 어둠 아래로 사라졌다. 그와 함께 고통과 공포가 벌어진 입으로 나왔다가 바깥이 닫힌 것을 알고는 곧장 목구멍 속으로 되돌아 내려갔다. 그 공간은 너무나 어둡고 빽빽해서 공포나 고통이 비집고 나갈 만한 여유가 없었다. 이제 지상으로부터의 마지막 남은 소리가 있었다면 그것은 눈이 쌓이는 소리였다. 하지만 애초에 폐허가 돼야 했을 운명이었던 우물에게 그 소리는 너무 작은 데다 익숙하기까지 해서인지 특별히 귀를 기울이지는 않았다.

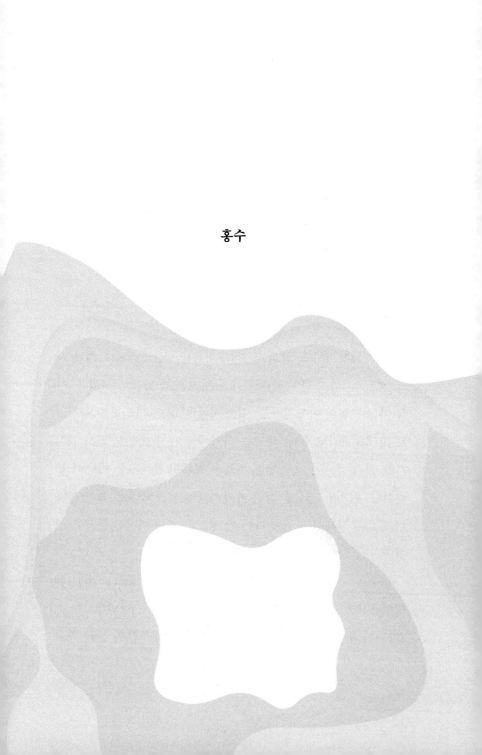

홍수

I

봄이 되어 명수는 중학교 2학년이 되었다. 또래보다 키가 작
고 왜소하기까지 한 아들 때문에 아버지는 늘 마음이 쓰였다. 가
끔 아들이 몸이 아프거나 할 때는 마을 아래 큰 다리까지 자전거
로 바래다주기도 했다. 학교는 거기에서 다시 30분은 족히 걸어
가야 했기 때문에 그런 날은 아들을 보내고 돌아오는 마음이 불
편했다. 하지만 세상을 잘 살아가기 위해서는 공부를 해야 한다
는 믿음이 강해서 병원에 가야 할 정도가 아닌 이상은 등교를 시
켰다.

명수가 다니는 읍내 학교는 그 일대의 유일한 중학교였다. 학
생이라고는 전 학년을 합쳐 여든 명 남짓하였다. 학년별로는 1,
2학년이 두 반, 3학년은 한 반에 불과했다. 대부분의 산골 학교

와 마찬가지로 중간에 학교를 포기하는 일이 허다하다 보니 3학
년이 되면 농사일이나 이런저런 핑계로 학교를 나오지 않는—아
마도 그들의 부모님들이 보내지 않는 경우가 대부분이었을 테지
만—학생들 때문에 두 반을 유지하기가 힘들었다.

세상에 특별할 것이 없는 이곳 학생들에게 특별한 활동이 있
었다면 그것은 북한군이 뿌린 삐라를 모아서 학교에 제출하는
일이었다. 지리적으로 북한에 가까운 거리에 있었던 터라 마
을 주변에 가끔 북한에서 날아든 선전용 삐라들이 발견되곤 했
다. 학교에서는 가져온 삐라의 숫자에 따라 공책을 주거나 연필
을 주기도 했다. 명수는 산이나 들판에서보다는 강을 따라 떠내
려오다가 기슭에 걸린 것을 발견할 때가 많았다. 강가에서 발견
되는 삐라들은 형태가 온전한 것이 별로 없었다. 물에 불어 뭉그
러졌거나 여기저기가 떨어져 나가 삐라인지 구별되지 않는 것
이 많았다. 그래도 발견이 되면 무조건 제출해야 한다고 배웠으
므로 바위 위에 걸쳐 말렸다가 학교로 가져갔다. 어떤 경우 반질
반질하게 인쇄된 것들은 물에 불지 않고 형태를 보존했는데 내
용은 고사하고 거기에 그려진 무시무시한 그림들 때문에 삐라는
항상 거북한 존재였다. 공책이나 연필과 바꿔주었으므로 지폐
같은 것이었지만 일부러 찾아다니지도 않았다. 아버지가 아들이
그런 일로 친구들과 어울려 들판을 돌아다니는 것을 극도로 말
렸기 때문이기도 했고 거기에 적힌 섬뜩한 구호가 명수에게 큰
공포를 주었기 때문이었다. 삐라를 보면 공연히 가슴이 뛰고 식

은땀이 났다. 그래도 잊을 만하면 한 번씩 발견되었다. 간혹 강에서 투망을 던지던 사람들이 강물에 떠내려온 지뢰를 건지는 경우가 있었는데, 불발탄도 마찬가지지만 지뢰는 그보다 더 위험하여서 반드시 신고해야 했다. 일단 발견이 되면 모르는 척할 수 없다는 점에서 삐라나 지뢰, 혹은 불발탄은 크게 다를 바가 없었다.

　하교 후 집으로 돌아오는 길은 몹시 길고 지루했다. 2학년이 되어 친구들도 여럿 생겨 다리 근처까지는 읍내에 사는 친구들과 수다를 떨며 올 수가 있었지만 다리를 지나 집으로 돌아가는 강둑길은 온전히 명수의 몫이었다. 중학생이라곤 마을에서 명수가 유일했다.

　명수의 집은 강둑을 따라 올라가다가 만나는 마을의 첫 집이었다. 수 대째 내려오는 기와집이었는데 전쟁 이후 담도 허물어지고 대문도 아예 없어져 다만 구역을 표시하는 경계석들만 나지막이 둘러쳐져 있었다. 명수 아버지는 제집이랍시고 담을 두르고 대문을 다는 일이 탐탁지 않았다. 그렇지 않아도 마을이 시작되는 입구에 있는 데다 오가는 사람들이라야 마을 사람이 전부인 촌 동네에 그런 담이 필요하다고 느끼지 않았다. 그리고 원래 담이나 대문이 있었는지도 엄격히 말해 분명하지 않았다. 명수의 어머니는 집 둘레를 따라 작은 나무며 꽃을 심었지만, 그것이 경계를 나타내주지는 않았다. 강과 인접하여 산비탈이 시작되는 지점에 있었기 때문에 멀리에서 보면 집이라기보다는 강과 마을 입구를 지나기 위해 만들어진 검문소 같았다.

집으로 가는 길은 강을 따라 형성된 제방과 나란히 있었다. 홍수를 대비하기 위해 높여둔 일부를 제외하면 대부분은 자연적으로 만들어진 것이어서 장마철엔 범람을 피할 수가 없었다. 범람으로 치자면 올해 홍수가 가장 심했다. 제방을 넘은 물이 저지대의 가구들을 위협하였으므로 명수네도 한밤중에 주민들과 함께 강에서 멀리 떨어진 산 위 조그만 암자로 대피할 수밖에 없었다. 장마철 비가 많이 올 때는 의례 저지대에 사는 가구의 주민들은 윗동네로 올라와 하룻밤을 묵어가는 일이 많았다. 명수네도 마당이나 사랑채를 내어주는 집 중 하나였는데 작년 여름은 비가 삼일 이상 계속되었으므로 명수의 가족도 더 높은 곳으로 가야만 했다. 제방 일부가 무너지고 강에 인접한 여러 곳에서 산사태가 났다. 농부에게 있어 물로 인한 피해야말로 뼈아픈 것이었다. 일단 물에 잠기고 나면 벼건 과일이건 수확을 보장할 수 없는 데다 뒤이어 찾아오는 병충해 때문에 흉년이 되기 쉬웠다.

명수는 아버지의 성화로 인해 강가에서 노는 일이 많지 않았다. 강에서는 온갖 주의와 경고에도 불구하고 사고가 잦았다. 그렇지만 명수는 체구만 왜소할 뿐 또래 아이들과 마찬가지로 호기심과 장난기를 주체할 수 없는, 그 나이에 걸맞은 시절을 보내고 있었다. 아버지 몰래 지류 하천에 나가 형들에게 개헤엄을 배우기도 했고 수박 서리에도 여러 번 끼어 봤다. 중학생이 된 이

후에는 학교에서 만나는 여자 친구들에게서 알 수 없는 향기가 나는 것도 알게 되었다. 그런 것을 아는지 모르는지 아버지는 한결같이 아들에게 말하곤 했다.

"네 할아버지가 죽을 뻔한 일 말한 적 있지?"

"그만 해요, 이 양반이 또 술에 취해가지고선….."

"내가? 이 사람아 내가 어딜 봐서 술에 취했다는 거야? 명수야, 네 할아버지는 말이야….."

아버지는 적당히 술에 취할 때면 매번 이런 식으로 할아버지 얘기를 꺼냈다. 하지만 단 한 번도 제대로 이야기를 마친 적이 없었다. 언제나 이야기는 흐느끼는 아버지와 그 아버지를 물끄러미 바라보다 작게 내뱉는 어머니의 한숨 소리로 끝났다.

"네 할아버지는 말이야…. 잊지 마라, 너는 우리 집안의 유일한 자식이다. 아버지가 잔소리한다 생각하지 말고 새겨들어라. 네 할아버지…. 네 이름 명수, 할아버지가 두 명 몫을 살라고 돌림자를 무시하고 지어주셨다. 알겠냐? 너는 목숨이 두 개란 말이다. 목숨 명命, 목숨 수壽!"

할머니는 실종되셨다. 시신도 발견되지 않았다. 아버지는 본인이 어렸을 때 할아버지가 해주었던 강물 속의 밧줄 이야기─강의 한가운데에는 물길이 만든 밧줄이 있는데 누구든 그 밧줄을 본 사람은 결코 강에서 빠져나올 수 없다는 이야기를, 나름의 방식으로 믿었다. 그래서 그의 어머니가, 스스로 걸어 들어간 것이 아니라 강물의 무자비한 힘에 못 이겨 빨려 들어간 것이라고 믿었다.

강물에 보이지 않는 밧줄이 있다면 밧줄이 똬리를 틀어 소용돌이가 만들어지는 오목한 지점은 언제나 경계대상이었다. 강기슭을 타고 내려오던 물체가 그곳에 닿으면 새로운 흐름이 궤도를 바꿔놓지 않는 한 언제까지나 중심 원을 따라 빙빙 돌아야 했다. 할아버지는 매우 강단 있는 사람이었지만 상처(喪妻)의 고통을 벗어나지는 못했다. 충분히 새장가를 갈 수도 있었지만, 그의 삶은 철저히 할머니와의 추억에 머물렀다. 밧줄이 할머니를 잡아당긴 것과 같이 할아버지도 언제까지나 그 소용돌이를 벗어나지 못했다.

명수도 어느 여름날 저녁에 강가에 나와 빠른 물살에 손을 담그고 물살을 느꼈던 적이 있었다. 처음에는 마치 기름을 바른 것처럼 미끄럽다가도 손바닥을 펴고 손가락을 움직이다 보면 점점 그 강물이 손을 거부하는 것 같은 느낌이 들었다. 그러다가 물살을 이기려고 손을 조금 더 깊이 뻗으면 이번에는 강물이 손을 잡아당기는 것 같았다. 일단 강물에 손이 잡힌 다음에는 빼내기가 쉽지 않았다. 그것은 마치 최면에 걸린 사람이 점점 더 깊은 무의식으로 미끄러져 들어가는 것과 같은, 꿈이라는 것을 알면서도 깨어날 수 없는 깊은 심연으로 떨어지는 한밤중의 악몽과 같았다.

명수가 걸어서 집으로 돌아오는 긴 둑길은 아마도 몇백 년은

되었을 것이다. 홍수가 나서 누군가는 다치기도 하고 누군가는 집과 농토를 잃고 심지어 고향을 버리고 떠나버린 사람들도 있었다. 하지만 강물은 기억하는 것이 아무것도 없었다. 같아 보여도 어제의 물이 오늘의 물인 법은 없었다. 같은 것이 아니라 다른 것이 한없이 대체될 뿐이었다. 강은 범람에 대해서도 책임이 없다고 말하는 것 같았다. 불어난 빗물이 비좁은 강폭을 이기지 못하고 둑을 넘어 육지로 나간 것이지 원래의 강이 스스로 불어나서 둑을 무너뜨린 것이 아니라는 것이다. 그렇지 않고서야 이처럼 범람의 어떠한 흔적도 없이, 태연하게 흘러갈 수는 없었다. 주변에 자라나고 있는 나무며 풀들, 그리고 멀리 보이는 산들도 강물의 주장에 이의를 달지 못하고 명수가 어릴 때 보던 풍경 그대로 가만히 있었다.

그런데 언제부턴가 이 지루하고 긴 강둑길에 호기심을 자극하는 낯선 풍경 하나가 나타났다. 그것은 한 척의 작은 나룻배였는데 강 위의 나룻배가 특별했던 점은 다리가 생기고 난 이후로는 사람이나 물건을 실어 나르던 나룻배가 거의 자취를 감추어서 근래 몇 년 동안은 강에서 나룻배를 본 적이 없었기 때문이었다. 배는 거의 매일 나타나 주로 강의 양 어귀를 번갈아 돌아다녔다. 명수는 아버지가 태워주는 자전거 뒤에 앉아 나룻배를 바라보다가 남자가 낚싯대도 그물도 없이 배만 젓고 있다고 아버지에게 말했다.

"그러게. 이상한 사람이구나. 조심하거라."

배를 젓는 사공은 수염을 기른 중년의 남자였다. 멀리서 보아도 행색은 남루했다. 복장은 군복이거나 군복을 조금 개량한 듯 보였고 그마저도 낡고 초라해서 오랫동안 집에서 잠을 자지 못한 떠돌이 품팔이꾼 같았다. 게다가 햇빛을 가리기 위해 눌러쓴 벙거지마저도 그의 남루한 행색을 가려주지는 못했다. 체구만은 보통사람들보다 크고 건장해 보였다. 그래서인지 겉모습은 볼품없었지만, 그가 옷을 입었다기보다는 옷이 그의 몸에 달라붙어 비굴하게 기생하고 있는 듯했다. 또한, 근육이 붙은 팔뚝으로 노를 저을 때면 땀으로 번들거리는 것이 흡사 급류가 방해물을 지날 때 만들어 내는 꼬임 같았다.

남자는 강의 상류에서부터 하류의 다리 인근까지 큰 타원을 그리며 노를 저었다. 언제나 같은 복장, 같은 배, 같은 장면이 이어졌다. 명수는 이제 등하굣길에 배가 보이지 않는 날은 공연히 궁금하기까지 하였다. 하지만 명수의 호의적인 호기심과는 달리 그 무렵 마을 사람들 사이에선 이 낯선 나룻배와 나룻배를 저으며 돌아다니는 남자의 존재가 수상하다는 소문이 돌고 있었다. 나룻배는 다만 강을 이리저리 돌아다닐 뿐 고기를 잡는 것이 아니었다. 짐을 실어 나르거나 행인을 실어 나르는 등의 상행위도 한 적이 없었다. 의심과 나쁜 소문이 무르익어가던 어느 날 나서기 좋아하는 동네 아주머니 한 분이 뱃사공을 읍내 경찰에 신고하였다. 수상한 것이 아무래도 간첩이거나 야밤에 가을걷이를 일삼는 도둑이거나 하다는 것이었다. 휴전선에 인접한 명수네 동네에서 수상한 사람을 신고하는 일은 의무처럼 여겨졌다. 신고를 접수한 경찰과 함께 남자는 당장에 사라졌다. 그러는 동안 처음으로 그의 배가 마을 앞 강어귀 육지에 비스듬히 올려 져 있었다.

다음날 오후 학교에서 돌아오던 명수도 배를 볼 수 있었는데 배에는 간단한 취사도구와 노, 그리고 노보다 더 길어 보이는 대나무 장대가 있었다. 마을 사람들이 말한 대로 물고기를 잡기 위한 어떠한 도구도 없었다. '대체 그는 배를 타고 그동안 뭘 했던 것일까? 정말 간첩인가?' 명수는 간첩이면 으레 권총을 숨겨놓았을 것이라 생각이 들어 배 위에 올라가 여기저기를 살펴보았지만, 밖에서 보던 물건들 외에는 특별한 것이 없었다.

'세상에 어떤 어리석은 간첩이나 도둑이 그렇게 얼굴을 빤히 드러내놓고 허구한 날 배를 젓고 다니겠나?' 명수 아버지는 남자의 신분이 궁금하면서도 내심 의구심이 들어 참고인 신분으로 경찰서로 가는 내내 개운치 않았다. 명수 아버지가 경찰서에 가게 된 것은 그가 마을 이장이었기 때문이기도 했지만 실은 남자가 주민들 몰래 배에서 내려 생활할 때 사용했던 움막이 발견되었는데, 소용돌이가 내려다보이는 그곳이 명수네 선산이었기 때문이었다. 물론 명수네 가족은 그런 사실을 알 리가 없었다. 명수 아버지에게 그곳은, 금기의 장소였다. 아들에게도 근처에 얼씬도 마라 신신당부하던 곳이었으니 그곳에 대궐이 지어졌다 해도 모를 일이었다.

　마을에서 나룻배와 관련된 일은 큰 사건이었다. 그만그만한 일상이 전부인 농촌 마을에 간첩 사건이 일어났으니 이보다 더 큰 일이 없었다. 아침에 경찰서로 간 아버지는 저물 무렵이 되어서야 돌아왔다. 간첩 사건으로 뒤숭숭한 마을 사람들은 이제나 저제나 결과를 가지고 올 명수 아버지를 기다리다가 명수 아버지가 그 간첩과 함께 걸어오는 것을 보고는 조금은 실망한 눈치였다. 하지만 자신들의 추측이 틀렸다는 자각보다는 의심을 사게 한 책임이 더 크다는 것을 주장하기 위해 남자의 걸음걸이 하나에도 눈을 떼지 않은 채 다가오기를 기다렸다.

　"우리가 사람을 잘못 보기는 했지만 고기도 안 잡고 물건도 안 싣는 배를 왜 그리 종일 젓고 다니느냐 말이요?"

　마을 사람이 남자의 면전에 대고 말했다.

　"죄송합니다. 사정이 있어서 그런 것이니 이해해 주십시오."

　남자가 공손히 인사를 했다.

　"무슨 사연인지는 모르지만 그래도 괴이한 것은 괴이한 것 아니야 말이요."

　"빈 배를 몰고 다닐 이유가 없어지면 이내 떠나겠습니다."

　남자가 다시 고개를 숙였다.

　"그렇다면 그 이유라는 게 뭔지 한 번 들어나 봅시다."

　남자는 수염을 쓰다듬으며 멋쩍은 표정으로 땅을 볼 뿐 대답을 하지 않았다. 명수 아버지가 마을 사람에게 타일렀다.

"무슨 일인지는 모르지만 끝나면 떠난다고 하니 너무 야박하게 몰아세우지 마시게. 경찰서에서 다 말했으니까 나온 거 아닌가. 그리고 듣자 하니 곧 떠날 것이라네. 그렇지 않소, 젊은 양반?"

남자는 대답 대신 더 깊이 고개를 숙이고 양손으로 얼굴을 감싸 쥐었다. 사람들은 그 후로도 쉽게 돌아가지 않았다. 근거는 불확실하지만, 정황상 훼손된 밭작물이나 과일 서리도 의심이 간다는 것이었다. 뒷산에 낯선 사람이 어슬렁거리는 것을 보고 놀란 아이들이 수도 없다는 말도 전했다. 하지만 남자의 큰 체구에서 나오는 거친 음성과 짧고 건조한 대답에 위협을 느껴서인지 마을 사람들은 더는 상대를 피했다.

그날 저녁 남자는 명수의 집에 머물렀다. 아버지는 신고한 동네 사람을 대신하여 사과의 의미로 저녁 식사에 그를 초대했다. 명수는 따로 차려진 밥상 너머 남자를 처음으로 가까이서 볼 수 있었다. 덥수룩한 머리에 수염이 제멋대로 길어 얼굴은 수척하였지만, 자세만은 곧고 발랐다. 저녁을 물리고 난 후에 아버지와 남자는 툇마루에 차려진 술상을 마주하고 담소를 나눴다.

그는 하루 반나절 만에 간단한 조사를 마치고 풀려났다. 그의 신분을 경찰은 익히 알고 있었다. 오래전에 윗마을에서도 신고가 들어와 조사한 적이 있었다. 그는 간첩도 아니고 도둑도 아니고 다만 강 위를 떠다니는 사람일 뿐이었다. 명수는 늦은 밤까지 계속된 어른들의 이야기를 창호지 문 너머로 들었다.

"그래, 이제 어쩔 셈인가?"

"내일 읍사무소에 가서 어부漁夫 등록이라도 하려고 합니다."

남자의 말에는 북쪽 사투리가 섞여 있었다.

"아니 그럼 계속 강 위에서 살 생각이란 말인가? 게다가 주거지도 일정하게 없는 사람에게 어부등록을 쉽게 내줄 리가 없을 텐데."

"그럴 테지요. 그런데 어쩌겠습니까. 강을 떠다니는 게 이제는 직업이 되었는걸요."

"하지만 어부건 뭐건 지금처럼 굶다시피 배 위에서 생활하는 건 좋지 않네. 사람이 건강해야 일도 하는 법인데…. 마을 사람들 입장도 이해해주게. 워낙 외지인이 드문 곳인 데다 자네처럼 젊은 남자가 마을 주변을 목적도 없이 돌아다니니 무섭지 않은가 말일세. 그래도 떠나기 전까지는 가끔 내 집에 들르게. 내쫓지는 않을 것이니."

"말씀만이라도 감사합니다. 정말 배가 고프면 염치 불고하고 들르겠습니다. 오늘 저녁상을 보니 아주머님 음식솜씨가 보통이 넘습니다. 제 아내는 음식은 도통 꽝이었지요."

남자는 예의를 갖추면서도 끝말을 분명하게 맺었다.

"고향은 어딘가?"

"개성입니다. 여기서 멀지 않은…. 전쟁통에 내려와 이제나저제나 돌아갈 날을 기다리고 있는데 도통 그럴 기미가 보이지 않는군요."

"그러게 말일세. 점점 더 멀어지는 것 같아. 하지만 자네 아무에게나 그렇게 이북으로 가고 싶다고 말하면 오해받기 쉽네. 말을 가려서 해야 하네."

"네, 이장님. 잘 알고 있습니다. 저도 처음 해 본 말입니다."

고개를 숙이는 남자의 실루엣이 보였다.

"찾고 있는 사람이 처와 딸이라 했나?"

"…."

"정말 몰라서 묻는 것이네. 김 순경이 자기 마누라랑 딸이 강에서 실종되어 찾고 있는 사람이라고만 했다네. 자네는 집으로 오는 내내 아무 말도 하지 않았고 말이야. 얘기해 보게. 내가 도움이 될지 누가 알겠나."

명수는 아버지가 말한 남자의 사정을 듣고 베개를 고쳐 괴었다. 순간적으로 강물에 둥둥 떠 있는 두 구의 시체가 연상되었다.

"…."

"뭐 얘기하기 싫으면 안 해도 되네. 아픈 상처겠지. 무슨 일이 있었는지는 모르겠네만 상처라는 게 혼자만 알고 있으면 신기하게도 점점 더 커지는 법이야. 그래서 나중에는 무게를 견디지 못하고 거기에 깔려버린다네."

명수 아버지는 남자의 침묵에 아랑곳하지 않고 약간 취기가 오른 듯 얘기했다.

"내 어머니도 바로 저 강으로 사라지셨지. 사흘 밤낮을 찾았지만 결국 찾지 못했다네. 그래서 묘가 없어. 아버님 곁에 봉분을 만들고 비석을 세웠지만, 어머님은 그곳에 없다네…. 내가 좀 취했나 보군, 자네 얘기를 듣는다는 것이 내 얘기를 꺼내고 있으니 말이야."

"아닙니다. 이장님, 제가 죄송합니다. 누구에게 말해 본 적이 없어서 무슨 말을 먼저 해야 할지를 몰라 망설이고 있을 뿐입니다. 그래, 어머님께선 무슨 사연이 있으셔서…."

"사연? 아니네, 사고였지. 사고. 나는 알지도 못한다네. 내가 아주 어렸을 때 일이니까. 친척분들 말씀을 들어 아는 것이지."

아버지가 헛기침했다. 할아버지에 대해 말하려던 그는 습관처럼 이야기를 중단했다.

"자네는 어떤가? 무슨 일이 있었길래?"

"그게…. 내 평생 이장님께 처음 말하는 것이자 마지막으로 하는 것이 될 것이니까 다른 분들께는 말하지 말아 주십시오. 행여나 또 오해를 살까 무섭습니다."

"그런 비밀이라면 내가 장담하겠네. 이장의 명예를 걸고 말이야. 사정을 말해보게."

아버지가 잔을 비우는 소리가 들렸다. 명수는 뜻하지 않게 어른들의 비밀을 엿듣는 처지가 되었다. 그리고 어른들이 말하는 비밀을 지켜달라는 비밀이야기에 대한 하나의 예의로써 아예 일어나 앉아 귀를 기울였다.

"전쟁이 나던 해에 아내와 저는 서울에 살고 있었습니다. 가난한 유학 생활이었지요. 아내는 나를 뒷바라지 시키려고 집안에서 결혼을 부추긴 사람이었습니다. 하지만 사실은 우리는 진작부터 알고 있는 사이였죠. 자랑은 아닙니다만 실물을 보신다면 절세미인이 이런 사람을 두고 하는 말이구나 하실 겁니다. 하하하."

"그 정도로 미인이었단 말인가? 부럽구먼."

아버지는 추임새를 넣었다.

"농담입니다. 제 식구라 예쁘게 본 것이지요. 아무튼, 전쟁이 나던 해에 아내는 임신 중이었습니다. 난리 중 해산을 하고 정말 기적적으로 살아남았지요. 제 딸 말입니다. 태어난 곳이 개성입니다. 제 고향."

남자가 잔을 비우는 소리가 났다. 그리고 아버지가 그 빈 잔을 재빨리 채우는 소리가 났다. 이야기를 끊지 않으려는 암호 같았다.

"서울이 함락되고 난 후에 저는 산달이 다가와 배가 산만해진 아내를 데리고 고향마을로 몰래 돌아갔습니다. 그리고 제가 살던 그 집에서 딸을 낳았지요. 아내는 어머니와 근근이 살았지만 저는 마을 뒷산이며 마룻바닥에 숨어 살았습니다. 잡히면 무조건 인민군에 입대하거나 거부하여 총살을 당하거나 둘 중 하나였습니다. 저는 아내와 가족을 위해 입대하려고도 했습니다. 하지만 어머니가 한사코 만류하셨죠. 들키는 순간 죽게 될 것이라 했습니다. 저와 비슷하게 남한에서 살다가 전쟁이 발발하여 돌아온 사람들이 있었던 모양인데 입대 심사를 핑계로 반동으로 몰려 개죽음을 당하거나 일선으로 내몰려 총알받이를 시킨다는 소문을 들으셨나 봅니다. 저는 아이가 백일이 지났을 무렵에 결국 혼란을 틈타 아내와 남하하기로 했습니다. 부모님과는 마지막 작별인사도 못 했습니다. 우리는 전쟁터를 넘나들며 무작정 남쪽으로 내려갔습니다. 휴전될 때는 부산에 있었습니다. 그때부터 먹고 살려고 부단히 애썼지요. 하지만 직업을 갖기가 여간 어려운 게 아니었습니다. 막노동에 공장에, 강원도에 광부로 간 적도 있습니다. 그러던 중에 우연히 동향 사람으로부터 양봉을 배우게 되면서 재작년부터는 꽃을 따라 북에서 남으로, 또 남에서 북으로 산천을 이동하며 살게 되었습니다. 이 지역이 꿀을 딸 수 있는 북방 한계선입니다. 유월이면 밤꽃이 기가 막힌 곳이지요. 저 같은 양봉가에게는 금보다 귀한 밤꿀을 얻을 수 있는…."

남자가 말을 멈췄고 아버지가 양반다리를 고쳐 앉는 소리가 났다.

"아내와 딸을 이 강에서 잃었다면 양봉을 하면서 식솔들을 데리고 다녔단 말인가?"

"그것도 사정이 있습니다. 시간이 갈수록 자꾸 고향이 그리워지는 걸 어떡합니까. 특히 제 아내가 무조건 위로 올라가서 살자는 겁니다. 그래서 올해쯤엔 이 지역에 정착할 요량으로 두 해 정도를 함께 돌아다니며 지냈습니다."

"딸내미 학교는 어떡하고?"

"네, 중간에 관뒀지요. 어쩔 수 없는 노릇 아니겠습니까. 살아 있으면 올해 열두 살이 될 것이죠. 정착하면 다시 학교에 들어가기 위해서 제 엄마가 틈틈이 가르치곤 했지요. 사실 서울에서 살 때도 학교는 제가 다녔지만, 오히려 공부는 옆에서 제 처가 더 많이 했습니다. 왜 있잖습니까? 어깨너머로 바둑을 배운 아들이 어느 순간 아버지를 이기게 되는 거 말입니다."

명수도 생각이 났다. 어느 날 처음으로 자식에게 장기에 지자 벌써부터 꼼수를 부리느냐며 패배를 인정하지 않던 아버지였다. 남자는 한동안 말을 잇지 못하고 생각에 잠긴 듯했다.

"명석한 부인이셨구먼. 나도 늦장가를 가서 아들놈 하나 있는데 아까 그놈이 올해 열다섯이라네. 비슷한 나이구먼."

명수는 남자를 닮은 여학생을 만들어 강가를 거닐다가 자신과 눈이 마주치자 수줍어하는 상상을 만들어 냈다. 그녀가 지나칠 때 역시 그 알 수 없는 향기가 났다.

"그게 올해 유월입니다."

남자가 침묵을 깼다.

"말씀드린 밤나무 숲 명당자리 강변에 일찌감치 벌통을 설치하고 움막도 짓고 한 철을 날 참이었습니다. 수입이 얼마가 되던 겨울이 오기 전에 근처에 정착하리라 꿈을 꾸면서요. 정말이지 꿈에 부푼 날들이었습니다. 그날 밤 큰비에 물이 불어나면서 졸지에 아내와 딸이 급류에 휩쓸리기 전까지요. 급류라기보다는 진흙 반죽에 가까웠습니다. 산사태가 밀려왔던 것입니다. 잠을 자다 갑자기 당한 일이라 지금도 뭐가 뭔지 하나도 생각이 나지 않습니다. 아내와 딸의 비명을 들은 것도 같고 아닌 것도 같고 빗소리와 강물 소리가 더해져 소리를 가늠할 수도 없었습니다. 저는 무슨 운명인지 강물 속에 내던져져 가까스로 기슭을 붙잡고 정신을 차렸습니다. 그것이 끝입니다. 물론 찾아보았지요. 소리도 지르고 밤새도록 그 근처를 헤매었습니다. 나중에는 울음도 나오지 않고 탈진하고 말았습니다."

담담하게 말을 이었지만 고통이 밀려왔는지 중간중간 한숨이 섞였다.

"실종신고는 했는가?"

"물론입니다. 다음날 경찰서와 소방서를 들러 자초지종을 말하고 도움을 요청했습니다. 하지만 수색은 하루 만에 끝나고 말았습니다. 사람들이 그러더군요. 근래에 보기 드문 홍수라고요. 이런 상태에서 찾아낸다는 것은 불가능한 일이고 운이 좋다면 시신이 물 위로 떠 오를 수도 있을 것이다. 운이 좋다면 강 하구 어디선가 발견도 될 것이다. 운이 좋다면 물이 잦아들어 실종된 지점 근처에 있을 수도 있다. 운이 좋다면…. 하지만 그런 운은 없었습니다."

"결국, 발견되지 않은 거로군."

"네. 아직도 어디엔가 있을 뿐입니다. 처음 며칠은 정말이지 미친 듯이 찾아 헤맸습니다. 그러다가 아예 저 나룻배를 구해서 내가 그놈의 운을 건져내기로 한 것입니다. 생각해보십시오, 이장님. 조금 전까지 웃고 만지던 사람들과 아무런 작별인사도 없이, 준비도 없이, 어떠한 이유도 없이 헤어진다는 것은 전쟁이 났을 때나 있을 일입니다. 어떻게 잠을 자던 중에 사랑하는 사람들이 흔적도 없이 사라질 수 있단 말입니까? 폭격을 맞은 것도 아닌데 말이에요. 그 무자비한 전쟁에서도 살아남은 가족입니다. 그런데 폭우 한 번에 죽다니요. 이건 말이 안 됩니다….”

남자는 울고 있었다. 누구의 잔인지는 모르지만 빈 잔에 술을 붓는 소리가 났다.

“그렇지만 사실이 말이지 그 정도 찾았으면 이제 마무리할 때도 될 것 같네만.”

“네, 압니다. 아마도 지금은 찾는다고 해도 그게 내 아내인지 내 딸인지 구별할 수도 없겠지요.”

“산 사람은 살아야지. 이런 식으로 계속하다간 자네도 겨울을 나기가 어려워져. 잘 생각해보게. 읍내에 정미소 하는 친구가 있는데 요즘 배달부를 모집한다고 하더구먼. 그런 데서 일할 생각은 없나?”

“말씀은 감사합니다만 아직은 아내와 딸을 찾는 것을 그만두지 못할 것 같습니다. 제가 뭐 때문에 전전긍긍 살았겠습니까? 그게 다 아내와 딸을 위한 것이었는데…. 시체를 찾기 전까지는 죽었다고 믿고 싶지도 않습니다….”

남자가 격하게 술잔을 비우는 소리가 났다.

“자네의 뜻이니 내가 뭐라 할 말은 없네만…. 자네 사정을 들어보니 내 아버지 생각이 나서 하는 말이네. 내 아버지도 자네와 비슷했지. 어머니가 실종되신 후에…. 아버지는 자식을 사랑하지 않으셨어. 어머니만을 사랑했다네. 아버지는 내가 태어난 것을 탐탁지 않게 생각할 정도로 어머니를 끔찍이 사랑했어. 어머니? 모르겠어. 아버지만큼 어머니가 아버지를 사랑했는지는. 아무튼, 아버지는 어머니를 잃고 폐인이 되셨다네. 술로 몸을 망치고 원망으로 마음을 망치고 결국은 실성하고 말았지. 돌아가시기 전에 늘 이런 말씀을 하셨네. 강물에 사람을 잡아당기는 동아줄이 있다고 말이야. 동아줄이. 자네가 움막을 지었다는 산 아래 소용돌이 있잖은가? 그게 우리 선산이라네. 아버지는 자주 그곳을 내려다보며 돌을 던지고 소리를 지르곤 했지. 그러다가 그 원망을 내게 했다네. 내가 태어날 때 산후조리를 잘못해서 그때부터 정신이 이상해졌다고 말이야. 억지 핑계였지. 사실 내 어머니도 이북 분일세. 평안북도 신의주에서 열일곱에 시집와서 단 한 번도 고향에 가보지 못한 분이셨어. 외롭고, 그래서 더 아름다운 분이셨겠지. 자네 부인처럼 말이야."

아버지가 말을 끝내려고 빈 잔을 홀짝였다.

"제가 너무 주제넘은 넋두리를 늘어놓았네요. 이제는 그만 가보겠습니다."

"어허, 오늘은 그냥 여기서 자고 가시게. 마을 사람들 일도 그렇고 면목 없으니 호의를 무시하지 말았으면 좋겠어. 부탁일세."

"저야말로 죄송하지요. 누구든 저와 같은 사람이 마을에 나타나면 신고했을 겁니다."

"아무렴 자네가 가겠다면 잡지는 않겠네만 도움이 필요하면 언제든 찾아오게. 사정을 들으니 남의 일 같지가 않아서 그러네."

"이왕 신세를 진 김에 이장님께 부탁말씀 하나 드리겠습니다."

"말해보시게."

"그 소용돌이가 있는 선산 말씀입니다. 눈에 띄지 않게 지낼 테니 용인해 주신다면 당분간 기거토록 하겠습니다. 시체들이 발견되면 떠내려가지 않도록 임시로 보관해야 하는데 그곳이 가장 적지기 때문에 그렇습니다."

"거기에서 지내는 것은 알겠네. 달리 피해를 주는 것도 아니고. 마을에서도 멀리 떨어져 있으니 눈에 띌 일도 없을 테고. 그런데 말이야, 시체라니? 아직도 아내와 딸의 몸이 온전하게 있으리라 생각하는 건가? 내 말은 이미 오래전에….."

"물론입니다. 이장 어른. 찾아야지요. 그렇지만 지금 말씀드린 시체란 제가 찾고 있는 것을 말씀드리는 것이 아닙니다. 강을 뒤지면서 알아낸 사실입니다만 생각보다 떠다니는 시체가 많았습니다. 그동안 발견한 게 다섯 구가 넘습니다. 물론 제 아내와 딸은 아니었고요."

아버지는 시체를 발견했다는 말에 약간 당황한 듯했다.

"강에 시체들이? 물론 그렇겠지. 상류에서 떠내려온…. 그런데 죽어서 강으로 떠내려온 사람이 그리 많단 말인가? 그래서 시체를 발견하면 그다음은 어찌하는가?"

"신고하지요. 배로 끌고 내려가 저 아래 다리 옆 강변까지 갔었습니다."

"그렇군. 이 사람 지금 보니 좋은 일을 하고 있구먼. 그러면 시체를 찾아주었으니 뭐 사례라도 받아야 하는 거 아닌가?"

"네, 어떤 분들은 그러시죠. 하지만 어떤 사람들은 얼굴도 확인하려고 하지 않아요. 무조건 아니라고, 자기들과는 무관한 일이니 알아서 처리하라고 막무가내인 경우도 있었습니다."

명수는 언젠가 하굣길에 다리 아래에서 사람들이 가마니를 덮은 시체를 사이에 두고 실랑이를 벌였던 일이 떠올랐다. 명수는 죽음에 대한 막연한 무서움 때문에 황급히 집으로 돌아왔었다.

"그럴 때는 그냥 떠내려가게 내버려 둘 걸 하고 후회할 때도 있습니다."

"쯧쯧, 몹쓸 사람들 같으니. 죽은 자를 위로하는 것이 산 자를 위로하는 것보다 더 중요한 법인데. 그래서 장례식이라고 하지 않는가 말이야."

"사실은 시체를 거부하는 사람들의 심정도 이해가 갑니다. 저도 처음에는 아내와 딸의 시체를 찾는데 정신이 없다가 어느 순간 부패하고 일그러진 시체를 만나게 될 것을 생각하니 덜컥 겁이 나는 겁니다. 그런 아내와 딸을 똑바로 바라볼 수 있을까? 알아볼 수는 있을까? 그래서 며칠간은 찾는 것을 그만두기도 했습니다. 무서워서요."

"내 말이 그 말이네. 강물에 빠져 죽은 시체라는 게 며칠만 지나면…."

"맞습니다. 처음 시체를 발견했을 때는 말씀드린 대로 무서웠습니다. 장대에 꿰어 끌고 가면서도 한사코 얼굴을 보지 않으려고 했었습니다. 얼굴이라고 할 수가 없었으니까요. 그런데 그게 한두 번 경험하고 나자 익숙해지더군요. 일전에 발견한 시체는 젊은 여자였는데 죽었다는 느낌이 들지 않았습니다. 그냥 편안하게 눈을 감고 머리를 감고 있는 듯이…."

"알았네. 한데 우리 선산에 시체를 보관한다는 것은 무슨 말인가? 설마 그렇게 찾아가지 않은 시체를 산에 묻거나 하는 것은 아니겠지?"

"아닙니다. 이장님. 제 말씀은 시체를 발견해서 신고하려면 지난번처럼 다리까지 배를 저어 가야 하는데 그동안 시체를 보관할 곳이 없습니다. 힘들게 육지로 시체를 옮기는 일도 만만치 않고, 그래서 임시로 그곳에 잠시 둘 수도 있다는 뜻입니다."

아버지는 시체를 보관하는 곳이 하필이면 선산이 있는 곳이라는 게 꺼림칙했다.

"그러니까 이 일을 그만두라는 것 아닌가."

"이해해 주십시오. 당분간은 시체를 찾아서 신고하고 보상금을 받거나 강에 떠내려온 물건들 되팔아서 사는 게 직업이 되어

버렸습니다. 아내와 딸을 찾으면서 할 수 있는 일이 그것 외에 달리 뭐가 있겠습니까? 아내와 딸을 찾으면 그때는 그만두겠지요. 그때가 오면 이장 어른께 말씀드리고 곧장 이곳을 떠나겠습니다. 그럼 저의 부탁을 들어주시는 거로 알고 가보겠습니다."

남자는 일어섰다. 아버지는 미처 다음 말이 준비되지 않아 다급하게 물었다.

"당분간만일세. 그리 긴 시간을 허용할 수는 없다네. 이해하시겠는가?"

"네, 이장 어른. 당분간만 신세를 지겠습니다."

"그건 그렇고, 자네 이름이 명수라 했던가?"

"네 강명수입니다. 그럼 이만."

"그러시구먼, 거 참 우연일세, 내 아들놈과 이름이 같아. 혹시 한자漢子로는 어떻게…?"

그러나 아버지의 질문을 듣고 답하기 전에 남자는 사라지고 없었다.

II

명수는 언제나 처음 보는 풍경을 대하듯 강을 응시했다. 홍수로 인해 물러진 강변은 한낮의 햇빛이 조금만 더 추궁하면 금방이라도 흙더미를 강물에 내줄 정도로 연약해졌다. 강바닥이 깊어지면서 상류에 부유하던 것들도 물길을 따라 떠내려왔다. 나뭇가지와 낙엽이 대부분이었지만 고무나 플라스틱으로 만들어진 부스러기는 물론 누군가 버렸는지 혹은 휩쓸려 내려왔는지 모를 가구들도 있었다. 명수는 그런 것들이 무작정 떠내려가지 못하도록 일정한 턱을 만들어 두었다. 그렇게 함으로써 그가 찾으려고 하는 것들이 순식간에 강의 흐름을 타고 하류로 가지 못하게 하려는 것이었다. 그가 이런 식으로 강가를 뒤지고 다니는 이유는 오로지 시체를 찾기 위함이었다.

지난 유월 장마철에 아내와 딸을 산사태로 잃고 난 뒤 강을 뒤졌지만, 생사를 확인할 수 없었다. 사고 발생 일주일이 넘어서면서 아내와 딸의 생존을 포기한 그는 시체를 찾아 나서기 시작했다. 처음 한 달은 사고지점을 따라 무작정 발품을 팔아 뒤지고 다녔다. 그러나 장마철의 강물은 탁하고 어두워 사람시체는커녕 동물의 사체조차 발견할 수가 없었다. 낙심한 그는 아예 하류로 내려가 물길이 다소 잦아드는 지점에 움막을 짓고 매일 매일 강가에 나갔다. 주변 대숲에서 긴 장대를 꺾어 다니다가 수상한 물체가 보이면 건져 올렸다.

그러던 어느 날 그는 강 한가운데로 떠내려오는 물체를 발견했다. 직감적으로 사람시체라고 생각한 그는 주저 없이 물로 뛰어들었다. 어릴 적부터 물을 좋아한 그는 고향마을에서도 알아주는 수영선수였다. 그러나 물이 흐르는 강의 힘은 만만하지 않았다. 한참을 따라 내려간 뒤 겨우 장대를 이용해 물체를 잡을 수 있었고 사력을 다해 헤엄을 친 후에야 강변으로 옮기는 데 성공했다. 아내일 수도 있을 것이라는 막연한 생각을 하며 엎어진 시체를 돌려놓았다. 그러나 막상 얼굴이 드러난 시체는 그의 아내도 그렇다고 여자의 시체도 아닌, 알 수 없는 얼굴의 누군가였다. 시체라면 수도 없이 보았던 그였다. 전쟁 중에는 시체를 발굴해서 연고자를 찾아주는 부역을 한 적도 있었다. 총탄에 맞아 형체를 알 수 없는 사람의 몸을 본 적도 있었지만, 이 얼굴은 달랐다. 그 얼굴은 말하자면 이 세상 어느 곳에도 속하지 못한 정체불명의 얼굴, 사람의 얼굴이면서 동시에 사람이 아닌 무엇이었다. 그 표정, 그 형상은 감히 지상의 것으로서가 아니라 먼 태고의 원형이거나 혹은 이 세상 모든 얼굴들을 하나의 원 안에 죄다 그려 넣어 완성한, 단순하면서도 동시에 가장 복잡한 얼굴이었다. 그 얼굴은 사뭇 무서웠다. 명수는 이것은 사람이 아니라 사람의 얼굴을 가면으로 쓴 물체라는 생각이 들었다. 한동안 물가에서 헛구역질해대던 명수는 그것이 아내라면 어쩔 것인가 하는 자책감이 몰려와 다시 시체를 조사했다. 시체는 이미 상당히 부패가 진행된 듯 보였다. 그는 곧 배 옆구리에 시체를 걸치고 다리가 있는 하류로 내려간 다음 배를 정박시키고 경찰서로 향했다.

아내와 딸은 여전히 발견되지 않았다. 목표에 대한 희망이 희미해져 갈수록 그의 몸과 마음도 수척해져 갔다. 하루를 한 끼로 연명하는 일도 허다했고 때때로 술로 끼니를 대신하는 날도 많아졌다. 그의 넓고 듬직했던 어깨는 옷이 헐렁거릴 정도로 야위었다. 바지춤을 두르던 군용 허리띠도 한 뼘이나 남아돌았다. 날카롭던 눈썰미는 힘을 잃고 고요해졌다. 그것은 소리 없이 진행되는 시간의 잔인한 교훈—퇴색해가는 희망과 같았다. 하지만 그는 그 교훈에 익숙하지 않았다. 전쟁 중에 고향으로 되돌아갈 때도, 다시 그 고향을 버리고 남하할 때도 희망을 버린 일은 단 한순간도 없었다. '제 어미는 죽었더라도 딸이 극적으로 강변에서 산 채로 발견되어 누군가의 집 딸로 새롭게 살고 있다면…, 그런 일이 일어나지 말라는 법이 없잖은가? 그래도 좋으리라, 아, 그렇다면 얼마나 좋을까. 기억상실증에 걸려서 나를 못 알아봐도 좋으니 살아있으면, 살아있기만 한다면 제 어미의 죽음은 물론이고 내 목숨도 내놓겠다, 기꺼이.' 그러나 그가 발견한 아이라고는 오직 주기적으로 제방을 오가는 그 까까머리 중학생, 이장의 아들뿐이었다.

명수는 당분간이긴 하지만 공식적으로 마을 이장으로부터 아내와 딸의 시체를 찾는 일을 계속할 수 있게 된 것에 안도했다. 하지만 말 그대로 당분간뿐이었다. 가을이 시작되고 있었으므로 아침저녁으로 차가운 기운이 일었다. 강물은 지난여름의 열기를 스스로 가라앉히고 가장자리부터 서서히 투명해져 갔다. 어떤 지점은 자세히 들여다보면 물고기들의 이동도 확인할 수 있었다. 산사태 중에도 몸에 지니고 있어서 남겨진 돈 덕분에 그의 생활은 아직은 연명할 수 있었다. 그러나 그 돈도 바닥이 드러나기 시작했다. 개인적인 입장에서나 마을의 입장에서나 그가 강에서 이번 겨울을 난다는 것은 실로 불가능하고 무의미해 보였다. 겨울은 혹독하고, 무엇보다 꽁꽁 얼어붙을 것이기 때문에.

'그만두어야 하는가?' 어느 순간부터인가 그는 스스로에게 이렇게 묻곤 했다. 강을 돌아다니는 그의 노 젓기는 목적은 있었지만 목표가 없었기 때문에 궤도가 불안했다. 한낮의 태양 아래 잠이 들었다가 강의 하구에서 잠이 깨거나 마을 어귀에 무단히 정박하는 일도 있었다. 그럴 때마다 그의 정신과 인내심, 그리고 살아있는 감각이 죄스러워 눈물이 났다. 그는 울면서 강으로 돌아왔다. 위로, 위로, 옆으로, 옆으로, 찾아라, 거기에 네 아내와 딸이 있다.

'나도 안다. 살아있겠냐? 그런데 죽은 것을 보지 못했지 않은가. 그러니 죽은 것도 아니다. 살아있다고 말하지도 않겠지만 죽었다고도 말할 수 없다.'

'오히려 내가 죽은 거겠지. 내가 살아있다고? 대저 세상에 나 혼자만이 남았는데. 이놈의 강을 뒤적이는 것 말고는 할 일도 없고 갈 곳도 없는데 이게 죽은 것이 아니고 뭐란 말인가.'

'그런데 내 육체는 멀쩡하게 살아있지 않은가? 그건 살아있다는 증거지.'

'아니야. 육체가 살아있다고 살아있다면 식물인간은 산 것인가? 폭탄에 양팔과 양다리를 잃고 누워있던 내가 본 그 사람은 살아있는가?'

'살아있지. 아무렴. 몸뚱이가 살아있으면 그게 살아있는 거지. 정신이 살아있어야 살아있는 거라고? 헛소리! 정신이 살 곳이 있어야 그게 진짜 살아있는 것이지. 정신만 살아있다면 그건 귀신이겠지.'

'그러면, 그러면…. 아내와 딸은 죽은 것인가? 아니야, 아니야! 몸이 죽은 것을 본 적이 없는데 어찌 죽었다고 단언할 수 있단 말이냐. 몇 번을 말해야 알아듣겠는가, 이 머저리 같은 인간아!'

'그렇지만 정신도 없고 육체도 없는 내 마누라와 딸은 뭐란 말인가? 뭐냐고!' 그는 강을 찔러대며 윽박질렀다. 그러자 강이 대답 대신 그의 죽창에 무엇인가 무거운 물체를 찔리게 해주었다. 명수는 흠칫 놀라면서도 천천히 죽창에 찔린 물체를 물 위로 끌어당겼다.

시체는 남자였다. 부어오른 정도를 볼 때 일주일 남짓 보였다. 명수는 시체의 정도를 보고 죽은 날짜를 가름하고 있는 자신에게 놀라면서도 침착하게 고물에 묶어 고정한 다음 절벽 아래 소용돌이로 배를 저었다. 시체의 단단한 허리띠 덕분에 고정이 쉬웠다.

시체를 뒤집으며 명수는 또 한 번 놀랐다. 시체의 주인은 북한군이었다. 차려입은 복장과 한쪽에 남아 있는 신발로 볼 때 사병이 아니라 장교이거나 적어도 하사관인 듯했다. 강을 타고 내려오는 동안 부패가 일어나 팽팽해진 가슴께 명찰은 무슨 이유에서인지 뜯어지고 없었다. 윗주머니 양쪽을 뒤졌으나 아무것도 없었다. 바지 주머니에도 발견된 것은 없었다. 이름도 없고 본인을 말하여주는 어떠한 흔적도 없는 시체가 소용돌이 속에 빙글빙글 원을 그리다가 뱃머리에 부딪혔다.

명수는 다음 일을 생각해보았다. '시체를 발견했으니 경찰에 신고를 해야 한다. 그런데 시체가 하필이면 북한군이다. 그런데 아무것도 없다. 경찰은 필시 내가 시체에서 무언가 귀중한 것을 가져갔을 것으로 의심하기 쉽다. 그렇지 않더라도 이 일로 경찰서를 여러 번 왔다 갔다 해야 할지 모른다.' 이런 생각이 들자 그는 자신에게 타일렀다.

'옷을 벗겨서 강으로 흘려보내라. 이런 일에 말려들 시간이 없다.' 명수는 결심하고 시체를 잡아 올렸다. 그때 문득 아무것도 없던 시체의 허리춤 뒤편으로 무거운 덩어리가 만져졌다. 조심스럽게 시체를 돌려가며 물체를 찾았다. 마침내 그가 손을 뻗어 잡아낸 것은 놀랍게도 단추가 채워져 내용물을 온전하게 보관한 채 매달려 있던 권총 지갑이었다. 총의 무게 때문에 허리 뒤편으로 돌아가 처져 있어 눈에 띄지 않았던 것이다. 그는 조심스럽게 지갑을 열고 권총을 집어 들었다. 무거우면서도 냉정할 정도로 반듯한 형상의 쇳덩어리를 집어 드는 순간 명수는 무작정 숨겨야 한다는 생각이 들어 얼른 배 안에 있던 여벌의 옷에 감싼 다음 아래에 쑤셔 넣었다. 심장이 까닭 없이 뛰었다. 그는 그동안 하던 일과 생각을 중단한 채 그저 조용히 절벽 아래 소용돌이에 몸을 맡겼다. 배와 배에 매달린 시체가 물살을 따라 천천히 원을 그리며 서로의 앞과 뒤를 따라 돌았다. 그러다가 중심에 이르러 시체는 배 아래로 들어가 보이지 않았다. 명수는 뛰는 가슴을 진정시키기 위해 침착해야 한다고 타이르면서도 본능적으로 주변을 둘러보며 인기척을 확인했다. 배가 소용돌이 한가운데 시체를 매달고 홀로 제자리에서 원을 그리며 돌아갈 때쯤이 되어서야 그는 자신이 권총을 깔고 앉아 있다는 것을 깨달았다. 그리고 그 순간 그가 찾고 있던 형상, 한 번도 생각해 본 적 없던 물에 부풀고 부패해진 몰골의 아내와 딸, 그 미지의 시체가 배아래 매달려 있는 것 같은 생각이 들었다. 갑자기 소름이 끼쳤다. 그러나 이내 그러한 두려움과 두려움을 이기지 못하는 미안함과 창피함이 그를 일으켜 세워 초인적인 힘으로 밧줄을 당겨 매달려 있던 시체를 배 위로 끌어 올렸다. 그리고 그 시체를 배의 반대편에 누이고 건너편으로 돌아와 앉아 처음으로 분명하게 죽은 자의 얼굴을 응시했다.

Ⅲ

　중간고사 기간이었으므로 명수의 하루하루는 바쁘고 괴로웠
다. 부모님의 기대와는 달리 명수는 성적이 그다지 좋지 못했다.
아버지는 도시로 가려면 공부를 잘하는 것 외에는 방법이 없다
고 했지만 믿지 않았다. 이미 많은 사람이 공부와 관계없이 도
시로 갔거나 가는 중이었다. 명수 반에도 서울로 전학 간 친구
가 여럿 있었다. 시험 걱정으로 둑길을 지나던 명수는 언제나처
럼 보이던 나룻배가 어제부터는 아예 강 중심에 가만히 있는 것
을 보았다. 육안으로 관찰할 수 있는 것은 아니었지만 배에는 남
자 말고도 다른 누군가가 있는 것 같았다. 배의 위치가 바뀔 때
마다 남자와는 다른 무언가 사람의 형상을 한 것이 그의 반대편
에 비스듬히 기대어 누워있는 것이 보였기 때문이었다. 하지만
배는 그런 것들을 확실하게 구별할 수 있을 만한 거리를 벗어나
있었다. 명수는 다만 남자가 배를 움직이지 않고 가만히 앉아 있
는 것이 낯설었다.
　"저기 나룻배 말이야. 이제는 아예 움직이지를 않네."
　밥상을 물리며 아버지가 어머니에게 말했다.
　"이제 지쳤겠지요. 저 양반 저러다 큰일 나겠어요. 당신이 좀
말려서 어찌 해봐요. 사람이 저렇게 살 수 있겠어요? 곧 겨울인
데."
　"그러게 말이야. 그렇지 않아도 내가 여러 번 소리치고 했어.

아무리 타일러도 배에서 내릴 생각을 안 하네. 뭐 가진 돈이 좀 있어서 아직은 괜찮다는데, 그게 아니라 저렇게 살면 몸이 먼저 죽어나는 걸 어쩌려고 그러는지, 참."

"밥은 먹고 사는가요? 배 위에서?"

"나도 몰라. 뭐 사다가 먹긴 하는 모양이야. 전번에 움막에 가봤더니 음식 해먹은 표도 나긴 하더구먼. 그래도 모르긴 해도 제대로 먹지 못할 거야. 큰일일세. 멀쩡한 사람 하나 버려놨어. 전번에 말하는 거 들어보니 생각은 올바른 사람이던데 왜 저런 미련한 짓을 하는지 도대체 이해가 안 가네."

"그러게요. 죽은 사람은 죽은 사람이고 산사람은 살아야 할 텐데 말이에요."

예전 같으면 시험이 끝나던 날 친구들과 어울려 읍내를 돌아다녔을 것이지만 이번에는 일찍 집으로 와야만 했다. 건넛마을 친척 집에 초상이 나서 부모님이 상가에 가니 일찍 집에 와 있으라고 당부했던 것이다. 저녁을 챙겨 먹고 툇마루에 앉아 언제나처럼 멀리 떠 있는 나룻배를 바라보았다. 해가 지고 있는 풍경과 어울린 배는 강 한가운데 도드라져 섬처럼 보였다. 그래서인지 그 배는 낮에 보이는 것보다 더 쓸쓸해 보였다. 일찌감치 호롱에 불을 붙이고 부모님이 오시나 여러 번 나왔지만 보이지 않았다. 공연히 무서운 생각이 들었다. 방으로 들어가 이불을 덮고 가방에서 아무 책이나 꺼내 펼쳤다. 시험이 끝나서인지 글씨가 눈에 들어오지 않았다. 오줌이 마려운 것 같기도 하고 아닌 것 같기도 했다. 밖은 이미 어두워져 참기로 했다. 명수는 곰곰이 생각해 보니 밤중에 집에 혼자 있게 된 것이 이번이 처음이란 것도 알게 되었다. 그런 생각을 하자 갑자기 이명이 들리기 시작했다. 소리는 점점 커져 방안을 차근차근 채워갔다. 얼른 이불을 뒤집어쓴 채 조그만 구멍을 만들어 호롱불을 응시했다. 바람이 부는지 호롱불이 일렁이며 춤을 추었다. 명수는 몸을 더 웅크리고 그 조그만 구멍도 아예 막아버렸다.

그리고 얼마 지나지 않아 명수는 날카로운 소리에 놀라 선잠에서 깨어났다. 이불을 박차고 일어나 소리가 들린 쪽으로 귀를 기울였다. 다시 나지는 않았지만 단 한 번의 소리에도 명수는 그것이 총소리란 것을 직감했다. 어릴 때 귀가 닳도록 들었던 그 소리, 어둠보다, 한밤중의 소변보기보다 더 무서운, 그 각인된 소리가 멀리에서 들려왔다. 공포가 순식간에 명수를 집어삼키려 머리채를 움켜쥐었다. 전쟁, 북한군, 죽음, 피난, 탱크, 비행기, 폭탄…, 이런 수많은 소리와 형상이 머릿속 하나의 지점에 모여들었다. 그리고 곧이어 상가에 갔던 부모님 얼굴이 떠올랐다. 명수는 문을 박차고 나갔다. 무의식적으로 엄마와 아버지를 찾아야 한다는 생각이 들었다. 무슨 이유에선지 강둑길이 끝나는 하류의 다리가 목적지처럼 느껴졌다. 거기에 가기만 하면 엄마와 아버지가 있을 것이라는 막연한 기대가 명수를 재촉했다. 너무

빨리 달려갔기 때문에 길은 명수의 발에 밟히는 돌부리를 피해 줄 수가 없었다. 발바닥에서 시작된 충격이 심장과 관자놀이를 아무렇게나 두드렸다. 강둑에는 끝이 보이지 않는 곧은 길 외에는 아무것도 없었다. 오직 무섭고 불안한 무엇인가가 명수의 등줄기에 올라타 말을 몰 듯 재촉하고 있었다. 명수는 작은 소리로 계속 엄마를 불렀다. 그렇지 않으면 등에 달라붙은 그것이 입마저 틀어막아 숨을 못 쉬게 할 것만 같았다. 한동안 뛰어가던 명수는 문득 강으로부터 불빛이 비쳐오고 있음을 알게 되었다. 고개를 돌리자 그곳에는 예의 그 나룻배, 강 한가운데 떠 있던 남자의 배가 불타고 있는 것이 보였다. 그리고 그 불빛이 그동안 제방을 넘어와 자신과 함께 달려가고 있었던 것도 알게 되었다. 그와 때를 같이하여 멀리서 명수를 부르며 이쪽을 향해 달려오는 사람들이 보였다. 배에서 전해진 불빛에 의해 이제는 분명히, 엄마와 아버지란 걸 알 수 있었다. 달려온 엄마가 명수를 얼싸안았다. 명수는 부모님을 만난 안도감에 몸을 맡기면서도 고개를 불타는 배에서 떼지 못하고 말했다.

"아버지, 불!, 저기 아저씨, 총소리 났어요. 총소리!"

배는 석유통이라도 터진 듯 큰불이 되어 강둑 전체를 밝힐 만큼 치올랐다. 명수는 엄마의 품에 얼굴을 묻고 엉엉 울기 시작했다. 그것이 부모님을 만나게 된 안도감으로 인한 것인지 아니면 불타는 배에 갇혀 있을 남자에 대한 연민인지는 분명하지 않았다. 혹은 외로움이 무서움으로 바뀌어 어디에도 가지 못하고 이

불속에 웅크리고 있던 자신을 불러내 부모님을 만나게 해준—이 놀라운 불에 대한 경외감 때문인지도 몰랐다. 가족이 한 몸이 되어 강둑에 앉아 다만 지켜보는 것 외에 할 수 있는 일이 없어 불길을 응시하는 동안 어디에도 닿지 못하고 배회하던 그 배는 마침내 제 몸을 불태움으로써 항해를 끝내고 있었다. 마을 사람들도 강둑에 나왔지만, 속절없이 불타는 배를 그저 바라보는 것 외에 할 수 있는 일은 없었다. 명수의 얼굴을 한 번 매만지던 아버지는 배를 조금이라도 가까이 보려는지 한 걸음 앞으로 나가 쪼그리고 앉았다. 명수가 보기에 아버지는 아무도 눈치채지 못할 만큼 작은 동작으로 고개를 끄덕이고 있는 것 같았는데 이와 때를 같이하여 난파된 배도 조금씩 가라앉기 시작했다.

중학생이 되면서부터 누가 시키지도 않았는데 스스로 일기를 쓰기 시작했다. 고등학생이 되어서는 일기뿐만 아니라 산문이나 시, 메모, 낙서 따위도 노트에 남겼다. 사람이 되려면 군대를 갔다 와야 한다는 말이 속담처럼 여겨지던 시절에 입대를 앞두고 그동안의 삶을 정리하는 의미에서 필요 없는 것들은 과감하게 버리기로 했다. 버린 것 중에는 중학교 시절의 일기장도 있었다. 버리기 전에 잠깐 읽어보니 유치하기 그지없었다. 어릴 때는 만화도 그리곤 했는데 만화의 유치함은 글보다 더했다. 나는 그것들을 버리고 나머지만 상자에 넣어 보관했다.

시간이 많이 흘러 내 자식들이 고등학생 나이가 되었을 때 상자에 들어있던 일기장을 꺼내 보았다. 내용은 고사하고 나는 우선 그 양에 놀라고 말았다. 고등학교 3년 동안 썼던 일기와 메모의 양이 내가 평생 써온 일기나 메모보다 훨씬 많았다. 어떤 해에는 채 한 달도 되지 않는 기간의 일이 대학노트 1권에 빼곡히 채워져 있기도 했다. 파편처럼 흩어져 살던 기억들이 삽시간에 모여들었다.

그 순간 입대 전날 내가 버렸던 중학교 시절의 일기와 메모, 편지와 그림 따위가 생각났다. 후회와 미련이 밀려왔다. 무엇을 적었는지 기억도 나지 않고 왜 기록했는지도 알 수 없는 그 까마득한 시절의 일기와 메모를 돌려받을 수 있다면 어떤 대가라도 기꺼이 지불할 수 있겠다는 생각이 들었을 때 악마가 찾아와 거래를 제안했다. 악마의 이름은 소설이었다.

"기억은 돌려주겠다. 하지만 그것을 꿰맞출 때 겪어야 하는 고통도 영원히 너의 것이다. 어떤가, 해볼 텐가?"

2019 이호상 cosine

젊은 날의 우화羽化

초판 1쇄인쇄 2019년 11월 17일
초판 1쇄발행 2019년 11월 20일
저 자 이호상
발행인 박지연
발행처 도서출판 도화
등 록 2013년 11월 19일 제2013-000124호
주 소 서울시 송파구 중대로34길 9-3
전 화 02) 3012-1030
팩 스 02) 3012-1031
전자우편 dohwa1030@daum.net
인 쇄 (주)현문
ISBN | 979-11-86644-99-7*03810
정가 13,000원

*본 자료는 울산문화재단 2019 책발간 지원사업의 일환으로 발간되었습니다.

도화道化, fool는
고정적인 질서에 대한 익살맞은 비판자,
고정화된 사고의 틀을 해체한다는 뜻입니다.